KB053284

배관공이 된 국회의원

이상규의
현장일지

배관공이 된 국회의원 이상규의 현장 일지

건설 노동자의 피·땀·눈물

이상규 지음

도서출판

목차

이상규가 만난 현장 노동자

들어가는 말

건설 현장에 왜 갔냐고 물으신다면

"왜 건설 현장에 나가느냐?"는 질문을 자주 받았다. 마음속으로 답을 한
다. 정치인이라면 마땅히 해야 할 일이라고. 민주당은 물론 심지어 새누리
당, 지금의 국민의힘까지 모두 서민을 위해 정치한다고 호기롭게 주장한
다. 그러면 의원직 그만두고 나서는 서민들 삶의 현장으로 가는 것이 도리
아닌가? 의원직에서 물러나서 노동 현장이나 서민이 일하는 삶의 현장으
로 들어가는 정치인을 거의 보지 못했다. 전직 의원 중 일부는 전관예우를
받아 공기업이나 연구기관으로 간다. 더러는 미련을 버리지 못하고 여전
히 여의도 주변을 맴돌기도 한다. 권력 가까이, 마른 땅은 밟아도 서민 곁
으로는 가지 않는다. 말로는 서민, 사회적 약자를 위한다면서 정작 자신들
은 그 근처에도 가려 하지 않는다.

앞에서 하는 말과 뒤에서 하는 행동이 전혀 다른, 그 위선이 싫었다. 노
동 현장에서 노동자로 살아가고, 노동자가 누구인지 몸으로 알아가는 정
치인이 한 명쯤은 있어야 하지 않을까? 위선으로 가득한 한국 정치에 경종

6

을 울리고 싶었다.

2010년 신촌 세브란스병원 공사장에서 설비 일 시작

2010년 서울시장 선거와 은평 보궐선거에 민주노동당 후보로 출마했다. 서울시장 선거에서는 한명숙 총리, 은평 선거에서는 장상 총리 내정자와 단일화했다. 두 번의 사퇴는 쓰라렸으나, 이를 밑거름으로 순천 보궐선거에서 민주노동당 김선동 후보가 당선되는 쾌거를 이루었다. 선거를 연거푸 치르고 나니 선거 빚에, 몇 달 치 생활비까지 도저히 감당할 수 없었다. 무슨 일이든 해야 했다. 40대 후반이 되니 어디서도 부르는 곳이 없었다. 나이와 경력을 따지지 않고 일할 수 있는 곳이 건설 현장이었다. 다행히 설비 쪽에 자리가 났다. 2010년 늦가을, 신촌 세브란스병원 공사장에서 처음 설비 일을 하게 되었다.

2012년 총선 이전까지 건설 일을 하면서 험악한 현장, 치열한 노동을 몸으로 배웠다. 그 과정에서 죽비를 맞는 듯 커다란 충격과 가치관의 확장이 있었다. 생각지도 않게 출마지역이 은평에서 관악으로 바뀌었고, 그 선거에서 수많은 사람의 노력의 결과로 기적같이 당선되었다. 누구는 천운이라고 말하는데, 그 천운마저도 건설 일을 하면서 쌓은 내력에서 비롯된 것이라 생각한다. 밑바닥에서 우러나오는 저력, 몇십 년을 쌓아야 얻을 수 있는 내공이랄까, 노동일에서 얻은 대단한 힘이었다.

의원이 되어서도 현장을 잊지 않고 찾았다. 투쟁이 있는 곳, 지원 요청이 있는 곳이면 어디든 달려갔다. 쌍용차 노동자들이 고공 농성하던 평택

고압 송전탑, 해군기지가 들어서는 제주 강정마을, 밀양 송전탑 현장, 그리고 세월호 참사가 벌어진 진도 팽목항으로 달려가 함께 싸우고 함께 울었다. 박근혜 당선의 일등 공신인 국정원 댓글 공작을 파헤치고, 사이버사령부가 댓글 공작에 가담한 전모도 밝혀냈다. 당시 통합진보당은 6명의 의원이었지만 탄탄한 팀플레이로 박근혜 정권의 심장을 겨누어 턱밑까지 치고 들어갔다. 집권 세력의 부정부패에 우리는 타협하지 않았다. 맞서다 팔다리가 부러지더라도, 죽는 한이 있어도 결코 물러서지 않겠다는 각오로 임했다. 그러자 박근혜 정권은 정말 우리를 죽이려고 종북몰이 칼을 뽑아 들었다. 검경과 국정원은 물론 사법부까지 합세하여 일대 반격을 가했다. 내란음모 사건, 당 해산, 의원직 박탈이 일사천리로 진행되었다. 1958년 조봉암의 진보당 사건 이후 한국 정치사에서 두 번째로 벌어진 정당해산 사건이었다.

진보당 강제해산, 의원직 박탈 후 다시 건설 현장으로

헌법과 법률은 헌법재판소에 국회의원직 심사 권한을 주지 않았다. 더구나 청와대 김기춘과 박한철 헌법재판소장의 판결내용 사전 조율을 의심할 만한 정황 증거까지 나왔다. 헌재의 의원직 박탈 결정은 명백한 위헌이었고, 권한 없는 판결이었으나 현실은 냉정했다. 야당과 언론까지 부당한 판결에 침묵했다. 의원직을 빼앗기고 무엇을 할 것인가? 나는 체면을 차리거나 전직 의원이라는 권위에 안주하고 싶지 않았다. 내가 가야 할 곳은 현장이었다. 위선의 한국 정치를 바꾸는 작은 걸음을 내디뎌야

했다. 현장에서 억센 팔뚝의 동료들과 새로운 길을 걷고 싶었다. 내 마음의 고향, 나를 변함없이 여기까지 오게 한 너른 품, 현장이 나를 불렀다.

아무 망설임 없이 다시 찾은 현장은 여전히 험악하고 치열했다. 게다가 빨갱이로 몰려 해산 당한 당의 국회의원이었다고 하니 뭇 시선이 쏟아졌다. 도와준 동료도 많았고, 수모와 모욕도 당했다. 그래, 이게 바로 노동 현장이다. 현장에 한 번이라도 나와서 일해 본 사람은 이구동성으로 말한다. "건설 노동자가 이렇게 힘들게 일하는 줄 몰랐다." "이 사람들에게 상이라도 줘야 한다."

그러나 현실은 서릿발처럼 차갑다. 노가다는 우리 사회에서 밑바닥 취급을 받는다. 과적하고 과속을 해야 먹고사는 사람들이 있다. 트럭 뒤칸에서 새우잠을 자고 피로에 찌들어 몸이 망가지도록 밤샘 운전하는 사람들이 있다. 우리는 '화물연대' 노동자라 부르고, 권력자와 가진자들은 개인사업자라고 했다가, 말을 바꿔 귀족노조라 부른다. 과적-과속-과로에 찌들어 사는 귀족도 있나? 요즘처럼 혼탁한 시기일수록 '국민의 알 권리'가 중요하다. 노동 현실을 있는 그대로 알아야 귀족노조의 막무가내 떼쓰기인지, 위험에 내몰린 노동자들의 절규인지 판단할 수 있지 않을까?

진짜 노동자의 모습을 꼭 남기고 싶어서

현장의 숱한 사연, 함께 뒹굴며 치열하게 살아온 노동자를 잊지 않고 기억하고 싶었다. 언제 사고를 당할 지 모르는 위험 속에서 평생을 일해 온 동료들, 진짜 노동자의 모습을 꼭 남기고 싶었다.

그래서 가슴 아픈 이야기를 시작한다. 평생을 건설 현장에서 일하며 받은 수모와 차별이 깊은 상처를 내고는, 뒤틀린 채로 굳어져 이제는 굳은살이 되고, 내 삶이 된 슬프고 아린 이야기다. 상처가 주는 아픔에 가슴 한편이 까맣게 된 것을 알면서도 '노가다가 다 그렇지 뭐!' 하며 체념하면서도 생존을 위해 인내하고, 헛웃음치며 버티는 사람들의 이야기다. 건설 노동자의 눈망울에, 손사래 치며 내쉬는 한숨에 그리고 술 한 모금 꿀꺽 넘기는 소리에도 배어 있는, 좌절과 희망의 외침이다.

이 글을 땀흘려 일하는 모든 사람에게, 오늘도 산재의 위험 속에서 일하는 건설 노동자에게 바친다.

1장

건설 노동자의 오늘과 내일

'노가다'에서 반장님으로 격상

건설 노동자에게 가장 잘 어울리는 호칭은 사실 '노가다'이다. 이 말을 쓰지 말자고 강력하게 주장하는 동료 허 씨도 술자리에서 이야기하다가 열이 좀 오르면 자연스레 '노가다'라는 말을 쓴다. 건설 노동자를 폄훼하는 속어이자 막일꾼을 뜻하는 일본어(どかた, 土方)에서 온 외래어지만 누구에게나 잘 알려진 익숙한 표현이다. 그러나 요즘 현장에서는 이 말을 쓰지 않는다. 건설 노동자를 부를 때 쓰는 말은 '반장님'이다. 원래 실력 있는 기공이나 팀장을 뜻하는 호칭으로 아무에게나 붙이는 말이 아니었다. 그런데 지금은 모든 건설 노동자를 존중해서 초보자라도 '반장'이라 하고, 거기에다 존칭어 '님'자까지 붙인다. 그래서 현장에서 일하는 모든 노동자가 '반장님'이 되었다. '이 씨' '김 씨' 하는 이름마저도 생략하고 그저 '어이~' '야!' 하며 아랫것 부리듯 하던 것에 비하면 실로 비약적 발전이다.

'어이~' '야!'에서 반장님으로

사실 예전에는 현장에 욕설과 주먹이 난무했다. 아무리 나이가 많더라도 조공에게는 존댓말을 해주지 않는다. 조공은 조공일 뿐이지, 인격이나 인생 경력은 하나도 쳐주지 않는다. 오히려 시킨 일을 제대로 못하면 바로 욕이 튀어나오고, 일 못한다고 별의별 구박을 다 받아야 하는 신세다. 플라야, 렌치 같은 연장이나, 파이프 부속을 가져오라 했는데 엉뚱한 것을 가져오면, 그 연장을 조공 얼굴을 향해 집어 던지기도 한다. 밥을 먹을 때도, 씻을 때도, 심지어 퇴근하고 뒤풀이 술자리에서도 함부로 대하고, 구석 자리로 내몰고 갖은 수모를 다 준다.

성질 더러운 기공을 만나면 노가다 인생, 완전히 꼬이는 거다. 학대 수준의 괴롭힘을 하루 이틀도 아닌 몇 날 며칠, 매일 당해야 한다고 생각해보라. 숨이 탁탁 막히고 잠을 자도 악몽에 시달린다. 참고 참다가 더 견딜 수 없으면 조용히 그만두거나, 대판 싸움이 붙거나 둘 중 하나다. 싸움은 주먹다짐 맞짱 싸움뿐만 아니라, 몰래 뒤에서 가격하거나 일을 못 하게 공정을 망치는 등 방식은 다양하다. 명확한 것은 당한 만큼 보복을 한다는 점이다. 당연히 현장이 살벌해진다. 툭하면 싸움이 일어나고, 112 신고해서 경찰이 출동하고, 여기에 산업재해 사고까지 겹치면 바람 잘 날 없다는 말이 현실이 된다.

그러나 이런 일이 반복될수록 학습효과가 나타난다. 아무리 조공이라도 함부로 대하면 후환이 생긴다는 것을 경험하고 나면 태도가 바뀐다. 한두 사람으로 시작해서 학습효과가 쌓여 여러 사람이 태도를 바꾸는 데

수십 년이 걸린 셈이다. '반장님'이라는 호칭이 어느 날 갑자기 1군 건설사 현장 소장이 지시해서 떨어진 하사품이 아니다. 수없이 당하고 당하다 몸 뚱어리 하나로 저항한 가장 밑바닥의, 수많은 건설 노동자들의 자연적, 비 조직적 투쟁의 산물이다.

호칭이 바뀌고 현장 분위기는 한결 좋아졌다. 현장에서 막일하는 자신에게 '반장님'이라고 불러주는데 싫어할 사람은 없다. 욕설을 퍼붓지 않고, 존칭어를 쓴다는 것만으로도 우발적이고 일상적인 갈등이 상당히 줄어들었다. 그래서 '반장님'은 건설 노동자를 부르는 보통명사가 되었다. 친해지면 '상규 씨'라며 이름을 부르기도 하고, 자기보다 나이가 많으면 '형님'이라고 깍듯이 모시기도 하지만 가장 많이 주고받는 호칭은 '반장님'이다. '이 씨' '김 씨'에서 '이 반장님' '김 반장님'으로 존대를 받게 되었고, 험악한 분위기, 윽박지르는 태도는 표면적으로는 없어졌다.

관리자가 '반장님'이라 부를 땐

그래서 정말 건설 노동자의 처지도 달라졌을까? 안타깝게도 그렇지 않다. 평상시에는 '반장님'이라고 존대를 하다가도 중요한 순간, 뭔가 잡도리를 해야 할 때는 어김없이 갑을관계가 그대로 드러난다. 설비 쪽에서는 종종 소장들이 조회할 때 "우리는 노가다 아닙니다. 엔지니어입니다. 자부심 지니고 일하세요. 시키는 것만, 대충, 이래서는 안 돼요. 엔지니어로서 책임감 있게 품질이면 품질, 물량이면 물량 제대로 합시다."라며 기술자, 엔지니어를 강조한다. 그러다가 사고가 나면 태도가 완전히 달라진

14

다.

"보안경 쓰라고 그렇게 이야기해도 왜 보안경을 안 써서 눈을 다쳐요. 자기 몸 하나 간수 못 하나?"

"여기서 일하다 인대가 나간 건지, 그 전 현장에서 사고가 난 건지 어떻게 알아? 집에서 다친 건 아니고? 그걸 왜 지금에야 말하냐고. 그걸 왜 나한테 덤탱이를 씌워, 안 그래도 신경 쓸 일이 많은데."

여기까지는 그나마 양반이다. 물량이 안 나올 때, 노임 단가가 소장 계산보다 높을 때, 공사 하자는 계속 나오고 근태가 안 좋을 때면 가차 없다. 바로 육두문자가 튀어나온다. 사무실로 불러 갖은 욕설과 협박으로 지근지근 밟아버린다. 사무실과 친한 노동자도 예외가 될 수 없다. 돈 앞에서는 친분이나 경력조차 하릴없다. 함부로 대할 수 없는 노동자에게는 "당신 이제 됐어. 그 정도 일도 안 되면 같이 못 가지. 보따리 싸세요."라며 냉정하게 잘라버린다. 본인 눈 밖에 나는 상황을 용납하지 않는다.

노동자들 사이에서 '반장님'은 서로에게 호의를 뜻하거나 최소한 동등한 존재로서 부르는 호칭이다. 관리자들이 뱉어내는 '반장님'은 '야 인마, 네 목숨은 내게 달려 있어.'라는 본심을 숨긴 입에 발린 말일 수도 있다.

흙수저에게는 싸구려 안전화

안전은 현장에서 '공기'와 같은 것이다. 그 존재를 느끼지 못하더라도 숨을 쉬는 것처럼, 현장에 들어서는 순간부터 안전은 공기처럼 작용한다. 숨을 쉬지 않고 잠시라도 살 수 없듯이 안전을 무시하고는 어떤 공정, 어떤 작업도 진행할 수 없다. 안전을 확보하는 기본은 안전 장비 착용이다. 현장에 첫 출근을 하면 원청 건설사로부터 안전교육을 받는다. 그리고 각 협력업체는 모든 신규 노동자에게 안전 장비를 의무 지급하고 서명을 받아 그 서류를 보관한다.

안전화를 아껴서 사용하라고?

안전모, 안전벨트, 안전화, 보안경, 각반이 안전 장비의 기본이다. 안전벨트는 몸 전체를 감싸는 그네식과 어깨와 허리까지를 잡아주는 상체

• 낭떠러지에서 외벽 작업. 기둥에 묶은 빨간 생명줄에 안전고리를 걸고 작업한다.
• 높은 발판 위에서 그네식 안전벨트를 착용하고 천장 배관 작업한다.

식이 있다. 추락 위험이 있는 단부(낭떠러지 부위), 외벽에 매달려 일하는
시스템 비계나 달비계(공중에 매달려 있는 작업대) 작업, 사다리와 고소
작업대 등 높은 곳 작업을 할 때는 그네식을 차야 한다. 상체식은 추락의
경우 떨어지는 힘의 충격을 흡수하지 못해서 장 파열이나 갈비뼈 골절로
결국 사망하게 된다. 추락을 안전하게 받쳐주지 못한다. 그래서 추락 위험
이 있는 작업을 해야 하면 반드시 그네식을 지급한다. 안전 담당자는 생명
줄을 설치했는지, 그 생명줄에 안전벨트 고리를 걸었는지, 안전벨트가 그
네식인지 매번 확인한다. 안전벨트는 어떤 작업을 하는지, 위험 작업 여부
에 따라 실효성 있는 것으로 지급하지, 색상이나 형식에 얽매지 않는다.

그러나 안전벨트만큼 중요한 안전화는 전혀 달랐다. 안전화가 가장 필요한 사람은 일시 방문자나 사무실에서 일하는 관리자가 아니라 무거운 물체를 다루는, 그래서 발등이나 발바닥을 다칠 위험이 큰 현장 노동자이다. 그런데 일선 노동자에게는 안전화를 가급적 안 주려고 한다. 주더라도 가장 싼 것을 지급한다. 노동자를 소모품으로 생각하는 건설사 입장에서 굳이 안전화를, 그것도 좋은 안전화를 줄 이유가 없는 것이다.

처음 출근해서 서류에는 안전화 받았다고 서명하지만, 실제 지급은 한두 주나 한두 달 후에 하는 업체가 많다. 하루 이틀 만에 떠나는 노동자가 있다 보니, 이 사람들에게까지 줄 필요가 있느냐는 것이 업체들 논리다. 하루라도 일을 하면 반드시 안전 장비를 착용해야 한다는 안전 수칙에 정면으로 위반되는 처사인데도 원청 건설사는 이런 협력업체를 제지하지 않는다. 안전 비용을 절약해서 돈 좀 남겨 먹으라고 친절한 방조를 하는 걸까? 그들은 안전 수칙을 어기고, 안전하게 일할 권리를 빼앗으면서도 일선 노동자에게는 '안전! 안전!'을 지키라고 강요한다.

그들 주장대로 하자면, 하루 이틀 만에 떠나지 않는 노동자에게는 안전화를 제대로 지급해야 한다. 과연 그럴까? 그렇지 않다. 여름철 장마 때는 안전화가 흠뻑 젖는다. 몇 번 반복되면 안전화 구실을 못 한다. 거푸집에 바르는 박리제나 파이프 기계에 쓰는 윤활유를 다루는 경우 안전화가 기름 범벅이 된다. 철근공들은 철근에 부딪혀 안전화가 여기저기 찢겨나간다. 안전화가 못 쓰게 되어서 새 안전화를 달라고 하면 그냥 주는 법이 없다. 당장 사무실에 남는 안전화가 없다고 안전화 들어오면 주겠다고 시간을 끈다. 그리고 지급할 때는 꼭 잔소리한다.

"잘 관리해라." "아껴서 사용해라." "이번이 마지막이니 알아서 들 해라."

안전화를 아껴서 신으라고? 방수 작업 들어오기 전에 빨리 배관 끝내야 한다며 잔업에 철야까지 강요하며 불이 나게 일해 달라는 관리자들이 이런 야박한 소리를 해댄다. 안전화를 아끼려면 일을 많이 해도 안 되고, 서둘러 해도 안 된다. 속도를 내달라, 물량을 죽여달라, 날씨 선선할 때 일 좀 확 끌어달라는 소장들이 왜 앞뒤 안 맞는 잔소리를 해댈까? 노동자에게 들어가는 안전 비용은 1원도 아깝기 때문이다. 안전 비용은 아까워하고 안전 수칙은 고무줄 잣대로 바꾸어, 이윤 추구에나 혈안이 되어 있는 그들의 욕심 앞에서 노동자의 목숨은 그저 돈 몇 푼일 뿐이다.

안전화에도 신분 차별

그러나 싸구려 안전화마저도 풍족하게 지급하지 않는 현장 관행은 이윤 동기만으로는 설명이 잘 안 된다. 돈 욕심을 넘어 무언가 더 있다. 짧은 경험의 내게도, 현장에서 잔뼈가 굵은 허 씨도 그리고 다른 노동자들도 실은 알고 있다. 누가 가르쳐 주고, 말해주지 않더라도 온몸으로 느끼고 있다. '우리는 너희들 노가다와 부류가 달라.' '어딜 우리 근처에 오려고 해!' 하는 우월의식, 선민의식의 찬란한 발로다. 소모품인 현장 노동자와 확실한 차별을 두기 위해, 자신들은 관리하고 지휘하는 사람이라는 영역 표시를 확실히 하려고 비싸고 때깔 좋은 최고급 안전화를 독점한다. 흙을 묻히고, 물속을 헤집고, 기름칠 위로 다니지 않으니 그들의 고급 안전화는 늘 새것처럼 빛난다.

실제 일하는 노동자들은 파이프에 부딪히고, 철근에 걸리고, 기름에 절어 너덜너덜하고 더러워진 안전화를 신고, 관리자들은 깨끗하고 폼나는 최고급 안전화를 신는다. 마치 태어날 때부터 운명이 정해지는 신분제처럼 말이다. 안전화를 신지 않으면 현장에서 일할 수 없지만, 그렇다고 좋은 안전화는 절대 안 된다. 신분에 맞게 하급 안전화만 제공한다.

신분의 차이는 신발에만 있지 않다. 작업복도 엄연히 위아래가 있다. 10년 넘게 일하면서 겨울 잠바를 받아본 적이 없다. 솜이나 캐시밀론 같은 보온재를 넣고, 털까지 달린 두툼한 작업용 겨울 잠바는 관리자의 상징이다. 우리가 아무리 추운 곳에서 손이 곱아 가며 일해도 겨울 잠바를 지급하지 않는다. 귀마개나 넥워머 같은 보온 물품을 돌리기는 해도 겨울 잠바는 관리자를 중심으로 소수에게만 돌아간다. 한국산업안전보건공단의 겨울철 안전 대책에 따뜻한 휴게실, 손난로 지급 항목은 있지만 겨울 잠바는 언급이 없다. 말로만 반장님이지 안전화도 작업복도 신분에 따라 정해진다. 신분은 어떤 경우에도 넘어설 수 없는 절대 구획이다. 관리자용 안전화, 관리자용 안전벨트, 관리자용 조끼와 작업복까지 한눈에 관리자와 노가다는 확연히 구분된다.

노동자는 100명에 화장실 1칸, 직원은 2명에 1칸

다 반장님이지만 밥 먹을 때, 화장실 갈 때, 샤워실 사용 같은 작업 이외의 일상에서도 차별은 서릿발처럼 차고 날카롭다. 직원용 식당 따로 있고, 노동자 식당 따로 있다. 노동자는 직원용 식당에 들어갈 수 없다. 신분이 다르니 겸상은 불가하다. 모든 현장이 그런 것은 아니지만 화장실을 직원용과 노동자용으로 구분하는 경우, 우리에게 직원용 화장실은 접근 금지다. 우리도 굳이 직원용 화장실에 가고 싶지는 않다. 문제는 화장실 부족이다. 5칸짜리 컨테이너 화장실을 원청 직원용으로 하나, 노동자용으로 하나를 배정한다. 직원이 10명이니 2명당 1칸이고, 노동자는 500명이니 100명당 1칸이다. 100명이 1칸을 쓰려니 아침마다 화장실 앞에 줄을 서고 조회 시간에 늦지 않으려고 한바탕 전쟁을 치른다. 그래도 직원용은 접근 금지다. 정 급해서 들어가려 하면 직영 반장이나 관리자가 소리를 지르고 욕을 해댄다.

공사 현장에 공간이 부족하다고 달랑 2칸짜리 간이 화장실을 며칠씩 빼버리는 황당한 경우도 있다. 그러고는 우리에게 아무 곳에서나 용변 보지 말라 한다. 당분간 화장실이 없으니 주변 상가나 전철역을 이용하라고 한다. 주변 상가나 전철역에서 먼지 뒤집어쓴 건설 노동자를 반길 리 만무하다. 여기서 쫓겨나고 저기서 쫓겨난다. 최악의 경우는 주변에 상가도 전철역도 없을 때이다. 문명을 포기하고 원시 시대, 자연인으로 회귀를 강요당한다. 멀쩡한 아파트 천장을 뜯어보니 인분 주머니가 매달려 있었다는 기사를 접해도 현장 동료들은 별로 놀라지 않는다. 그보다 더한 일을 매일같이 겪기 때문이다.

한 번은 샤워실에서 씻는데 옆의 반장님이 한마디 한다. 처음 현장에 와서 일 마치고 샤워하는데 직영 반장이 들어와 "여기는 대우 직원들 쓰라고 만든 거야. 당신들 샤워하라고 만들어 준 샤워장이 아냐!"라며 호통을

쳤다고 한다. 누구는 금가루 뿌린 몸이고, 누구는 똥 가루 뿌린 몸이냐며 분을 삭이지 못했다. 반장님의 실룩거리던 입 끝이 지금도 선하다. 어떤 분은 들어올 수 있고, 어떤 놈은 못 들어오는 샤워실이었나 보다. 원청 직원이 흘리는 땀은 씻을 품격이 있고, 하청 노동자들 흘리는 땀은 씻을 자격이 없나 보다.

샤워실, 주차장도 마음대로 못 써

명동 성당 앞 대신증권 사옥 신축 공사에서는 간이수도를 썼는데, 수도꼭지 4개로 몇백 명이 한여름을 보냈다. 간이 시설이라 장마철에 비가 쏟아지면 비 맞으며 씻을 수밖에 없었는데, 협력업체 소장들과 숱한 노동자들이 요구해도 가설 지붕은 끝내 설치되지 않았다. 도심이 아니어서 주변에 공간이 많아도 구획은 엄격하다. 현장 앞 임시 주차장에 새끼줄을 하나 걸어놓고 한쪽은 원청 직원용, 한쪽은 협력업체용이란다. 말이 좋아 따로 있는 것이지, 원청 직원 수만큼 확보한 주차장 옆 남은 공간을 노동자용이라고 하면서 생색을 낸 것이다. 좁은 공간에 금세 차들이 차서 대다수 출근 노동자들은 주차할 곳을 찾느라 주변 도로를 빙빙 돌아야 한다.

사람 위에 사람 없고, 사람 밑에 사람 없다는 말은 건설 현장에서는 별 의미를 지니지 못한다. 사람 취급조차 하지 않는데 위아래를 따지는 것은 한가한 이야기에도 끼지 못한다. 위험하고 더러운 일을 해서 노동자가 남루해지는 것이 아니다. 노동자를 비용으로 보고, 쓰다가 버릴 소모품으로 여기는 비뚤어진 차별 의식이 사회 전반에 도사리고 있기 때문이다. 그

대표적 사례가 2016년, 교육부 정책기획관의 "나는 신분제를 공고화시켜야 한다고 생각한다. 어차피 다 평등할 수는 없기 때문에."라는 발언이다.

"철근이 다 칼날이라 여기저기 많이 다쳐요"

철근을 한다 해서 궁금하기도 하고 좀 놀라기도 했어요. 힘들지 않나요?
무겁고 힘든 일인데, 철근과 철근을 가로세로로 엮는 결속작업을 할 줄 알고, 뱅뱅이만 돌릴 줄 알면 조공으로 일할 수 있어요. 철근 하기 전에 화기 감시원, 고소 작업대 유도원, 중장비 신호수 일을 3년 했죠. 타워크레인 신호수 하면서 철근 올리는 일을 유심히 보곤 했어요. 관심이 있어서 하고 싶었고. 철근 하는 사람들에게 갈고리 좀 달라고 해서 쉬는 시간에 결속선 묶는 작업을 연습하기도 했죠. 내 모습을 보더니 아예 철근 해보라고 권유하더라고요. 그런데 지방에서 숙소 생활을 해야 한다고 해서 그때 바로 가지는 못했어요.

관심이 있어도 쉽지 않은 일인데, 혹시 생활상의 이유가 있습니까?

사는 곳이 충남 쪽이었어요. 남편이 현장일, 플랜트 비계 일을 했는데 자기 몸 아끼지 않고 하루도 결근하지 않고, 오랫동안 일하다 보니 팔이 조금씩 망가졌나 봐요. 결국, 근육이 파열되어 두 번이나 어깨 수술을 받았어요. 회복되어서 일상생활은 하지만 힘든 노동은 평생 할 수 없게 되었죠. 내가 집안 살림을 책임져야 했어요. 어떻게든 돈을 벌어야 해서 2021년에 기능학교에서 철근을 배우고 현장에 나가게 된 거죠. 다급하고 절실하니까 현장 일을 하게 돼요. 철근 일은 1년 조금 넘게 했어요.

일하면서 어려운 점이 많았을 텐데요?

내가 신입이다 보니, 철근 작업만 하는 것이 아니고 이것저것 다해야 해요. 일하고 뒤처리해야지, 일하기 전에 준비해야지, 심부름 가야지, 간식 챙겨야지, 나는 철근 일을 더 배우고 싶은데, 일은 조금밖에 못하고 다른 일도 해야 하니까 철근 기술을 배울 기회가 적어요.

결속선 감는 일은 잘해요. 철근을 어깨에 메야 하는데 남자들이 하는 일을 똑같이 할 수밖에 없어요. 다만 남자들은 네 가닥 메는데 저는 무거워서 그만큼은 못하고 두 가닥만 메죠. 철근 메고 다니면 작업복 금세 떨어지고, 기름이 배고, 철근이 다 칼날이라서 작업복 여기저기 찢어지고 살도 많이 다쳐요. 두 번이나 넘어졌는데 아프다고 말도 못 하고 다쳤다는 말도 못 해요. 넘어져서 턱을 부딪쳤는데, 이빨 다 나가는 줄 알았죠. 거푸집 사이로 떨어진 적도 있고요. 거푸집이 고정된 줄 알았는데 그게 아니었어요. 떨어지는 순간 상단 틀을 잡았길래 망정이지, 큰일 날 뻔했죠.

여성으로서 겪는 차별이 있나요?

현장에 여성이 많지 않고, 철근에서 일하니까 사람들 눈이 집중되죠. 특히 관리자들은 여자가 일을 잘하나 주시해서 봐요. 남자들과 섞여 일할 때는 티가 안 나는데, 혼자 하면 금방 표가 나죠. 남자 조공은 표가 안 나서 노임단가 올리는 데 문제가 안 생기죠. 반대로 여성들은 서툰 티가 나니까 단가 올릴 때 불리하죠, 너무 속상해요. 기공하고 일하면 기술이 느는데, 잔심부름에 뒤치다꺼리하다 보면 흐름을 놓치고 빨리 습득하기 어려워요. 기공들은 남자 조공하고 일하는 것이 더 편할 테니까, 물론 이해는 가죠. 내가 힘이 세지 않아 속상할 때도 있고. 그런 면에서 여자들이 불리하긴 해요, 그래도 잘 버티고 있어요.

동료들이 나한테 이모라고 부르지 않고, 김 군이라고 불러요. 나도 팀원들을 형이나 동생이라고 부르면서 여자티 안 내고 어울리려고 노력해요. 동료들이 나를 여자라고 무시하거나 왕따하는 일은 없어요. 목수들은 내가 일하는 거 보고 대단하다고도 하고, 너무 힘들게 하지 말라고 걱정도 해줘요.

급여와 만족도가 어느 정도인가요?

화기 감시원이나 유도원 할 때보다 당연히 급여가 더 많죠. 철근은 기술 직종이라서 좀 더 받는 편이에요. 여성들이 철근으로 많이 와서 생활 형편이 나아졌으면 좋겠어요. 후배들, 다른 여성들이 오면 기술도 전수하고, 현장 생활 잘할 수 있게 안내해주고 싶어요.

현장 일하면서 보람 있었던 적은 있나요?

현장 일을 못 견디는 젊은 친구들이 있는데, 누가 따뜻하게 해주는 사람도 없고, 마구 대하니까 상처도 입고 힘들어하죠. 그럴 때 내가 위로하고 도닥거려서 다시 마음 잡고 현장 일하게 되면 보람 있어요. 팀원이든 지원 나온 사람이든, 나이 드신 분들은 물도 먼저 챙겨주고, 현장이 돌아가는 데 조금이라도 도움이 되려고 해요. 철근 팀에 와서 내가 도움을 많이 받아서, 동료들에게도 잘해주고 싶어요.

하루 일과는 어떻게 돼죠?

보통 4시 30분에 일어나서, 5시 10분 차를 타고 현장에 6시 도착하죠. 함바 식당에서 아침밥 먹고, 6시 50분에 안전 조회, 체조하고 일 시작해요. 쉬는 시간은 오전에 15분, 오후에 15분 참을 먹어요. 점심밥은 11시 50분에 먹고, 오침 하지 않고 12시 30분에 오후 일 시작해서 4시에 퇴근하죠. 하루를 일찍 시작하고 일찍 끝내면, 오후 시간을 쓸 수 있어서 좋은 것 같아요. 일찍 일어나는 것은 습관이 되어서 괜찮고요.

현장에서 개선할 점은 뭐가 있을까요?

휴게실이나 화장실이 열악하고 지저분하고, 여자 휴게실이 따로 없어서 화장실에 가서 눈치 보면서 쉬기도 해요. 간식도 300원짜리 음료수와 과자 하나 주는데 차라리 빵과 두유를 주면 좋겠어요. 힘든 일을 하니까 금방 배가 고파요. 과자 안 드시는 분들이 있는데 두유는 다 드시더라고요. 그리고 안전 장비를 제대로 안 줘요. 귀마개나 안전벨트를 1년에 겨우 하나 줘요. 안전화는 싸구려만 주고. 안전시설이 너무 안 되어 있어요. 조금만 벗어나서 발 빠지면 그냥 추락해서 죽는 거예요. 겨울, 동절기에 다른 비용 아껴서라도 노동자들에게 잠바라도 주면 좋겠어요. 장갑도 하루에 하나는 필요하고. 핫팩 같은 보온용품은 미리 한 달 양을 주면 우리가 필요할 때 꺼내 쓰면 되는데. 날이 추워져서 발이 너무 시려요, 발 핫팩은 많이 주면 좋겠어요.

마지막으로 하고 싶은 말이 있나요?

현장이 많이 좋아져서 젊은 사람들이 많이 왔으면 좋겠어요. 외국에서는 건설 일 하면 중산층이라던데, 우리는 최하의 삶, 밑바닥 인생이잖아요. 이게 바뀌었으면 해요. 나도 힘을 보탤 생각이고요. ●

오늘은 불가촉천민

동료 허 씨는 늘 말한다.

"웃기는 소리 하지 마. 우리가 뭔 노가다야? 노가다는 양반이고 상놈 중에서도 상놈! 옷에 닿기만 해도 기겁하고, 관심조차 없는 버려진 천민, 불가촉천민이지."

불가촉천민, 중학교 사회 시간에 들어보고 새까맣게 잊었던 말이다. 인도의 신분제 카스트에서도 밀려난 최하층민을 가리키는 불가촉천민이 21세기 대한민국에서 허 씨 입을 통해 환생했다. 실제 우리가 작업복을 입은 채 거리에 나서면 다들 피한다. 건설 현장 근처 식당을 함바로 정해놓고 점심밥을 먹으러 갈 때면 늘 따가운 눈총이 쏟아진다. 신촌 세브란스병원 리모델링 공사를 할 때, 환자나 방문객이 우연히 공사 구간 문을 열었다가 그 안에서 들리는 굉음과 먼지에 깜짝 놀라서 황급히 문을 닫고는 줄행랑을 놓기 일쑤였다.

먼지 범벅, 기름때, 여기저기 찢어진 작업복 입은 노동자가 보기 좋을 리 없다. 먼지 묻을까 피하는 것이야 납득이 가는데, 노가다 허 씨가 말하는 불가촉천민은 그 이상의 의미다. 물리적 접촉만이 아니라 사회적, 정서적 접촉마저 거부하고 관계를 차단한다. 건설 노동자가 우리 사회에 없어서는 안 될 존재라는 것을 부정하지 않겠지만, 나와 같이 어울릴 동등한 구성원이라고는 여기지 않는다. 미천한 계급, 비천한 신분으로 여기는 듯하다. 그 사이에는 감히 쳐다볼 수도 없는 높은 벽이 솟아 있다.

• 떨어지는 먼지를 막기 위해 보안면 착용.
• 얼굴과 손이 겨우 들어가는 좁은 공간, 천장에서 후드득 먼지가 떨어진다.

먼지 구덩이 뒤집어쓴 롯데호텔 리모델링 공사

잠실 롯데호텔 리모델링 공사는 인연이 있었는지 1차, 2차 공사에 모두 출력했다. 나는 오배수 배관을 맡았는데 가장 어려운 공사가 맨 아래층 구간이었다. 공사 구간의 맨 아래층은 7층이었고, 6층에는 호텔급 한의원과 치과 병원이 영업하고 있었다. 7층 객실에 들어갈 화장실 배수 배관을 하려면 아래층인 6층 한의원과 치과의 천장으로 올라가야 한다. 병원 영업시간 이후에야 일할 수 있어서 저녁 7시부터 밤샘 철야를 했다.

영업 중이라 천장을 다 들어내지 못하고 최소 면적으로 일부만 잘라냈다. 천장에 가득 찬 다른 구조물을 건드리지 않고 기존 배수관을 철거하고 새 배수관을 연결하는 작업이었다. 몸통은 고사하고 머리도 안 들어가는 경우가 많았고, 어깨를 움직이거나 손을 뻗기도 힘든 좁은 공간에서 밤새워 작업하는 일이 너무 고생스러웠다. 난다 긴다 하는 팀들이 한 번 철야 들어갔다가 모두 떨어져 나갔다. 주철 75mm, 50mm 파이프 배관은 비교적 쉬운 작업이어서 10분이면 끝날 일이, 공간만 있으면 눈 감고도 금방 끝날 일이 두 시간이 걸려도 진척이 안 되었다. 금방 할 수 있는 일이 안 되니, 힘도 더 들고 짜증이 폭발하게 된다.

호텔은 일정한 면적에 최대한 많은 객실과 식당, 편의 시설을 들이기 위해 공간을 아주 촘촘하게 짠다. 천장 공간이 무척 좁아도 신축 과정에서는 하나씩 순서대로 들어가니까 그나마 일이 된다. 그런데 기존 시설물들, 각종 파이프와 전기, 통신 케이블, 덕트 통까지 다닥다닥 붙어 있는 상태에서 배수관 길을 내야 하니 여간 어려운 일이 아니다. 겨우 배관 길을 찾아도 파이프와 부속을 연결하는 볼트-너트를 조일 공간과 각도가 나오지 않고, 보이지도 않는다. 손가락 감각으로 볼트-너트 구멍을 맞추고, 손으로 조금씩 돌려 끼운 후에 소형 스패너로 1~2mm씩 수십 번을 돌려서 겨우 체결했다.

작업하는 중에 온몸이 땀으로 젖고, 그 위에 10년 이상 쌓인 천장 먼지들이 후드득 떨어져 눈, 코, 입으로 쏟아져 들어온다. 먼지를 먹는 순간 욕이 절로 나온다. 그렇게 했는데도 볼트-너트가 빠지거나, 체결에는 성공해도 파이프 길이가 맞지 않아 다시 작업해야 하면 인내심이 한계에 달하게 된다. 시간이 새벽 2시를 넘어가 체력은 바닥나고 머리가 멍해져 동작이 둔해진다. 새벽 3시나 되었을까, 일 잘한다고 소문난 김 반장이 옆방 천장에서 한참을 작업하며 뒹굴다가 버럭 소리를 지른다.

"아, 정말 더러워서 못 해먹겠네. 이건 인간이 할 짓이 아니야! 내가 설비 30년에 이런 꼴을 다 보네. 아 ××, 다들 오늘 일 그만해!"

작업하는 롯데호텔 6층 한의원 창으로 롯데월드 전경이 들어온다. 창 너머에는 화려하고 멋진 롯데월드 놀이기구가 돌아가고, 창 안에서는 먼지를 뒤집어쓰고 철야 노동으로 진이 빠진 노동자들이 어슬렁거린다.

'언감생심, 여기가 어디라고 감히 들어와!'

그렇게 7월 한 달을 보내고, 마무리 일이 남았는데 다들 못한다고 하고, 다른 곳에 파견 나가서 결국 내가 담당하게 되었다. 계속 야근할 수는 없어서 조출 작업으로 했다. 조출은 1시간 정도 일찍 작업을 시작하는 건

• 롯데호텔 7층 작업 구간
에서 바라본 동화 같은
풍경의 롯데월드.

• 롯데호텔 7층 작업 구간
에서 했던 진을 빼는 철
야 작업.

데, 조회도 참여하지 않고 바로 현장에 투입되며, 6시 30분부터 병원 직원
들 출근하는 10시까지 쉬지 않고 달린다. 한참 작업을 하다 문득 신호가
온다. 화장실에 가야 하는데 우리가 갈 수 있는 노동자용은 몇 개 층을 올
라가야 한다. 하던 일을 바로 중단할 수 없어 한 매듭 지으려고 조금 더 하
다 보면 용변이 급해진다. 급한 김에 한의원 앞 고객용 화장실로 들어갔
다. 안도의 한숨, 휴!

시원한 마음으로 나오는데 청소하는 여성 노동자가 들어와 눈이 마주

쳤다. 우리 집 안방보다 크고 깨끗하고 고급 마감재로 화려하게 꾸민 화장실에, 먼지와 땀을 뒤집어쓰고 시멘트 가루 얼룩진 안전화를 신은 작업자가 들어와 있으니 난리가 났다.

"아저씨 누구예요?"

"여기 함부로 들어오는 데 아니야."

"이름이 뭐예요. 빨리 불러요. 회사에 보고할 거야."

같은 노동자인데도 단정한 유니폼을 입은 롯데호텔 청소직원은 못 볼 것을 본 듯이 작정을 하고 달려들었다. 싸울 수도 없고, 그저 미안하다고 말하고 나오는데 기분이 좋을 수 없다. 이렇게 고생스럽게 일을 해서 그들이 사용하는 건물을 편리하게 쓸 수 있게 만들어 주는데, 우리는 딴 세상의 아래 부류였다. '언감생심, 여기가 어디라고 감히 들어와!' 등 뒤로 서늘한 목소리가 감겨오는 듯하다. 최고급 한의원, 최고급 객실을 쓰는 데 불편이 없게 물 잘 나오고, 양변기 물 잘 빠지게 배관을 연결해주는 우리는 호텔 고객들이 사용하는 시설에는 아예 접근해서는 안 되었다.

화려한 호텔 뒤편이나 지하에는 수많은 호텔 직원들이 움직인다. 객실부, 행사부, 식음료부 등 부서별 직원들 동선과 근무 시설, 출퇴근 시간이 모두 달라서, 직원 동선은 24시간 움직인다. 이 직원들 동선과 겹치지 않게 하려면 초 단위, 분 단위로 시간과 공간을 나눠야 한다. 그렇게까지 할 수는 없으니 큰 동선으로 출입 공간과 금지 공간을 구분한다. 공사장에 들어오는 건설 노동자 출퇴근 동선과 탈 수 있는 승강기가 정해진다. 호텔 안에는 물론, 호텔 밖 잠실역으로 가는 길도 통제한다. 호텔 1층 로비 앞 통과를 금지해서 우리는 멀리 돌아가야 했다.

- 고급 마감재로 화려하게 꾸민 호텔 화장실.
- 고급 마감재와 아이들이 좋아하는 캐릭터로 멋지게 꾸민 호텔 복도.

직원 동선과 겹쳐도 민원이 발생하는 판에 고객 동선과 겹치는 일은 대형 사고가 아니겠는가! 접촉 금지, 출입 금지, 눈에 보이면 안 된다. 시장통 건설 현장이나 허허벌판 건설 현장에서는 생각조차 할 수 없는 야릇한 경험, 계급사회의 한복판이었다. 노가다는 한국 사회 신분제 분류에도 들어가지 못하는 불가촉천민이라는 허 씨 말이 비로소 실감나게 들렸다.

롯데타워는 별유천지비인간

잠실 롯데호텔 근처에는 롯데월드, 롯데백화점, 롯데타워가 밀집해 있다. 이 지역은 롯데 가문의 공간이라 할 수 있다. 어디서든 하자가 생기거나, 소규모 리모델링 공사를 해야 하면 호텔 공사팀을 부른다. 월드, 백화점, 타워 모두가 고급 위락시설, 편의시설이지만, 그중에서도 단연 롯데타워는 전혀 다른 세상, 별유천지비인간(別有天地非人間)이다. 타워는 여러 구간으로 나누어져 있는데 층별로 호텔 구간이 있고, 시그니엘이라 부르는 아파트 구간이 있다는 것을 하자 보수 나가면서 알게 되었다. 롯데타워 준공은 이미 되었지만 100층 위로는 아직도 공사 중이라 각종 건설업체와 노동자들이 분주히 움직였다. 보수 공사를 나가보니 처음 시공할 때 붙박이로 설치한 고급 욕조를 뜯어내고, 최고급 수입 욕조로 교체하는 일이었다. 욕조를 앉히는 작업은 전문업체가 하는데, 찬물과 뜨거운 물 수도를 연결하는 배관작업이 우리 몫이었다.

그런데 이 작업 절차가 무척 복잡했다. 우선 아파트 구간을 총괄 관리하는 매니저라는 여성 직원이 있어서 집주인과의 연락, 작업 시간, 작업자 확인, 출입 관리를 하고 있었다. 아마도 층별로 한 명씩 있는 듯했다. 매니저가 공사 시간을 정하면 시간에 맞춰 욕조업체 사람들과 배관해 줄 우리가 지하 출입구 앞에 모인다. 엘리베이터를 타기까지 여러 문을 통과하는데 카드가 있어야만 문이 열린다. 해당 층까지 올라가 엘리베이터에서 내려 기다리면 매니저가 온다. 매니저가 카드를 찍어줘야 복도 문이 열려서 아파트 현관 앞까지 갈 수 있다. 잠시 후 타워 시설 담당 직원들이 온다. 공사할 집으로 연결되는 파이프 피트 실을 열어주면 우리가 들어가 수도 밸브를 잠근다.

매니저가 주인과 연락하여 아파트 현관이 열리면 매니저가 안내하여 화장실로 들어간다. 한강이 한눈에 내려다 보이는 롯데타워 고층아파트는 조망이 끝내준다. 그리고 운동장 같이 광활한 대형 평수의 아파트를 장식한 식탁, 가구, 조명등, 벽지, 바닥 매트 모두가 고급이다. 어디서 많이 본 듯한 느낌이 든다. 그렇다. 예능 프로그램에 나오는 유명 연예인들의 집과 비슷하다. 그중에도 부엌과 식탁 쪽은 낯설지 않을 정도로 인기 프로그램에서 보아왔던 그 배경이다. 자연목 같은 고급스러운 도마가 깔려 있고, 벽면 전체를 메우고 있는 냉장고며, 각종 주방 시설이 우아하게 자리를 잡고 있다. TV에서나 봤던 장면이 눈 앞에 펼쳐지니 신기하면서도 조심스럽다.

대한민국 최고의 재력가들이 모여 사는 성

거실을 거쳐 들어간 화장실은 웬만한 집의 안방만큼 넓다. 양변기가 자동이라 사람이 다가서면 뚜껑이 열리고 은은한 불빛이 들어온다. 작업하려면 양변기 전원을 뽑아야 편하다. 화장실에서 작업은 간단하다. 물이 잠겼는지 수도꼭지를 틀어 확인한다. 기존 급수관 끝부분에서 새로 들일 욕조의 수도 위치까지 파이프를 연결한다. 파이프 끝에 수도꼭지를 쉽게 끼울 수 있는 부속을 달아 고정하면 된다.

집주인은 화장실까지 들어오지 않는데 매니저, 욕조업체 사람들이 시공 과정을 지켜보고 시공 후 사진을 찍어 보고한다. 작업 시간은 30분에서 1시간 정도로 오래 걸리지는 않는다. 그러나 대기 시간은 1시간도 좋고 2시간이 걸리기도 한다. 작업을 마치면 남은 자재와 연장을 챙겨서 다시 엘리베이터로 간다. 이때도 카드가 있어야 통과할 수 있다. 타워 상층부에 공조실

층이 있어서 그곳에 남은 자재와 연장을 보관하고 커피 한 잔 마신다.

몇 번 보수 공사로 오가니, 타워 구조가 눈에 들어온다. 아파트 주민들이 타는 승강기와 직원들 승강기가 구분되어 있고, 직원용 승강기 앞쪽 공간에 재활용 쓰레기 집화장, 청소업체 사무실, 휴게실 등이 있다. 아파트 구간, 호텔 구간별로 시설관리업체, 청소업체가 따로 있어서 아파트 관리 직원, 호텔 직원 소속이 다르고 시설직원, 청소직원도 유니폼이 다르고, 업체가 다 다른 듯했다. 타워에 자주 파견 나왔던 동료들 이야기를 들어보면 아파트 주민들이 모든 쓰레기를 그냥 현관 앞에 내놓는다고 한다. 그것을 청소직원들이 가져와서 음식 쓰레기, 재활용 쓰레기, 일반 쓰레기를 분류하여 배출한다. 지하층 집화장에 보면 새것이고 고급스러워 보이는 각종 가구, 의류와 액세서리 폐기물이 늘 산더미처럼 쌓여 있다.

이곳에 입주한 집주인 중에 사장님은 별로 못 봤다고 한다. 대부분이 회장님, 대표님, 연예인이라고 한다. 대한민국 최고의 재력가들이 모여 사는 성이다. 작업복 입고 잠깐 일하러 온 노동자에게 관심이 있을 리 없고 대화할 일도 없겠지만, 화기애애하고 따뜻한 느낌의 일반 가정 분위기와는 다른 냉랭함이 가득한 공간이었으며, 가족들이 웃는 모습을 아버지와 딸 둘이 있는 딱 한 집에서만 봤다고 한다.

한눈에 봐도 하녀 복장

서울 어디에서나 보이는 롯데타워는 명소가 되었고 누구나 알지만, 그 안의 풍경은 별천지였다. 중세 봉건영주의 성처럼 귀족 일가 몇 명만을 위한 공간, 돈만 내면 모든 서비스를 받을 수 있고, 쇼핑, 헬스, 의료, 교육, 문화생활까지 한 번에 가능한 원스톱 캐슬이었다. 직장이라는 이름으로, 노동자라는 이름으로 수많은 사람이 타워에서 일하지만, 자본주의 질서보다는 귀족과 집사, 하인들이 존재하는 봉건시대 정서가 물씬 풍겼다. 늘 천장을 타며 먼지 구덩이에서 일하던 동료 중 한 명이 꼬집어 말한다.

"타워에서 청소하는 사람들 봐. 그게 무슨 유니폼이야. 한눈에 봐도 하녀 복장이지!"

먼지 많이 뒤집어쓰고, 초췌한 모습으로 일하던 동료에게도 그렇게 보였나 보다. 사실 우리도 처지가 다르지 않고, 오히려 청소하는 직원에게 쫓겨나기도 하는 신세인데 말이다.

내일은 억센 건설 노동자

평생을 건설 노동으로 생계를 꾸려가는 것이 쉬운 일이 아니다. 우선은 체력이 받쳐주어야 한다. 직종에 따라 약간씩 다르고, 기술 발전으로 기계, 장비가 많이 좋아졌으나 현장에 나오면 기본이 육체노동, 중노동이다. 운도 좋아야 한다. 사고가 나면 며칠을 쉬든 몇 달을 쉬든 벌이가 끊기고, 큰 사고가 나면 아예 현장을 떠나야 한다. 최선을 다해 안전에 주의를 기울이며 작업해도 작은 사고 정도를 막을 수 있을 뿐이다. 큰 사고는 모두 구조적, 필연적이어서 개인이 막을 수 없다.

우직함 또한 필요하다. 현장 짬밥이 쌓이고 돌아가는 이치를 알게 되면 오야지를 하든, 현장 소장을 하든, 자격증 장사를 하든 더욱 쉽게 돈 버는 길이 보이기 시작한다. 그렇게 많은 사람이 기회만 되면 노가다를 벗어나려고 한다. 30년 이상 현장 일하며 오늘도 출근하는 사람은 한편으로는 여전히 돈이 필요하고, 한편으로는 우직함과 성실함이 몸에 배어 있는 진국 노동자들이다.

1970년대, 80년대에는 공무원보다 노가다 벌이가 괜찮다고 해서 공무원 생활을 그만두고 현장에 오신 형님들이 있었다. IMF 사태 이전에는 수입이 좋았다고 한다. 부지런히 모아서 집 한 채씩 마련한 분도 적지 않았다. 그런데 근래 들어서는 노임이 오르지 않아서 벌이도 시원치 않은 데다가, 대기업처럼 사내 복지나, 공무원처럼 연금이 있는 것도 아니고, 제일 힘든 일이 딸 아들 혼례 치를 때 떳떳하게 직업을 밝히지 못하는 것이라 한다. 기술자라는 자부심과 그래 봐야 노가다라는 자조가 애증처럼 섞여 스스로 인생을 돌아보면, 여전히 근육이 단단하고 손아귀는 억척스러워도 골병이 들어 아프지 않은 곳이 없다.

건설 일을 하면서 많은 사람을 만나고, 많은 일을 겪는다. 상처도 받고 상처를 주기도 했을 터다. 상처 자리가 이제는 거북이 등껍질처럼 단단히 굳어 어지간한 시련과 풍파에는 끄떡없는 노장들이 탄생한다. 시멘트 가루가 날리는 현장에 처음 오면 고속절단기와 산소용접기에서 뿜어대는 굉음에 고막이 먹먹해지고, 펌핑카에서 콘크리트 반죽을 고층으로 쏘아 올리는 진동에 놀라 몸이 흠칫거린다. 많은 사람이 이를 이겨내지 못하고 도망간다.

버티고 버텨서 강해진 사람들

아침마다 소장은 잔소리를 넘어 생욕을 퍼부어대고, 사고가 나면 산재는커녕 공상 처리 받는 데도 눈치를 봐야 한다. 성질 사나운 기공을 만나

인격 모욕을 당하면 며칠이 지나도 분이 풀리지 않는다. 머리 꼿꼿이 들고 할 말 하면 당장은 시원한데 다음부터 불러주는 현장이 없다. 그런 억압적 분위기를 견디다 못해 도망가기도 한다.

남아 있는 노동자는 열악한 노동조건 속에서, 일상적인 차별과 수모를 당하면서도 먹고 살려고 버티고 또 버텨서 강해진 사람들이다. 숙련도가 쌓이고 기술이 붙으면 작업 대상, 파이프를 다룰 줄 알게 된다. 파이프를 다루다 보면 일하는 사람을 다룰 줄 알게 된다. 일머리를 아는 노동자, 사람

• 강관 파이프를 입상 용접하기 위해 베벨각을 내고 있다.
• 펌핑카 작업. 현장 전체에 떵! 떵! 울린다.

들을 모아서 팀을 꾸리고 팀을 움직이는 노동자가 배출된다. 돈으로 노동자를 움직이려는 사람은 오야지를 거쳐 자본가가 되지만, 동료애로 노동자를 움직이는 사람은 현장의 지도자가 된다. 그리고 주위에 사람들이 모이기 시작한다. 노동조합은 이렇게 만들어진다.

"민주노총으로 오면 희망이 있습니다"

뜻하지 않게 인터뷰를 하게 되었습니다. 팀장이면 현장 경력이 꽤 되 겠네요?

10년 조금 넘었죠. 짧은 기간에 빨리 기술을 습득해서 팀장이 좀 빨리 된 경우입니다. 컴퓨터를 사용하는 공무원 생활을 12년 정도 해서, 현 장 입문하자마자 종이 도면보다 컴퓨터 캐드를 바로 익혔지요. 독학으 로 했는데, 체질에 맞았는지 내용을 빨리 익혔습니다.

그러다 5년 전 현대오일 공사할 때 우연한 기회에 공대 출신 현대 직원 들에게 본격적으로 캐드를 배웠어요. 당시 철근 팀에 도면 담당자가 없 었어요. 캐드를 보고 철근 물량을 뽑아야 하는데, 정유공장은 건물이 복잡하고 층마다 기계 장치가 들어가서 바닥 높이, 단차가 심하고 편싱 (가운데가 아닌 한쪽으로 치우친 중심)이 많아서 도면에 다 넣을 수가 없어요. 현장 상황을 고려하여 도면과 다르게 들어가는 철근을 뽑는 일이 굉장히 어렵죠. 그것을 당시에 마스터했고 그 기술로 지금까지 일하고 있어요. 아파트나 오피스텔 소장들도 그 정도 기술은 안 돼요.

그러면 현장에서는 고급 기술자로 인정받겠네요?

예, 그 덕분에 상당히 우대를 받습니다. 기술이 되니까 누구를 데리고 와도 일이 되죠. 우리 팀에 27세, 28세, 31세, 36세, 여성분, 70세 노인까지 있어요. 거기에 내 또래 60세 전후 동료들 몇 명이 있고. 천차만별, 나이가 다 달라도 서로 손발을 착착 맞춰 잘할 수 있어요. 바닥을 하든, 옹벽을 하든 우리 팀이 뒤처진 적은 한 번도 없어요. 기술이 뒷받침되니까 하청 소장이든, 원청 소장이든 누구든 우리에게는 함부로 못 합니다.

건설 현장 불법 다단계가 문제라고 하는데, 구체적 실상이 어떤가요?

세부적으로 들어가서 토목 단종이 10억 공사를 땄다고 하면, 단종 밑에 또 단종을 줘서 철근 단종에 3억을 떼어서 공사를 넘겨요. 철근 단종에 현장 일은 하지 않는 사람들이 있는데 철근 이사. 기술 소장, 작업 차장, 새끼 반장, 그다음에 신호수 3명 무려 7~8명이 공짜로 먹고살아요, 글쎄. 일하기는 하지만 관리자라는 명목으로 시키기나 하고 힘든 일은 안 하죠.

거기다가 처음 단종, 그러니까 토목 업체에도 이사, 소장, 차장 해서 공짜로 먹고사는 사람들이 또 7~8명이 됩니다. 결국 한 현장에서 골조에 15명 정도가 일하기는 하지만 실제 생산적인 일은 하지 않고, 자본가들이득 챙기는 거나 거들어 줘요. 여기에 외국인 노동자 고용해서 또 외국인 팀장에게 1인당 만 원씩 똥 떼는 구조, 일도 안 하고. 이 사람들이 한 달에 600만 원을 받는다고 치면 15명이니까 1억 원이나 되는 생돈이 빠져나가는 겁니다. 이게 불법 다단계의 실태죠. 이 사람들 다단계 하지 말고 현장에서 일하고 기능을 하라는 거에요. 엉뚱한 곳에 헛돈 쓰면서도 노동자들 일당은 하나도 안 올려줘요.

불법 다단계 이외에 현장에서 주요하게 개선할 점으로는 무엇이 있을까요?

외국인 고용에 문제가 많아요. 능력과 기능이 안 돼도 외국인을 쓰는 이유가 자기들 마음대로, 기분 내키는 대로 시킬 수 있기 때문이죠. "내일 나오지 마." 하면 안 나오고 "오늘 잔업 좀 해." 하면 군말 없이 일합니다. 쉽게 부려 먹을 수 있어서 쓰지, 실제로 생산성이나 품질에서는 한참 떨어져요. 그것 때문에 부실시공이 되고 사고도 나죠. 건축업계가 더 발전이 없는 이유입니다. 청년들이나, 코로나로 어려운 사람들이 많은데 한국 사람들은 생각하지도 않고, 현장에서는 오로지 외국인 불러와서 불법 다단계나 하고, 자기 이익이나 챙기고 극도로 이기적인 행태를 보이고 있어요.

공장 생산라인을 보면 전부 컴퓨터로 하는데 건설에서도 컴퓨터로 할 수 있어요. 컴퓨터가 이제는 천지 빛깔이라, 태블릿만 있어도 돼요. 현장 한 라인에 태블릿 두 대만 있으면 됩니다. 누구나 궁금한 거 있으면 딱 펴서 볼 수 있고, 누구나 쉽게 시공하고, 조공들도 그거 보고 일할 수 있어요. 쉬운 건데도 안 합니다. 불편하고 비생산적인데도 그들만의 세계에서 벗어나지 못하고 낡은 관행에 파묻혀 있어요. 그러니 발전이 없죠. 세상이 얼마나 첨단화되어 있나? 현장에서 충분히 활용 가능해요. 그전에는 팀장들이 도면을 자기 뒷주머니에 꽂고 절대로 다른 사람에게 보여주지도 않았어요. 이런 관행은 다 바꾸어야 합니다. 청년들을 신규자로 대거 받아서 교육하면 속성으로 반장 만들 수 있어요. 기공 빨리 되면 좋잖아요. 철근은 마킹(표시해 놓은 작업 지침) 보는 법, 일 순서만 알면 거의 준기공이 될 수 있어요. 다른 공정보다 오히려 쉬운 일일 수 있는데. 철근 나르는 일이 힘든 일이지만 요즘에는 타워가 내 일할 곳 근처에 척척 갖다 주죠. 내가 볼 때는 전체 공정 중에 철근 일이 제일 쉬워요.

현장 일하면서 기억에 남는 사람이 있나요?

두 사람이 있어요. 좋은 기억과 안 좋은 기억. 3년째 같이 일하고 있는 36살짜리 반장이 있는데, 공고 토목공학과를 나왔고 집안 형편이 어려웠어요. 그래서 현장에 왔는데 공고 출신이라 기본은 알았는데 누구도 가르쳐 주질 않는 거야. 나한테 와서 1년간 배우니까 반장할 실력이 되더라고요. 지금은 최고의 반장이라고 자부합니다. 한 친구는 나하고 동갑내기인데 10여 년을 같이 일하고도, 나쁜 습관을 못 버렸어요. 경마, 로또, 스포츠 토토, 오락실, 술, 노래방 뭐 그런 쪽으로만 전전했죠. 기능으로는 전국 최고였지만, 역마살이 있어서 한 곳에 있지를 못했어요. 경마 친구나 술친구가 있어야 했고, 같이 휩쓸리는 사람이 없으면 못 견

더서, 아쉽게도 결국 짐 싸서 도망갔지요.

혹시 일하다 다친 적도 있습니까?

다행인지 불행인지 한 번도 다친 적은 없어요. 늘 정신 바짝 차리고 일합니다.

철근에서는 앞뒤 공정과 관계가 어떤가요?

현장에서 큰소리가 나고 종종 안 좋은 모습들을 봤는데, 양보를 안 해서 갈등이 생기는 거죠. 서로 의논을 하지 않고 너무 내 것만 챙겨서 그렇지, 한마디라도 양보를 하면 해소된다고 생각합니다. 공정별 팀장이 모여서 회의를 하고, 사전에 작업을 조정해야 해요. 원청이 소집해서 하는 회의에서는 서로 양보하고 조정하는 게 잘 안 돼요. 눈치나 보고 원청 지시만 받게 되지, 자기 주장하기가 쉽지 않아요. 실제 일하는 사람들이, 실제 작업을 끌어가는 팀장들이 모여야 합니다.

현장에서 여러 일을 겪었을 텐데요, 재미있거나 보람 있었던 경험도 많았겠죠?

우리가 한 현장에 들어가면 보통 지하층만 일해서 지하 구간 뚜껑 덮고 나온다고 말하는데, 그렇게 몇 개월 하다 일할 만하면 나오곤 했죠. 그러다 우리 팀이 최초로 지상 구간까지 뚫어서 자부심이 있어요. 지금 현장에서 1년 가까이 일을 해서 며칠 있으면 퇴직금이 나옵니다.

나는 팀원들에게 일 열심히 하자는 소리 절대 안 해요. 기능으로 뛰어나

자고만 합니다. 내가 쎄빠지게 일하고 있는데 팀장이 와서 부지런히 하라 하면 오히려 힘이 빠지죠. 열심히 하라는 소리는 관리자들이나 하는 이야기입니다.

현장에 마음 상하고, 다치는 일이 많아요. 사업했던 사람들, 자기 동네에서는 내로라했던 사람들인데, 일이 잘 안 돼서 어쩔 수 없어서 현장에 오긴 했는데, 자기 눈에는 아무것도 아닌 사람들이 반장이랍시고 자기를 깔보고 문대고 하니까 튕겨 나가는 사람들 많아요. 이런 사람들 끌어안고 보듬어서 같이 가고 싶습니다. 내가 이 나이에 연봉 7천 이상 돼요. 아주 괜찮지 않나요? 내 친구들은 정년퇴직해서 등산하다가 신물이 나서 산만 봐도 돌아버리겠다 하고, 어떤 친구들은 서예, 붓글씨를 했는데, 3개월 지나니 검은색은 보기만 해도 싫다고 해요. 취미 생활도 일이 있어야 재미가 있는 법이죠. 현장 일은 정년이 없어요. 최고의 직장이라고 생각해요.

그 전에 공직 생활도 했고, 이제는 현장에서 팀장으로 있는데요, 소회가 어떠세요?

한때 재산도 있었고, 공직 생활도 했다가 한 방에 다 날려 없애고, 한 7개월 소주만 먹다가 죽으려고 했어요. 그러다 현장에 오게 됐는데 와보니 체질에 맞는 거죠. 운도 따랐고, 그만큼 노력도 했어요. 현장에 한 시간 더 남아서 단도리하고서 나머지 공부도 하고 그렇게 살았어요. 앞으로 현역으로 10년은 더 뛸 수 있겠다 싶은데 너무 행복한 거예요. 하던 일에 실패해서 지금 50살이라고 해도, 50 나이에도 늦지 않고, 지금 현장에 와도 20년은 일할 수 있어요. 이 일은 기술을 제대로 익히면 재미도 있고, 그리고 수입도 따르죠. 단 노력을 해야 합니다. 자기가 노력을 하기만 하면 이 일이 정말 괜찮은 일이라고 말해주고 싶어요.

일반팀은 50세 넘은 사람은 쓰려고 하지 않아요. 기가 좀 약한 사람이 오면 약점을 잡아서 인건비나 더 떼먹으려 하겠죠. 하지만 민주노총으로 오면 기회를 줍니다. 20대든 50대든 그 연령대에 맞는 일을 찾아주고 수입도 보장해주니까 희망을 주는 거죠. 그래서 현장 일이 소중하고 민주노총이 소중하죠. 정말 우리 조직, 건설노조는 너무 가능성이 커요. 주휴수당, 관급공사는 다 받아낼 계획이에요. 그것만으로도 팀장, 기공들 노임이 상당히 올라가요.

끝으로 하고 싶은 말이 있나요?

지금 어려운 상황에 부닥친 사람이 있다면 민주노총으로 오세요. 여기 오면 희망이 있습니다. 현장 일이 어렵다고 생각하지 말고 오세요. 쉽게 알려드릴 수 있고요, 함께 행복하게 일했으면 합니다. 🏵

2장

건설 노동자의 하루

새벽을 여는 출근길

건설 노동자의 하루는 새벽에 잠을 깨는 것으로 시작한다.

평생 육체노동을 하며 켜켜이 쌓인 피로와 무거운 눈꺼풀, 짓누르는 중압감을 떨쳐내는 시간이다. 반짝이는 눈으로, 홀가분하게 잠에서 깨어나는 새벽은 거의 없다. 그렇지만 전날 무슨 일이 있었든, 몇 시에 잠을 잤든, 술을 과하게 마셨든 상관없이 반드시 새벽에 일어난다. 평생 건설 일을 한 경력자도, 이제 막 일을 시작한 초보자도 예외는 없다. 새벽잠이 많고 적고, 현장 적응을 잘하고 못하는 것은 사람마다 다르겠으나, 현장은 개인 사정을 봐주지 않는다. 모두가 출근 시간에 맞춰서 눈을 뜬다. 오랜 시간 건설 일을 한 동료들은 새벽 5시면 자동으로 눈이 떠진다고 한다. 일요일에는 그냥 자고 싶은데도 역시 5시에 눈을 뜬다. 잠시 생각하다 '일요일이지!' 하고는 다시 잠에 곯아떨어진다. 새벽잠이 없어도 혹시 몰라서 알람은 늘 켜둔다. 새벽잠이 많으면 여러 개의 알람으로 무장하기도 한다.

새벽밥 관행도 변해

2010년 처음 설비 일을 할 때 새벽밥은 필수였다. 집에서 먹고 오든, 현장에서 간단하게 떡으로 요기하든, 함바 식당에 대놓고 먹든, 방식은 달라도 새벽밥은 철칙에 가까웠다. 속이 든든해야 아침 일을 할 수 있다고 다들 생각했다. 그런데 꿈쩍 않을 것만 같던 새벽밥 관행이 이제는 달라졌다. 시간의 흐름에 따라, 직종에 따라 많이 변했다. 엄청 힘을 써야 하는 토목건축 쪽은 지금도 아침밥은 물론 오전, 오후 참을 제공한다. 그러나 골조 후속 공정인 설비, 전기는 아침밥을 주지 않는다. 각자도생 식으로 취향에 따라 각자가 알아서 한다. 먹는 사람도 있고 건너 뛰는 사람도 있다. 상대적으로 젊은 층, 현장 신규자들은 새벽밥을 먹지 않는 경우가 많고, 경력이 오래된 노동자들은 아무래도 전부터 해오던 습관이라 꼬박꼬박 새벽밥을 챙겨 먹는다.

난곡에서 5시 첫차를 타고

난곡 꼭대기에서 5시에 오는 첫 버스를 타고, 신림역에 도착해서 5시 33분 첫 전철을 기다린다. 5시 10분, 20분에 이미 신림역은 붐빈다. 첫차를 타려는 사람들이 의자에, 바닥에, 계단에 앉거나 서성이며 북적이는 모습이 꽤 이채롭다. 새벽일을 나가는 사람들이 이렇게나 많았나!

이들은 누구일까? 한눈에도 건설 노동자, 건물 관리 또는 청소하는 노동자들이 대부분이다. 안전화나 작업복을 입고 있으면 영락없이 건설 노동자이고, 평상복이라도 모자를 눌러 쓰거나 큰 가방을 둘러멘 분들, 수평자 같은 작업 공구를 들고 있는 분들은 열에 아홉 현장 사람들이다. 대개는 고령이고 옷도 남루한데, 갈수록 조선족 동포들이 많아진다. 밤새 마셨는지 새벽 퇴근하면서 한잔 했는지 술 취한 젊은이도 보이고, 큰 트렁크를 밀고 가는 여행객도 가끔 있다. 토요일이나 공휴일에는 이른 산행을 떠나는 등산객이 부쩍 늘어난다.

깊은 주름, 조금이라도 피곤을 풀려고 내내 잠을 청하는 모습, 가끔 눈이 마주쳐도 무표정하고 건조한 눈빛, 익숙하고 친근하다. 나를 보는 느낌이다. 대림역에서 조선족 동포를 포함해서 현장 사람들이 쏟아져 들어오고, 영등포구청역, 당산역, 합정역, 홍대입구역 어디서 갈아타든 환승역마다 한 무더기씩 건설 노동자들이 모여 있다. 모두 다른 사람들이지만 앉아 있고, 서 있고, 오가는 모습이 마치 한 장의 사진처럼 같은 실루엣이다.

대림-신대방-신림역 주변에는 값싼 주거지, 월세방, 1인방이 많아 새벽일 나가는 분들, 조선족 동포들이 몰려 있다. 늘 버스, 전철만 타다 덕은동 현장은 대중교통 수단이 없어서 처음으로 동료 승용차로 출퇴근을 하게 되었다. 대림역에서 만났는데, 알고 보니 여기가 건설 노동자들의 터미널 같은 곳이다. 역 아래 길가에 새벽마다 두세 명씩, 대여섯 명씩 수십 명이 나와 있고 승합차나 트럭이 와서 연신 사람들을 태워 간다. 버스도 첫차, 전철도 첫차, 승용차도 첫차를 타고 건설 노동자는 오늘도 새벽에 출근한다.

차에서 내려 현장에 들어가면 기온이 달라진다. 겨울에는 5도 더 춥고,

여름에는 3도 더 덥다. 사람들은 군대 온도가 있듯이 현장도 마찬가지라고 말한다. 군 위병소를 지나면 찬 기운, 더운 기운이 확 올라오듯 묘하게도 현장 안과 밖 체감 온도에 차이가 난다. 높이 솟은 공사장 울타리, 경비 초소, 밟을 때마다 삐거덕 소리를 내는 가설 발판, 회색빛 시멘트 기둥, 건설 현장에서만 볼 수 있는 풍경이 펼쳐진다.

출근 카드가 가장 중요해

이 낯익은 모습들을 거쳐 컨테이너 사무실에 도착한다. 그리고 가장 중요한 일, 출근 카드를 찍는다. 카드를 찍지 않으면 아무리 일을 많이 해도, 작업 공수(하루치 노동일. 하루 일하면 1공수, 잔업까지 하면 1.5공수, 야근하면 2공수)가 올라가지 않아 공짜 노동을 한 셈이 된다. 일을 하다가도 카드 인식이 안 되었다고 연락이 오면 만사를 제쳐 두고 사무실로 달려간다. 카드를 찍었으니 이제 노가다 일이 시작된다.

해맞이 아침 작업

사무실에서 카드를 찍고는 바로 탈의실로 가서 작업복으로 갈아입는다. 건설 현장에서 탈의실이 있느냐 없느냐는 하늘과 땅 차이다. 컨테이너 탈의실이 있으면 옷걸이나 사물함을 두고 개인물품을 정리해 둘 수 있고, 쉬는 시간에 커피를 마시러 오거나, 낮에 쪽잠을 자는 휴게실로도 쓸 수 있다. 우스갯소리로 우리는 '호텔급'이라고 하는데, 현장에서는 최고의 호사이자 최저한의 인간다운 품위를 지키는 보루다.

탈의실 있으면 다행

탈의실이 없으면, 팀별로 현장 적당한 곳에 가설 벽이나 문을 설치해서 공간을 만든다. 스티로폼을 깔거나, 마루를 만들어 놓고 정수기를 들여놓으면 점심시간에 잠도 자고, 간단한 공구와 자재 창고로도 쓰고 출출할

- 하청 직원은 일 마치고 샤워와 빨래를 할 수 없어서 점심시간에 샤워와 빨래를 한다.
- 현장 한쪽 구석에 만든 탈의실.

때 컵라면도 먹을 수 있다. 이 정도면 컨테이너 버금가는 휴게실이 되는 것이고, 이마저도 만들 형편이 안 되면 궁한 처지로 떨어진다

어쨌든 옷을 갈아입어야 하니 현장 좀 외진 곳에 종이 상자나 단열재를 깔고는 탈의실로 쓴다. 워낙 먼지가 많아서 옷과 신발은 비닐 같은 것으로 덮어놓고, 제대로 씻지도 못하고 퇴근해야 한다. 점심 쪽잠 잘 때가 가장 괴롭다. 여름에는 바람 부는 시원한 곳 아무데서나 쪽잠을 자면 되는데, 겨울에는 막막해진다. 바람막이가 제대로 안 되어 찬바람 맞으며 꾸벅꾸

벅 줄고 나면 온몸이 저려 온다. 노가다 신세타령이 절로 나온다. 건설 노동자가 잠깐이라도 편하게 쉬면서 일할 수 있는 환경을 갖추는 일에 업체는 크게 신경을 쓰지 않는다. 탈의실을 만들어 주면 감사하고, 없어도 군말 없이 일해야 하는 형편이다. 정작 일하는 노동자들은 노상에서 옷 갈아입고, 먼지 구덩이에서 잠을 청하고, 추워서 벌벌 떨어도 현장은 돌아가고, 건물은 올라간다.

탈의실에서 건장한 체구의 남자들이 뒤엉켜 작업복으로 갈아입는다. 몸집이 작거나 배가 좀 나와도 대부분 뼈대가 굵고 근육이 단단하다. 발목에 각반을 두르고, 안전화를 신고 안전벨트를 착용한다. 마치 군인들이 작전 투입 전에 전투화, 전투모를 쓰고 개인 화기를 점검하듯이 말이다. 실제로 전쟁터와 다를 바 없는 현장으로 투입된다.

안전 조회에서 몸을 풀고

탈의실에서 나와 조회 장소로 간다. 조회, 말 그대로 아침 회의다. 그날 출력한 모든 건설 노동자와 관리자들이 한곳에 모여 사고 예방을 위해 체조로 몸도 풀고, 인원 점검하고 위험 작업을 미리 알려주는 시간이다. 지하 또는 1층의 넓은 장소에 연단을 마련하고 음향 시설을 갖춘다. 현장 소장에 따라서는 바닥에 자리 표시를 해서, 조회 인원의 오와 열을 맞추기도 한다. 건설 현장을 군대식으로 운영하고 싶은 욕망이 그대로 드러나는 표시다.

체조는 중요하다. 일하기 전에 몸을 풀어야 근골격계 질환을 막을 수

• 지하 1층 넓은 곳에서 줄을 맞춰 조회하는 건설 노동자.
• 복도에서 두 줄로 마주보고 하는 조회.

있다. 중노동을 하는 사람이 갑자기 힘을 쓰면 관절도 근육도 놀란다. 타박상이 아닌 근육경직이 와도 통증이 심하고, 해당 부위를 쓰지 못하기 때문에 작업이 안 된다. 체조해도 풀리지 않는 뻐근한 부위가 있으면 좋은 경고 신호다. 당분간 해당 부위에 힘을 가하지 말고 조심해야 한다. 예방접종을 하듯이 사고 예방에는 체조가 제격이다. 체조하다가 쓰러지는 경우를 봤다. 옆 동료가 바로 엎고 병원으로 갔는데, 원청 관리자가 안도의 숨을 내쉬며 엄청 다행스러워하는 표정이었다. 계단이나 사다리, 상판 같은 곳에서 쓰러지면 2차 충격으로 큰일이 날 수 있는데, 그나마 동료들이 있는 조회 장소에서 쓰러져 바로 조치할 수 있어서이다.

체조 후에 각 업체 소장이나 공사 차장들이 나와 그날 작업을 발표하는데, 이건 좀 형식적이다. 스피커 성능이 좋지 않아 잘 들리지 않을 때도 많고, 매일 같은 내용을 반복하기도 한다. 원청 안전 담당자가 진행하는 위험 작업 발표는 잘 들어야 한다. 3번 게이트 앞에서 고층에 설치했던 시스템 비계를 뜯어낸다거나, 오전 10시 사이렌을 울리고 지하 6층에서 발파 작업을 한다거나, 지하 5층 페인트 작업으로 유증기가 올라오니 해당 시간, 해당 장소를 피하고 신호수의 안내를 꼭 따르라는 사전 공지를 한다.

현장을 망치는 군대식 상명하복

그리고는 현장 소장이 일장 연설한다. 소장이 나오면 사회자의 구령에 따라 연단 아래 노동자들이 "안전" 외치며 거수경례 하고, 소장도 답례로 "안전" 외치며 거수경례를 한다. 어디서 많이 본 장면인데? 그렇다. 군대 행사를 그대로 따왔다. 사단장이나 연대장의 연설 모습 그대로이다. 사단장이 명령하면 모든 장병이 이에 따라 움직이듯 상명하복 군대 문화를 건설 현장에도 도입하고 싶어한다. 상명하복, 명령 지상주의야말로 현장을 망치고, 산업재해 사고를 일으키는 근원인데도 이들은 모른 채, 아니 오히려 사고 예방책이라고까지 생각한다.

노동자를 건설의 주체가 아닌 통제의 대상, 복종의 대상으로 보는 순간 현장은 관리자 중심, 자본 중심으로 돌아간다. 사고는 노동자, 그것도 하청이나 일용 노동자에게 생기지, 관리자나 원청 직원에게는 거의 일어나지 않는다. 사고당할 일이 거의 없는 관리자 중심의 운영은 안전관리를 형식화, 경직화시킨다. 이윤에 가려서 곧 일어날 사고가 아예 보이지도 않고 철근 몇 개 빼먹고, 콘크리트 반죽에 물을 타도, 당장 사고가 안 나면 내일도 모레도 안전하리라는 착각에 빠져든다. 여기저기 도사리고 있는 위험 요인을 내 문제로 생각하지 않고, 그 한가운데에서 일하는 노동자에 대한 배려나 걱정도 생길 수 없다. 배려와 존중, 동료애와 팀플레이, 이런 것 없이 메마른 현장에서는 시공 품질도 0점이고 사고 예방도 0점이 되기 마련이다.

코로나 이전에는 100명이든 500명이든 모든 현장 출력 인원들이 한곳에 모여 조회를 했는데, 코로나 이후에는 업체별로 하거나, 그마저도 줄여서 팀별로 조회를 하기도 한다. 코로나 이전에는 출근할 때나 조회 중에 음주 측정을 했는데, 코로나 이후에는 모두 마스크를 쓰고 발열 측정을 한다. 1군 건설업체에서는 안전 조회를 반드시 한다. 인원 점검을 해서 참석하지 않은 노동자를 색출하기도 하는데, 3군 업체로 가면 오히려 안전 조회를 거의 하지 않는다.

업체별 조회 이후에는 팀별 TBM

전체 안전 조회가 끝나면 업체별 조회를 한다. 업체 소장이 일장 훈시를 하기도 하고, 그날 작업에 필요한 업무지시를 하기도 하고, 구청이나 소방서 안전 점검이 나오는 날은 특히 신경써서 안전 지침을 전달한다. 업체별 조회 이후에는 팀별 TBM을 한다. Tool Box Meeting, 공구함 회의라는 말인데 조회 장소에서 하거나, 팀별 작업 구간에 가서 하기도 하고, 회의 형식이 아닌 커피 마시며 간단하게 하기도 한다. 팀 규모가 커서 몇

• 커피 한잔하며 작업 논의 중인 현장 노동자들.
• 시스템 비계를 해체하고 있다.

개 조로 나누어 여러 작업을 할 때는 TBM이 필수다. 구체적인 작업 분담
을 해야 하고, 공구도 분배하고 도면과 그날 써야 할 자재 조달 계획도 세운
다. 체조-전체조회-업체별 조회-TBM까지 30분 이상 걸리는데, 큰 현장
일수록 가장 중요한 행사라고 할 수 있다. 우리에게는 상당히 지루하긴
하나 충분히 몸을 풀고 그날 현장 상황에 맞게 작업 구상을 할 수 있는 시간
이 된다. 건설 자본 입장에서는 안전 사고 예방과 함께 노동자를 통제하고
길들이는 출발점이다.

[공지] TBM 순서 - 내일부터 진행 요(슬로건 : 존중과 배려 스마일 현장)

1. 인사 및 TBM 참석 확인
   예) 안녕하십니까? 팀원 중에 오늘 안 나오시거나 늦으시는 분 있으신가요?
2. 복장 보호구 착용 상태 및 건강 이상 유무 확인
   예) 본인과 동료분 들 안전모 및 턱끈, 안전벨트 및 안전고리, 안전화 및 각반 착용 상태 확인 요.
   어제 과음하셨거나, 몸이 안 좋으신 분 계신가요?
3. 전일 안전 회의 결과 공지
   예) 오늘 지하 및 지상 몇 층 타설이니 신호수 통제에 잘 따라주세요.
   외부 어디 주차금지, 자재 야적 금지 등 (카톡 상황 공유).
4. 중점 위험작업 안전 대책 토의 및 전파
   (반장님들에게 질의 답변-위험성 평가표)
   예) 질의: 반장님 오늘 무슨 작업 있으세요?
   답변: 지하 1층 고소 작업대 작업이 있습니다.
   질의: 작업하면서 어떤 위험 요소가 있을까요?
   답변: 협착에 위험이 있습니다.
   질의: 그 위험 요소를 대비해서 어떻게 작업해야 할까요?
   답변: 과상승 방지봉 45cm 이상 2곳 이상 올리고 작업하고, 사람의 통행이 많은 코아 주변에는 신호수 배치하여 인원 통제 후 작업하겠습니다. 등등.
5. 안전 구호 제창

표 1. 업체에서 내려보낸 TMB 진행 순서 예시.

첫 일은 전기선 연결, 고속절단기와 고소 작업대 작동

조회 마치고 커피 한잔 마시면 대략 7시 30분이 된다. 겨울에는 아직 어두컴컴하고, 여름에는 벌써 햇볕이 따갑게 내리쬔다. 겨울에는 추워서 발을 동동 구르고, 여름에는 체조만 해도 작업복이 땀에 젖는다. 안전모를 쓰고 장갑을 끼고, 그날 작업에 필요한 공구와 자재 부속 등을 챙겨서 일할 곳으로 간다. 작업 장갑은 보통 반(半)코팅 빨간색 장갑 하나를 끼는데,

• 천장 일의 편리함과 효율성을 획기적으로 올린 고소 작업대.
• 불티 없이 각종 파이프를 절단하는 밴드소.

꼭 2장을 겹쳐 끼는 사람도 있고, 드물지만 손 감각을 살려야 한다며 맨손으로 작업하는 별종도 있다.

항상 첫 일은 전기선 연결, 고속절단기와 고소 작업대(Table Lift, 임대하여 쓰는 장비여서 현장에서는 '렌탈'이라 부른다.) 작동이다. 배관작업은 파이프를 필요한 길이로 잘라야 해서 고속절단기나 밴드소(Band Saw, 대형 전동 톱)를 사용한다. 전기선을 연결하고 스위치를 눌러 작동 여부를 확인한다. 절단기는 '윙' 하며 굉음이 터진다. 굉음이지만 부드럽게 돌아갈 때와 뭔가 걸리는 듯 거칠게 돌아가는 소리가 다르다. 가끔 절단 날이 헐거워졌거나, 손상되었을 때 혹은 안전 커버가 뒤틀려 있으면 그냥 사용하지 않는다. 절단기 플러그를 뽑아 전원을 차단하고, 절단날을 교체하거나 수리한 후 안전을 확인하고 작업에 들어간다. 배관은 주로 천장에 올라가야 해서 고소 작업대가 기본 장비다. 전날 충전하느라 꽂아둔 플러그를 뽑고 고소 작업대에 올라 운전대를 움직여 작동을 확인한다. 작업할 곳으로 이동하면 준비작업을 모두 마치게 된다. 고소 작업대를 상승시키면 본격적인 배관으로 들어간다.

배관의 첫 작업은 앙카(Anchor) 구멍을 뚫는 일이다. 일할 줄 아는 배관공은 해머 드릴 잡고 바로 천장에 앙카 구멍을 낸다. 일할 줄 모르는 배관공은 도면만 쳐다본다.

"야! 너 지금 뭐 하냐? 도면 본다고 돈이 나와, 떡이 나와? 일을 해야지, 일을! 당장 이리 와!"

특히 조공이 도면을 보고 있으면 불호령이 떨어진다. 현장은 언제나 행동이 우선이다. 구멍을 냈으면 앙카를 박고, 앙카에 전산봉을 꽂아서 행거

• 천장에 행거를 걸면 배관작업의 절반은 해낸 셈이다.
• 행거에 파이프를 걸면 천장이 살아난다.

(Hanger, 파이프를 공중에 매달아 주는 둥근 받침대)를 건다. 시작이 반
이라고, 행거가 배관 길을 따라 천장에 걸려 있으면 든든한 느낌이랄까 마
음도 편해지고, 여유가 생긴다. 행거만 걸어 놓아도 고속도로 깔았다고
좋아하는 동료도 있다. 솜씨 좋은 배관공은 한눈에 배관 길을 파악하고
일정한 간격으로 앙카 구멍을 뚫고 척척 행거를 걸어간다. 십여 개의 행거

를 늘어놓고 도면에 맞추어 6m나 4m짜리 파이프 원본을 걸어 놓으면, 천장이 한순간에 살아난다.

도리와 구배, 수평과 수직이 배관의 처음이자 끝

아무것도 없이 허공이던 천장에 길이 열리고 길을 따라 숨을 쉰다. 한 순배 파이프를 걸고 나서는 땀도 식힐 겸, 작업해 놓은 배관 상태도 확인할 겸 고소 작업대에서 내려와 멀리서 파이프 전체를 바라본다. 파이프가 곧게 뻗어 나가게 잡아주는 작업을 '도리 맞춘다.'라고 하고, 높낮이를 일정하게 유지하여 경사지게 하는 작업을 '구배 준다.'라고 한다. 도리와 구배, 수평과 수직이 배관의 처음이자 끝이다.

건설 현장은 늘 위험이 따른다. 어느 곳이든 먼지투성이고, 벼락이 내려치듯 각종 소음과 진동이 울린다. 펌프카로 레미콘을 고층으로 쏘아 올릴 때는 현장 전체가 울리면서 '떵, 떵' 하는 소리가 귓전을 때리고, 바닥의 진동이 발바닥을 통해 몸 전체를 흔들어 댄다. 산소용접기에서 산소와 가스가 나오는 소리, 고속절단기 돌아가는 소리는 주변의 모든 소리를 잡아먹는다. 이런 소음과 진동에 익숙해져야 현장에서 버틸 수 있다. 슬픈 일은 여기에 익숙해지면 가는 귀가 먹고, 나도 모르게 목소리가 커진다는 점이다. 고소 작업대를 타고 10m 가까운 복층 천장에 올라가 작업대가 흔들릴 정도로 파이프 렌치를 돌리다가 문득 아래를 내려보면 아찔하다. 여의도 IFC몰 공사장에서 건물 외벽에 설치된 건설용 승강기를 타고 헬기장이 설치되는 꼭대기 상판까지 올라가는데, 저 아래 차들이 성냥갑보다 작게 보

• 휴식 시간. 커피 마시며 이야기 나눈다. 현장의 담배 인심은 여전히 좋다.

인다. 까마득한 풍경을 보고 있노라면 몸이 공중으로 붕 떠오른다. 황홀한 공포가 '뛰어내려' '뛰어내려' 달콤하게 속삭인다. 고소 공포를 이겨내든, 고소 작업을 즐기든 어쨌든 그 속에서 살아야 하는 게 건설 현장이다.

커피 인심은 좋아

오전 일 2시간 정도 하면, 대략 9시 30분 전후가 된다. 커피를 마시며 잠깐 숨을 돌리는 휴식 시간을 갖는다. 토목건축에서는 참을 주니 당연히 휴식 시간이 보장되는데, 배관은 공식적인 휴식은 없고 팀별로 알아서 쉰다. 그저 담배 한 대 피우며 잠깐 땀을 식히기도 하고, 휴게실에 앉아 제대로 쉬기도 한다. 하던 일의 연속성 때문에 쉬지 않고 일할 때도 있다. 파이프나 부속을 옮기는 양중 작업이 대표적이다. 중간에 쉬면 흐름도 끊기고, 시간도 배로 걸려서 다 옮기고 나서 제대로 쉬는 것이 여러모로 편하다. 기계 장비도 계속 돌리면 열이 나서 식혀야 하는데, 하물며 사람에게 휴식은 필수다. 잠깐이라도 쉬면 몸도 마음도 쾌적해진다. 집중력이 생겨서 사고도 방지하고 시공 품질도 좋아진다.

한국 사람, 담배 인심이 좋듯이 건설 현장에서는 커피 인심이 후하다. 전혀 모르는 사이에도 커피 한 잔 가지고 야박하게 굴지 않고 사무실에서도 커피만큼은 떨어지지 않게 대준다. 물이나 커피가 없어서 골조 팀이나 전기 팀에 가서 부탁하는 경우가 종종 있었는데, 거절당한 적이 한 번도 없다. 거꾸로 자신이 불러온 사람들 노임을 떼어가면서 커피도 대주지 않는 현장 오야지가 있다. 같이 일하기 제일 싫은 유형이다. 커피 마시는 시간도 아까워하며 소처럼 쉬지 말고 일하라는 소장 역시 원성의 대상이 된다. 일 잘하는 팀은 휴식도 제대로 한다. 커피만이 아니라 녹차, 율무차, 간단한 간식을 챙겨서 팀원이 입맛대로 먹을 수 있게 한다. 놀 줄 아는 사람이 공부도 잘한다고, 쉴 줄 알아야 일도 잘하는 법이다. 오전 휴식 시간만 지나도 그날 일은 다 지난 기분이 든다. 그만큼 새벽에 출근해서 굳어진 몸으로 첫 삽을 뜨는 시간이 가장 힘들다. 그리고 이 시간에 가장 많은 일을 해낸다.

"평생 힘들게 일해 오신 아버지 생각"

안녕하세요? 반갑습니다. 건설 현장에서 젊은 분 만나기 쉽지 않은데, 경력이 어떻게 되나요?

배관 일을 한 4년 했어요, 중간에 쉬기도 해서 만으로는 3년이죠. 30대 초반이에요.

처음 현장 일을 하게 된 계기가 있었나요?

맨 처음 일했던 거는 스물다섯 살 때 3개월 정도 알바로 했어요. 다른 일 하다가 스물여덟 살에 또 1년 정도 했는데, 학교 다니면서 건설 일을 같이했어요. 평일에 일하고, 주말에 4년제 대학으로 인정해주는 과정을 병행했는데, 타이밍이 좋았다고 해야 하나, 코로나가 터져서 출석하지 않고 인강 같은 거로 해서 힘들지는 않았어요.

현장 일도 여러 직종이 있는데, 설비 일을 하게 된 특별한 계기가 있나요?

아버지가 설비 일을 하셔서 자연스럽게 설비를 했고요, 아버지가 아는 팀장님 연결해서 첫 현장을 가게 됐어요. 다른 알바보다 벌이도 괜찮고 해서 계속했죠.

그럼 도면도 보고, 기능도 좀 익혔나요?

도면 보고 혼자 일할 정도는 아니고요, 도면 보면서 기공 따라서 할 줄은 알죠. 준기공 정도 되는 거 같아요.

현장에서 일하면서 보람 있었던 경험은?

보람 있었던 일인지 그건 잘 모르겠는데, 한 번은 3~4개월 정도 또래들 팀에 있었어요. 그때는 나름 재밌게 일했어요. 나이 비슷하고 서로 이야기도 잘 통하고. 그런 팀이 흔하지 않으니까 보통은 아버지 세대분들이 대부분이잖아요.

아저씨들만 있는 팀보다는 더 좋았겠네요?

일하는 건 항상 힘들지만, 그래도 즐거운 분위기에서 일할 수 있었어요.

현장 일이 늘 위험하고 힘든데, 혹시 사고 경험이 있나요?

큰 사고 당한 적은 없는데 한 번 사고가 있었어요. 파이프 200mm 강관을 들고 가다가, 앞을 못 보고 빨리 가다 돌에 걸려서 넘어졌죠. 큰일이다 싶었는데 무릎 정도 높이에 뭐가 있어서 다행히 파이프가 걸쳤어요.
200mm 강관이 엄청 무거운데, 밑에 깔렸는데도 다치지 않았어요.

정말 다행입니다. 언제나 안전이 중요하죠. 다른 사람 다치는 것도 봤어요?

같이 일하던 형이었는데 렌치질 하다가 렌치가 빠져서 눈 쪽을 친 거예요. 안경을 썼는데 안경알 깨지고, 눈 위가 찢어져서 팀장님 연락하고, 안전 담당자 오고 구급차 와서 병원 갔어요. 다행히 눈에는 지장이 없었는데 많이 놀랐죠. 저도 그렇고 형도 그렇고.

렌치질 하다가 렌치가 빠지면 턱을 쳐서 많이 다치죠. 현장 일하면서 힘들었던 경험은 무엇이죠?

제 성격 때문인지는 모르겠는데 크게는 못 느꼈어요. 엄청 힘들었다거나 스트레스 받는다거나 하는 일은 없었던 거 같아요. 누가 뭐라 해도 그냥 흘려보내고. 일이 힘들지, 사람 때문에 힘들지는 않았어요.

그런 성격이면 사회 생활하기에 좋은 유전자네요. 일하면서 기억에 남는 사람이 있다면?

첫 현장에서 일 알려줬던 형님 두 분이 있어요. 한 명은 살짝 예민하긴 했는데 꼼꼼하게 일을 잘하고 일머리도 잘 돌아가는 편이라 팁도 알려주시고, 한 명은 진짜 동네 형처럼 나이 차이도 별로 안 나고 편하게 알려줬어요. 숙소 생활 반년 정도 같이 하면서 일주일에 네다섯 번씩 술도 마시고 친해졌어요.

그때 배웠던 것 중 지금도 생각나는 거 있습니까?

예를 들어, 도리 볼 때 주변 구조물 이용해서 일자로 나가는지 본다거나, 무거운 거 들 때 힘 덜 쓰는 요령도 알려줬어요.

현장에서 이런 점은 바꿔야 한다는 게 있다면?

가장 중요한 것이 의식주잖아요. 그중에 먹는 거를 보면, 함바 식당이 현장 근처에 차려져 있는데, 맛은 괜찮은 편이지만 편히 먹을 수 있게 자리 배치를 하거나, 손 씻는 시설을 갖춘 경우가 거의 없어요. 그리고 화장실도 깨끗한 현장은 한 번도 없었어요.

화장실 문제는 어디나 최악이죠. 건설 일은 계속할 생각인가요?

고민 중이에요. 할 수도 있고 안 할 수도 있고. 전에 하고 싶었던 일은 카페 창업이었어요. 그러다가 학교 다니면서 체육에 관심이 있어서 체육학과 갔거든요, 2학기 더하고 자격증 따면 졸업인데 어떻게 할지 모르겠어요. 운동 코치도 해보고 싶고. 그래도 당장은 현장 일을 할 거예요. 제대로 배워서 기공으로 일하고 싶어요.

현장 오기 전에 아르바이트도 많이 했겠네요?

호텔 알바도 해보고, 뷔페도 해보고 주로 카페에서 했어요. 주유소는 안 해봤어요. 한창 어렸을 때 중학교 시절에는 전단지도 했어요.

설비 일을 오래 하신 아버지에 대해 생각해봤어요?

그전에는 별생각이 없었어요. 그러다가 이번에 아버지와 1년 정도 같이 일하게 되었죠. 아직 단편적으로 조금밖에 못 보긴 했지만, 마음이 편치 않아요. 아버지가 20년 이상 일하셨는데 예전에는 더 열악한 환경에서 일하셨을 거고…. 그런데도 꾸준히 해오신 걸 생각하면 마음이 썩 좋지 않아요. 대단하시기도 하지만 평생을 힘들게 일하신 걸 생각하면 마음이 안 좋아요.

노동조합팀으로 일할 때와 일반팀으로 일할 때 차이점이 있나요?

뭐랄까, 사람들이 보는 시선의 차이? 저희도 이왕 조합팀이니까 약간 책임감 같은 의식이 있는데, 주변에서 조합팀을 대하는 태도가 다른 것 같아요. 일할 때 심적으로는 일반팀이 더 편해요. 조합팀은 잘해야 한다는 책임감이 있고, 우리가 잘해야 다른 조합팀이 들어오게 할 수도 있고 하니까.

끝으로 하고 싶은 말은?

공통으로 하고 싶은 말이 있어요. 인식을 바꿨으면 좋겠어요. 현장에서 일하는 것 자체가 어렵고 위험하고 그렇지만 자신들이 조금씩 바꾸려고 노력하고, 자기부터 해야 하는데 뒤에서 욕만 해요. 예를 들어 현장이 좀 더럽잖아요. 그러면 정리하고 치워야 하는데, 그냥 욕만 하고, 정작 자기는 아무것도 안 해요. 이런 거부터 바뀌었으면 좋겠어요. ☯

꿀맛 점심시간

　점심시간은 건설 현장의 백미다. '노가다는 밥심으로 일한다.'라는 말이 널리 알려질 정도로 밥 먹는 일은 건설 현장에서 아주 중요한 일이다. 그래서 점심밥과 점심시간은 그 누구도 침범하지 못하는 절대 영역이 된다.

　점심때가 되면 현장 분위기가 한결 부드러워지고, 사람들도 여유가 생기고, 편하게 시간을 쓴다. 오전 11시가 넘어가면 겉으로 소리를 내지 않지만 여기저기서 점심시간을 재촉하는, 침 넘어가는 소리가 들리기 시작한다.

　오전 작업을 마치고 주변을 정리한 후 식당으로 향하는 발걸음은 언제나 즐겁다. 너무 즐거워서 뛰어가기도 한다. 식당으로 가는 길은 식사 전에 먹는 전채 요리처럼 풍미 넘치고 설렌다.

- 붐비는 현장 근처 함바 식당. 밥, 국, 국수에 10가지 이상 반찬이 나온다.
- 식당이 없어 배달된 도시락을 야외에서 먹기도 한다.

노가다는 밥심으로 일한다

식당 문에서부터 대개 긴 줄을 선다. 줄이 짧아 바로 밥을 먹을 수 있으면 아주 운이 좋은 날이다. 기분도 덩달아 좋아진다. 뷔페식으로 차린 함바 식당은 밥이든 반찬이든 각자의 취향에 따라 마음껏 담을 수 있다. 고기를 좋아하면 고기를 듬뿍, 채식을 좋아하는 나는 주로 나물, 두부, 카레를 밥보다 더 많이 퍼 담는다. 여름에는 오이나 미역을 넣은 냉국, 얼린 콩물이 나오기도 하고, 겨울에는 뜨끈한 국물이 빠지지 않는다. 다들 육체노동을 하기에 고기는 필수다. 고기류가 없거나 반찬이 부실하면 성질 급한 누군가 식판을 뒤엎고 한바탕 소동이 일어나기도 한다. 그러면 한동안은 반찬이 확연히 좋아진다. 밥은 아예 안 먹고 국수사리만 서너 개씩 가져오는 사람, 여름에는 밥에 찬물과 얼음을 넣어 김치에만 먹는 사람도 있고, 외국 노동자들은 종교나 고향 풍토에 따라 피하는 음식이 있어서, 취향이 더 다양하다.

삼성역 인터콘티넨탈 호텔 신개축 공사를 할 때는 초복, 중복, 말복 모두 삼계탕을 먹는 진기록을 세우기도 했다. 나이 50 평생에 처음 겪었고, 그 후에도 없었던 일이다. 명동 대신증권 사옥 공사를 할 때는 을지로 지하 상가 푸드 코너를 이용했는데, 어느 식당이든 선택할 수 있었다. 동갑내기 팀장과 나는 중국요리를 좋아해서 한 달 내내 점심과 저녁을 콩국수, 짜장면, 짬뽕, 잡채밥, 마파두부밥을 먹었다. 기름진 중국 음식이 물리지도 않냐며 주변 동료들은 고개를 절레절레 흔들었지만 우리는 개의치 않고 맛나게 잘도 먹었다.

공깃밥 세 그릇은 기본

나는 아침밥은 안 먹거나, 먹어도 사과 반쪽이나 밥 한두 술 정도인데 점심밥은 꽤 많이 먹는다. 처음 밥을 풀 때 밥공기 세 그릇 정도에 반찬과 국까지 들고 와서 먹고는, 빵빵하게 배가 차지 않으면 한 번 더 배식대로 간다. 적으면 한 공기, 많으면 두 공기 분량을 담아 나물에 참기름에 고추장에 썩썩 비벼 먹으면 그렇게 맛있을 수가 없다. 처음 현장 일할 때 배부를 정도로만 먹고 오후 3시쯤 배가 꺼지고 허기가 지면서 힘을 쓰지 못해 고생한 적이 몇 번 있다. 배가 빵빵할 정도로 먹어놔야 오후 6시 퇴근 때까지 배가 꺼지지 않고, 무거운 파이프를 어깨에 메고 수십 번 다녀도 너끈히

버틸 수 있다. "노가다는 밥심으로 일한다." 참말로 진리 중 진리다.

전에는 식당이 현장 안에 있었는데, 함바 비리가 사회문제가 되자 함바 식당이 없어졌다. 대신 현장 근처 일반 식당을 정해서 먹는다. 이마저도 2020년 코로나 유행이 닥치자 외부 출입을 통제하면서 도시락 배달로 바뀌었다. 잠실 롯데호텔 리모델링 공사 내내 한솥 도시락을 먹었는데, 고기 반찬이 없으면 난리가 나니까 제육볶음, 돈가스, 함박스테이크가 기본 메뉴였다. 일 년에 한 번 먹을까 말까 하던 돈가스와 제육볶음을 매일 먹어야 하는 고역을 치렀다. 평생 먹어도 못 먹을 분량을 몇 달 만에 먹어 치웠는데, 그 도시락이 맛있다며 지금도 동료 허 씨는 입맛을 다신다.

점심시간 쪽잠은 필수

점심시간 양대 산맥이 '밥'과 '쪽잠'이다. 중노동의 피로를 풀고 오후에 또 힘을 쓰려면 잠깐이라도 눈을 붙여야 한다. 스페셜 커피나 비싼 과일도 따라오지 못할 건설 현장 특유의 피로회복제이자 보약이 점심시간 꿀잠이다. 여름에는 바람 부는 시원한 곳을 찾아 종이상자나 석고보드 깔고 난장을 간다. 건물 외벽까지 시공해서 바람 한 점 없이 더울 때는 제빙기에서 얼음을 한 봉지 퍼와 바닥에 깔고 누우면 '에어컨 저리 가라'다. 1군 건설업체 현장에는 따로 휴게실을 만들어 시원하게 에어컨도 틀어놓고, 다리 뻗고 누울 수 있는 해변용 의자를 들여놓기도 한다. 현장 환경이 많이 좋아진 결과다.

겨울에는 추우니까 따뜻한 곳으로 들어가야 한다. 컨테이너 한 칸 전체

• 컨테이너 휴게실은 현장에서는 5성급 호텔로 통한다.
• 겨울만 아니면 난장이 최고의 꿀잠이다.

에 전기 패널을 깔고, 라디에이터까지 켜놓으면 등이 뜨끈뜨끈, 최상의 휴게실이 된다. 신축 공사 현장은 공간이 넓어 이렇게 할 수 있는데, 리모델링 공사는 공간이 없어 애를 먹는다. 소음과 먼지가 풀풀 날리지만, 보일러를 때기에 그나마 춥지 않은 기계실로 몰리기도 하고, 아예 겨울 침낭을 가져와 큰 종이상자로 사방을 막고 쪽잠을 청하는 동료도 있다. 3군 업체에서 겨울을 난 적이 있는데 사방은 터져 있지, 황소바람 불어닥치지, 현장에 온기는 하나도 없지, 고생도 그런 고생이 없었다. 합판으로 임시 벽을 세우고 비닐 같은 것으로 온몸을 감싸 체온만으로 겨우 잠을 청하곤 했다. 일어나면 몸 여기저기가 으슬으슬하고 쑤실 정도로 추웠다.

여유로운 오후 작업

낮 12시 50분 꿀잠에서 깨어난다. 잠깐 멍하다가 정신이 들기 시작하면 나른하고도 상쾌하다. 이 묘한 기분은 노가다에게만 주어지는 선물이다. 나른한 상쾌함은 온몸의 감각 세포를 흔들어 깨운다. 1시에 하는 오후 TBM을 조회와 구분하여 '중회'라고 한다. 주된 목적은 인원 점검이고, 오후 작업 주의 사항이나 퇴근 전 꼭 해야 할 일을 공유한다. 중회를 마치고 작업 장소로 가는 발걸음은 그날 몸 상태에 따라 다르다. 몸이 뭉칠 때는 피곤함이 몰리면서 무겁고, 뻐근함이 풀리면 한결 가벼워진다. 똑같은 시간인데도 오후는 후딱 지나간다.

땀 한 번 흘리고 커피 한 잔 마시면 4시가 넘어간다. 그래서 오후 작업은 바짝 조이지 않는다. 과하게 물량을 빼기보다는 할 수 있는 만큼 차분하게 매듭을 짓는 방향으로 한다.

- 천장에는 고드름, 바닥에는 부속이 팔레트 위에 정리되어 있다.
- 콘크리트 바닥에 배관 구멍을 낼 때 사용하는 작업 도구. 망치, 드라이버, 프레카(전동 망치), 컷소(전동톱), 핸드그라인더, 그라인더 날.

오후 작업은 천천히

힘 좋은 허 씨도 오후 3시쯤이면 범벅이 된 땀을 씻어내리고 담배를 한 대 꺼내 문다. 새벽부터 계속된 중노동의 피로감이 이 시간이 되면 어깨를 짓누르고 장딴지 힘줄을 한껏 당긴다. 담배 연기 내뿜으며 이런저런 이야기를 나눈다.

"아따, 왜 이리 덥냐? 모기란 놈들은 왜 이리 설치고. 죽자고 일해도 누가 알아주는 놈도 없고, 세상 확 뒤집어졌으면 쓰겠다."

중노동의 거친 숨을 진정시키는 중이다. 그리고 이제부터는 좀 천천히 하자는 신호다. 오후가 간다. 하루가 같이 간다.

4시 30분이 되면 작업을 마치고 청소와 주변 정리에 들어간다. 파이프, 전산봉, 각종 부속과 자재를 각목이나 팔레트 위에 가지런히 놓는다. 다음 날 작업 하기에 편하게, 밤사이 비가 오거나 바람이 불어도 젖거나 날아가지 않도록 한다. 고소 작업대는 한곳에 모아 정렬한다. 과상승 방지봉을 올리고 작동 열쇠를 뺀 후 다음날 작업을 위해 충전시킨다. 고속절단기 전원을 빼고, 잘라낸 부스러기와 널려 있는 쇳가루, 용접봉 똥이며 파이프 조각을 쓸어 담는다.

충전 드릴, 충전 그라인더, 임팩 같은 전동 공구는 공구통에 넣고 자물쇠를 잠근다. 요즘에는 많이 줄어들었으나 전에는 밤사이, 주말 사이에 쓸 만한 공구나 값나가는 자재를 통째로 훔쳐가기도 했다. 청소의 마지막은 작업복 먼지를 털어내는 일이다. 장갑으로 툭툭 쳐서 털기도 하고 압축기가 있으면 압축 공기로 말끔하게 털어낸다. 일 끝날 때가 되어 압축기에서 연신 울리는 '쉭~쉭~' 하는 소리는 마치 학창 시절 마지막 수업 종소리처럼 경쾌하게 들린다.

찌든 때에는 빨랫비누가 최고

그리고 샤워실이나 화장실에서 씻는다. 손만 씻는 사람, 얼굴까지 씻는 사람, 머리 감는 사람, 아예 수도 근처에 가지 않고 물티슈로 닦는 사람

등 다 자신만의 방식이 있다. 나는 시설만 되어 있으면 꼭 샤워한다. 겨울에 땀 흘리고 나서 뜨거운 물로 샤워를 하면 얼었던 몸도 녹고 그렇게 좋을 수가 없다. 적당한 육체노동이 주는 긴장과 즐거움이 있다. 여기에 매일 뜨거운 물로 씻는 재미도 쏠쏠하다. 월 정기권을 끊어놓고, 퇴근 후 동네 목욕탕으로 직행해서 매일 뜨거운 온탕에 몸을 푹 담그던 충청도가 고향인 형님이 있었다. 온양온천 부럽지 않다며, 피로 푸는 건강 비법으로는 최고라고 늘 주변 사람에게 권했다.

여름에는 땀 냄새 때문에 샤워하는 사람이 늘어난다. 비누를 잘 갖다 놓는 현장도 있고 아예 없는 현장도 있다. 나는 평상시 빨랫비누로 샤워를 한다. 20대 후반 야학 교사로 활동할 때, 환경에 관심이 많았던 동료가 샴푸를 쓰지 않는 것을 보고 자연스레 동참하였다. 게다가 기름때는 세숫비누로 잘 닦이지 않는다. 커피, 콜라와 함께 빨랫비누가 찌든 때를 없애는 세제로는 최고다. 버스나 전철로 출퇴근을 하면 대충이라도 씻고, 먼지를 털어내는 데 비해 승용차로 출퇴근하거나 숙소 생활을 하면, 작업복 입은 채로 다니기에 씻지 않는 경우가 많다. 온종일 일하며 흘린 땀과 몸속 노폐물을 깨끗이 씻고 나면 몸에 생기가 돌고 피부에 윤이 난다. 퇴근할 때면 갈증으로 목이 마른다. 현장 앞 호프집이나 식당이 퇴근하는 노동자를 유혹한다. 시원한 맥주나 막걸리 한 잔이 당기는 시간이다.

다치지 않고 퇴근하면 다행

오후 5시에 퇴근 카드를 찍는다. 씻고 나서 작업복을 평상복으로 갈아입고 퇴근 카드를 찍을 때까지 모두 노동시간이다. 그러나 대다수 현장 소장들은 거꾸로 생각한다. 심한 경우 50분까지 일하고 5시 넘어 씻으러 가라는 전근대적인 소장도 있다. 출퇴근 과정, 일을 준비하는 시간, 일 마치고 정리하고 씻는 시간이 모두 노동시간이다. 준비 시간, 마무리 시간이 작업 품질과 작업 물량에 영향을 주는 더 중요한 시간이 될 수도 있다. 5시 까지 일하라는 소장의 지시가 떨어지면 누구도 5시 이전에 탈의실에 들어가거나, 퇴근 카드를 찍지 않는다. 다만 4시 30분에 일찌감치 작업은 종료하고 뒷정리한 후에 여기저기서 푹 쉬다가 5시에 맞춰 내려온다. 대놓고 저항하지는 못해도 고분고분 장시간 노동을 따르지는 않는다. 나름 슬기로운 현장 생활이다.

형틀 목수, 철근공 등 토목건축 쪽은 보통 4시 이전에 퇴근한다. 설비는

5시 퇴근인데 4시 퇴근하는 현장이 생기기 시작했다. 도급제로 하는 물량 떼기 팀이나 마무리 공정 팀 중에 전등을 갖고 다니며 밤 8시나 9시까지 하는 경우도 봤다. 일이 고되고 힘들수록 노임 단가가 높고, 일찍 퇴근한다. 상대적으로 힘이 덜 드는 공정은 저임금 도급제를 채택하여 장시간 노동을 강제하고 결국 골병들게 만드는 결과는 똑같다. 출근해서 퇴근까지 현장의 모든 제도와 관행은 철저히 건설 노동자를 짜내는 방식으로 설계되어 있다. 몇 년 전에는 6시가 퇴근이었고, 잔업 야근도 꽤 많이 했다. 새벽 출근해서 밤 늦게 퇴근, 별 보고 출근해서 별 보며 퇴근하는 일이 일상이었다. 그나마 주 52시간 노동제로 퇴근이 5시로 당겨졌으나 여전히 주6일제, 토요일도 일한다. 건설 현장도 주5일제가 정착되어 중노동의 피로를 충분히 풀면 좋겠다. 그래야 사람도 살고, 시공 품질도 좋아진다.

퇴근은 그 자체로 즐겁다. 죽지 않고, 다치지 않고 걸어서 현장을 나갈 수 있다는 사실만으로도 축복이다. 술 좋아하는 동료들은 어떻게든 구실을 만들어 술자리를 갖는다. 현장 주변 곳곳의 식당에서 저녁 식사 겸 술자리가 만들어진다. 술 마시지 않는 동료들은 퇴근해서 바로 집으로 가 씻은 뒤 저녁밥 먹고 보통 10시 이전에 잠자리에 든다.

꿈속에서 렌치질하기도

코로나 유행 이전에는 퇴근해서 바로 집에 들어간 날이 거의 없었다. 현장 동료들, 건설 조합원들, 진보당 당원들, 신림동 주민들, 고향이나 고등학교 친구들과 약속으로 일주일이 빼곡히 차 있었다. 어떤 날은 2차, 3

- 메뚜기가 날아와 수평자 위에 살포시 앉아 있다.
- 고속절단기를 비롯하여 자재, 부속을 정리하면 현장이 깔끔해진다.

차까지 약속이 잡히기도 했다. 그러고도 다음날 새벽 꼬박꼬박 일어나 출근했다. 숙취가 남아 아침에 술이 덜 깨어도, 기어서라도 출근을 했다. 그런데 당 대표를 마치고 2020년 현장 복귀를 하고 나니 체력이 확연히 달라졌다. 2차 약속은 꿈도 못 꾸고, 1차 술자리도 자제하지 않으면, 다음날 일어나기도 힘들고 일 나가서도 오전 내내 몸 고생을 하였다. 조공시절 같이 일했던 형님들 생각이 난다. 그 당시 50대, 지금은 60대 또는 70세를 넘긴 분들도 있는데, 어느덧 내가 환갑을 앞두고 있으니 쏜살같이 흘러간 시간이다. 그동안 형님들이 하나둘 여기저기 다치고 현장 일을 그만두는 것을 보아왔다. 세월이 흐르고, 나이 드는 것은 거스를 수 없는 자연의 이치이자 인간의 운명이다. 이 운명이 퇴직금 없는 건설 노동자에게는 뼈아프게 다가온다. 건설 노동자로 더는 일할 수 없게 되면 곧바로 생계의 위협에 직면하기 때문이다.

건설 노동자에게 하루는 길고도 짧다. 잠자리에 들면서 '내일 새벽에 잘 일어나야지' '내일 작업은 이렇게 해야겠다' 구상을 하며, 내일도 건설 노동자로 살아갈 채비를 한다. 온종일 노동에 지친 몸은 잠을 청하자마자 곯아떨어진다. 어제와 오늘처럼 내일도 무사하기를 기도하며 꿈에서도 렌치질을 한다. 꿈속에서 동료들과 웃으며 떠들기도 하고, 관리자와 한판 붙기도 한다.

"현장 소장들이 여자가 험한 일 할 수 있겠냐고 해요"

시간 내주셔서 고맙습니다. 건설 현장에는 처음에 어떻게 나왔나요?

11년 전인데요, 친한 동생이 전기 일이 괜찮다고 해보라고 졸라서 결국 하게 되었죠. 자기가 멘토가 되어 가르쳐주겠다고 해서 갔는데, 전기 도면이 좀 어렵고, 도면 보면서 결선하는 게 손가락도 아프고. 나에게는 잘 안 맞고 재미없어서 3년 정도 하다 그만했어요. 전기 일에는 젊은 친구들, 30~40대가 많아서 그런지 잘 안 맞더라고. 나한테 누나 누나 하면서 잘해주기는 했는데.

전기 일부터 했군요. 다음에는 무엇을 했죠?

집에서 쉬니까 무료하잖아요. 이번엔 친한 언니가 "집에서 놀면 뭐하냐? 화기 감시 해 봐라" 해서 간 곳이 삼성바이오 현장인데, 고소 작업대 유도원으로 일했어요. 8개월 정도 하다가 마곡으로 옮겼는데, 거기서 화기 감시를 하면서 처음 배관 일을 접한 거죠. 배관하는 걸 보니까 너무 하고 싶은 거예요. 젊었을 때 가스 배관하는 사무실에서 10년간 일을 해서, 가스 배관에 들어가는 자재, 부속, 공구가 다 기억나고 친숙했죠. 화기 감시하면서 유심히 배관을 지켜봤고 내가 직접 하고 싶은 거예요. 그래서 배관팀으로 들어가게 됐죠.

전기, 화기 감시에 배관까지 11년 경력이네요. 현장 적응에는 어려움이 없었나요?

전기할 때는 힘들고 어려웠죠. 먼지나 소음이 커서 적응이 안 되고, 마스크를 쓰면 답답하고, 그래도 잘 견뎠어요. 그러다 배관 쪽으로 와서는 너무 재미있는 거예요. 전기할 때도 배관한 파이프를 보면 신기했어요. 파이프가 공중에 매달려서 높이가 다른데도 45도 부속을 써서 벽체 슬리브 구멍을 통과하는 것도 신기하고 일일이 각도 맞추고 높이 맞추고 하는 것이 대단해 보였어요.

배관이 잘 맞나봐요?

예, 사무실보다는 나와서 활동하는 게 내 체질에 맞아요. 팀장은 직접 배관하는 일은 위험하다고 잘 맡기지는 않는데, 아파트에서 분배기 연결 배관이나 SR 파이프 배관은 해봤죠. 보조 말고 배관만 했으면 좋겠어요.

힘들 때도 많았을 텐데요?

양중(자재 나르기) 많이 할 때가 육체적으로 힘들어요. 정신적으로는 팀원과 의견이 맞지 않을 때 그게 좀 힘들죠. 사람 관계는 기복이 있는데, 안 풀리면 피곤하죠. 아침에 눈 떠서 출근하는 건 즐겁고, 배관 일 자체는 괜찮아요.

여성이라고 차별받거나 힘들지는 않았나요?

처음에는 그런 게 좀 있었는데, 나중에는 다 없어지더라고요. 새로 현장을 가면 특히 소장들이 여자가 험한 일 할 수 있겠냐, 차라리 남자를 데려오지 그랬냐 하면서 반기질 않는데, 일하는 거 보면서는 대단하다고 칭찬하고 그래요. 한 현장 마치고 나면 소장들이 일자리 없을 때 연락 달라고, 자기가 자리 소개해주겠다고, 고맙다고 인사하는 경우도 있어요. 처음에는 선입견으로 보다가 나중에 인정하고 친해지는 거죠. 팀에서도 배려를 해줘요.

다행히 여성이라고 불이익을 당하지는 않았네요?

보호막이 든든했던 것 같아요. 특히 이 팀에 들어와서는 더욱 그렇고요. 그런데 화기 감시나 유도원 하는 동생들이 나한테 "배관할까?" 물어보면, 내가 보기에는 여자가 하기에 쉬운 일은 아니다, 배관 일이 일당도 더 좋지만 그만큼 힘든 일이어서, 체력도 좋아야 하고, 일도 하려고 들어야 한다고 말해줘요. 만만한 일은 아니에요.

11년 됐으니 기억에 남는 일이 있을 법한데요?

마포 현장에서 자재 때문에 크게 싸운 일이요. 자재가 와서 1층에 내려놓은 거를 우리가 지하 4층으로 내렸어요. 지하 팀 사람들이 분류하고 정리해놨죠. 주로 지하 팀에서 쓸 자재이긴 해도 우리가 써도 되는데 내가 가지러 가니까 거기 팀장이 못 쓰게 하더라고요. "아줌마!" 하면서, 당신네 자재는 당신들이 주문해서 쓰라는 거예요. 기분 나빠도 참고, 자재를 갖고 오다가 생각하니 부아가 치밀어서 중간에 자재를 던져놓고 사무실에 올라갔죠. 이사님이 있어서 막 따졌죠. 우리 팀장이 잉여 자재를 안 좋아해서 꼭 필요한 만큼 시켜서 쓰기 때문에 가끔 부족한 자재를 갖다 쓰는 건데, 같은 업체끼리 그것도 못 쓰냐고 따졌죠. 내 말을 듣더니 지하 팀장을 불러서 교통정리를 해줬어요. 다음부터는 이사님이 "뭐 필요하세요?" 하고 만날 때마다 이야기할 정도였어요.

지금 팀은 얼마나 같이 일했죠?

4년이요. 제일 오래 같이 있었죠.

지금 팀, 어떤 점이 좋은가요?

팀장이 워낙 일밖에 몰라요. 성격이 깐깐하고 강해서 주변하고 부닥치는데, 그걸 풀어주는 역할을 내가 하게 되죠. 팀원들이 바뀌어도 팀장이 기술 좋고 잘하니까 팀이 유지되고 있어요. 노하우가 많아서 나한테 방법을 잘 알려주는데, 못 알아듣는 것도 있고. 오늘 무슨 일 하는데 순서와 방식을 이렇게 한다고 항상 미리 알려줘요. 나에게 잘 맞춰주고. 다고마운 일이죠. 어떨 때는 내가 팀장을 갈구기도 해요. 눈만 높아져서 배관에 참견도 하고, 다른 팀원들은 내가 뭐라 하면 싫어하기도 하는데 나중에는 인정하죠. 실제 내가 할 줄은 모르는데 밑에서 배관을 보면 잘됐나, 잘못됐나 보이는 거예요. 팀장이 어려운 일, 고소 작업은 안 시키고 밑에서 보조하는 일만 하라고 배려하죠.

현장 나오는 분들이 대개 하루라도 벌어야 하는 경우가 많은데, 생활은 어떠세요?

나도 장사하다가 두 번 크게 망했어요. 그래도 10년 넘게 일하고, 남편도 벌고 해서 많이 만회했어요. 처음에는 돈을 벌어야 해서 현장 나왔는데, 지금은 일하는 거 자체가 재밌고 좋아서 나와요. 예전에 어머니께서 칠순 되시어 "일 좀 없냐?" 하던 말씀이 이제 이해돼요. 젊은 시절에는 일하는 게 행복이란 것을 못 느꼈는데, 이제는 좀 알겠어요.

현장에서 바뀌면 좋겠다는 것이 있다면?

큰 현장은 덜한데, 작은 현장일수록 주변 정리가 안 되어 있어요. 시멘트 먼지가 쌓이는데 풀썩풀썩 먼지가 날릴 정도가 되어도 아무도 안 치우고 그대로 둬요. 조금씩 치우면서 해도 되는데. 화장실은 정말 개선해야 해요. 남자 화장실, 여자 화장실 구분은 고사하고 화장실 자체를 쓸 수가 없어요. 지금 현장도 근처에 공원 화장실이 있어서 천만다행이지 현장 화장실은 갈 수가 없어요. 여긴 작은 현장이라 안전관리도 허술해요. 안전관리를 너무 세게 하는 것도 안 좋지만, 느슨해도 안 좋아요.

10년 넘게 일한 현장에 대한 소회는 어떤가요?

체력 좋을 때, 젊었을 때 일찍 현장에 왔으면 더 좋았을 걸 하는 생각이 들어요. 누군가 미리 알려줬으면 지금은 배관사로 일할 텐데. 맨날 사무실에만 박혀 있어서 그 일이 전부인 줄 알았는데 그게 아니었죠.

끝으로 더 하시고 싶은 말씀이 있나요?

내 건강이 허락하는 한, 업체에서 굳이 거부하지 않는다면 현장 일은 계속하고 싶어요. 내가 직접 고소 작업대 타고 천장에서 배관하는 게 소원이에요. 현장 노동자에 대해서 항상 저 밑바닥으로 보는 시각이 있잖아요. 늘 궂은 일만 하는 사람들이라는 시각. 내가 직접 일을 해보니 노동자가 얼마나 중요한 일을 하는 사람인지 알게 됐는데, 우리 사회가 이걸 알아야 해요. 노동자가 사회의 근간이라는 것을. 현장에 나와서 이일을 하면서 깨닫고 느낀 점이죠. 앞으로 우리 사회가 바뀌었으면 해요. 다 소중한 목숨인데 죽지 말고, 다치지 않고 일했으면 좋겠어요, 정말로. ☻

3장

노동의 땀방울

직업은 못 속여

건설 과정은 여러 직종이 순서대로 투입되면서 진행된다. 보통 H빔 파일을 땅속 깊이 박고, 지하 흙을 파낸 후 콘크리트 타설로 지하층을 만든다. 이 과정에 중장비, 토목 공정이 들어간다. 타워크레인이 서고 지상층을 올리면서 거푸집 설치, 철근 배근, 콘크리트 타설, 굳은 후에 거푸집 해체-정리를 반복하여 한 개 층씩 올라간다. 외벽 작업에는 흔히 '아시바'라고 부르는 비계를 썼다가, 갱폼과 시스템 비계, 레일식 시스템 비계(RCS 공법)로 진화하고 있다. 여기까지를 설비에서는 선행 공정이라 부른다.

작업복과 공구로 드러나는 직종별 특성

층이 만들어지면 배관팀들이 바로 들어가, 소방, 팬코일, 위생 배관으로 천장을 메우기 시작한다. 다음에 전기와 덕트 작업이 이어지는데, 중간

• 건물 층을 올리는 장비들. 타워크레인, 슈퍼데크, RCS비계.
• 상판 작업. 왼쪽에 알루미늄 폼이 쌓여 있고 철근공들이 배근하고 있다.

쯤에는 배관, 덕트, 전기가 앞서거니 뒤서거니 같이 간다. 설비 후속 공정으로 커튼월(커튼처럼 힘을 받지 않는 건물 외벽), 내장 인테리어(석고보드), 조적(벽돌쌓기) 팀들이 들어와 작업을 하면 외벽과 내벽이 들어선다. 이렇게 바닥, 천장, 벽이 모두 만들어지면 마감 공정으로 넘어간다.

공정 순서가 착착 맞아떨어지면 좋지만, 일이 바쁘거나 공정이 늦어지면 여러 직종의 작업이 겹치게 된다. 각 직종의 부속, 자재, 연장과 건설 장비들이 한 번에 몰린다. 바닥에 각종 파이프가 널리고, 전기 자재가 쌓이고, 외벽 금속 틀과 유리까지 자리를 잡으면, 고소 작업대를 운전해서 지나갈 길이 없어질 정도가 된다. 이렇게 여러 직종이 섞이고, 많은 사람이 우글대다 보면 현장은 흡사 도떼기시장 형국이 된다. 자재에 치이고, 사람에 치이고, 내가 일할 장소에 다른 팀의 고소 작업대가 작업하고 있으면 마칠 때까지 기다려야 한다. 여기에 신규자까지 섞이면 모르는 얼굴이 늘어난다.

아무리 많은 직종과 사람이 섞여 뒤죽박죽되어도 상대 노동자가 설비인지, 전기인지, 철근인지 금세 알아볼 수 있다. 작업복과 공구만 봐도 직종별 특성이 드러나기 때문이다.

망치의 경우, 거푸집을 짜는 형틀 목수는 못을 박고 뽑을 수 있게 한쪽이 빠루(노루발) 모양으로 되어 있는 장도리를 쓴다. 벽돌을 쌓는 조적공은 벽돌을 다듬고 깨기에 좋게 한쪽 끝이 끌 모양인 벽돌 망치를 쓴다. 파이프를 다루는 배관공은 강관을 꽝꽝 때릴 수 있게, 양쪽 모두 뭉툭한 머리로 되어 있는 중망치를 쓴다.

형틀 목수는 장도리를 못 주머니에 차고 다닌다. 철근공은 반생이(굵은 철사)를 엮는 '시누'나 결속선(얇은 철사)을 묶는 '뱅뱅이'를 뒷주머니에 꽂고 다닌다. 늘 박리제 기름 위에서 일하기에 작업복이 기름에 젖어서 반질반질하다. 콘크리트 타설공은 레미콘 반죽 속에서 걸어다니며 작업해야 해서 긴 장화를 신고 다닌다. 전기공은 전선 작업이 기본이다 보니 니퍼, 쪽가위, 드라이버, 전기 테이프, 헤드 랜턴 등 가장 많은 연장을 차고 다닌다. 꼭대기 층 상판에서 일하는 노동자들은 직종에 상관없이 형틀 목수, 철근공, 전기공, 배관공 모두가 새카맣게 그을려 한눈에 "나, 상판 팀이요." 하는 태가 뚝뚝 묻어난다. 심지어 안전감시단조차 상판 담당은 구릿빛 피부와 기름때 작업복으로 다른 감시단과는 차이가 확연하다.

- 벽돌용 시멘트 포대 위에서 쪽잠을 자는 노동자.
- 거푸집, 동바리, 각파이프 위에서 쪽잠을 자기도 한다.

직종별 특성은 연장과 작업복에 그치지 않고 생각지 못한 곳에서도 드러난다. 배관노동자들은 파이프 위에서 쪽잠을 잔다. 보온공은 보온재나 보온재 상자를 깔고 잠을 청하고, 내장공은 석고보드 위에 쉴 자리를 마련한다. 형틀 목수나 철근공은 빼곡하게 세워서 위험해 보이는 동바리(거푸집 받침대) 숲 사이에 합판 조각 하나를 걸쳐놓고 눕는다. 종이상자나 석고보드는 누구나 원하는 최고의 침대이지만, 주위에서 구할 수 없을 때는 평소 익숙한 자재를 이용하곤 한다. 평소에 쓰는 물건, 손에 익은 자재가 자석처럼 사람을 끌어당기는 것일까? 일할 때는 물론, 쉴 때도 직종별 특성이 여지없이 드러난다. 그래서 직업은 못 속인다는 말이 있는 듯하다.

직업은 못 속인다

파이프를 옮기려면 현장용 수레를 만들어야 한다. 이것을 대차라 하는데 직사각형 밑판에 바퀴 4개를 달고, 네 귀퉁이에 파이프를 끼워 손잡이로 쓴다. 바퀴가 2개인 밀바는 간단한 자재를, 바퀴 4개인 대차는 무겁고 큰 자재를 싣기에 적합하다. 배관공들은 파이프 받침대로 쓰는 찬넬(ㄷ자 형강)을 잘라서 대차를 만든다. 가장 흔한 자재다. 찬넬을 수평 잡아서 직사각형으로 배열하고는 네 귀퉁이를 용접하고 바퀴도 용접해서 완성한다. 대차는 쇠막대 찬넬로 만드는 것이 당연하다고 생각했는데, 덕트공은 덕트 자재인 함석 통으로 대차를 만드는 것이 아닌가! 대차만이 아니라 공구통, 도면대, 고소 작업대 중간발판도 모두 함석판과 함석 가대로 만든다.

형틀팀은 거푸집 자재인 나무 합판과 각목으로 공구함을 만들고, 전기팀은 공구함이든 대차든 전기트레이(전기선 통신선을 받쳐주는 긴 접시 모양 철자재)를 활용한다. 직종별 특성이 100% 드러나는 도구로 작업대가 있다. 경량 팀은 석고보드 재단하는 작업대로 석고보드 2장을 십자로 엮어서 쓴다. 같은 내장 인테리어라도 금속 팀은 각파이프를 X자로 용접한 2개의 작업대 위에 긴 각파이프를 올려놓고 용접을 하거나 자른다. 형틀 목수는 당연히 합판으로 작업대를 만든다. 소방배관팀은 25mm 강관을 Π자 형태로 용접해서 작업대를 만든다. 각자의 자재로 작업대를 만들지, 다른 직종 자재는 잘 쓰려고 하지 않는다. 아닌 듯해도 자기 직종에 대한 자존심이 흘러넘친다.

장사하는 사람에게 장사꾼의 특성이, 농사짓는 사람에게 농부의 특성이 드러나듯이, 노동자에게는 노동자의 특성이 드러난다. 오랜 세월 반복되는 노동의 과정에서 노동자의 기질과 특성이 만들어진다.

숙련된 배관공은 파이프 연결을 억지로 끼워 맞추지 않는다. 파이프 성질을 이해하고 그것에 맞게 파이프를 다루고 교감한다. 현장에서 오래 일한 건설 노동자의 손은 거칠고 굳은살이 배겨 있다. 날마다 렌치질을 하고 중망치를 내려치는 배관공의 어깨는 단단한 근육질이다. 평생 노동을 하면서 공구와 자재를 다룰 줄 알게 되고, 자신이 다루는 노동 대상의 성질을 몸으로 체득한다. 몇 년씩 용접을 안 해도 다시 불대를 잡으면 손이 알아서 움직인다. 쇠를 다루는 노동자는 쇠의 성질을, 돌을 다루는 노동자는 돌의 성질을 체득한다.

그렇게 쌓이고 쌓여 노동과 자연에 대한 이해가 넓고 깊어진다. 노동의 지혜는 인간관계, 사회관계로 확장된다. 어떤 노동이든 혼자서는 할 수 없다. 집단을 이루어 협업해야 노동이 가능해진다. 각자의 역할에 최선을 다하면서 동료와 호흡을 맞추는 과정에서 동료애와 연대 의식이 싹트게 된다. 자연의 이치를 몸으로 깨닫고 세계를 바라보는 견해가 형성된다. 굳은살보다, 근육질보다 더 단단한 노동자들의 세계관은 노동의 땀방울과 시련 속에서 피어난다.

이렇게 노동 과정에서 습득하고 쌓이는 특성과 의식들이 공고화되면 문화적으로는 노동자 품성, 사상적으로는 노동자 계급 의식이 형성된다.

마르크스는 '존재가 의식을 규정한다.'라고 했는데, 이는 '직업을 못 속인다.'라는 우리말과 비슷한 원리라고 할 수 있다. 작게는 자기 직업에서 비롯되는 습관이나 특성이고, 크게는 그 직업에 종사하는 다수의 사람에게 나타나는 공통의 기질과 사상 의식일 것이다. 세기와 대륙을 넘어 21세기 대한민국 건설 현장에서 존재가 의식을 규정하는 일상의 모습을 발견하는 것은 배관 일을 하며 느끼는 즐거움 중 하나이다.

존재가 의식을 규정

같은 노동자라도 금속 노동자와 서비스업 노동자는 좀 다르다. 한쪽이 소주를 상자째 놓고 마신다면, 다른 한쪽은 맥주가 더 어울린다. 건설 노동자도 다 똑같아 보이지만, 직종별 특색이 있고, 나름의 작업 문화가 있어 때로는 부딪치기도 하고, 때로는 어울리기도 한다.

노동자는 노동자다워야 제맛이 난다. 건설 노동자는 먼지 풀풀 나고 굉음이 터지는 곳에서 뒹굴어야 건설 노동자라 할 수 있다. 위험하고 힘든 일을 하는 건설 노동자가 일한 만큼, 위험한 만큼 정당한 대우를 받았으면 좋겠다. 건설 노동자가 하루 벌어 하루 먹고 사는 노가다 인생이 아니라, 잘 먹고 잘 사는 직업이 되길 바란다.

장인의 숨결

직종마다 작업과 기술에 대한 자부심이 대단하다. 형틀에서 거푸집을 직선이 아닌 곡선으로 설치한 모습을 심심치 않게 보아왔다. 그것을 볼 때마다 '저 작업을 도대체 어떻게 하지?' 무척 궁금했다.

각목을 곡선으로 휘는 방법

거푸집 기초가 되는 각목(수평재)을 곡선 형태로 휘어서 바닥에 박고, 그 각목 위에 거푸집을 올리면 멋진 곡선 벽이 만들어진다. 각목을 곡선으로 휘는 방법이 무엇일까? 한쪽 면에 칼집을 넣는 것이다. '투바이'라고 부르는 넓적한 각목의 한쪽에 일정 간격으로 칼집을 넣으면 각목을 다른 쪽으로 휠 수 있다. 알고 나면 아주 쉽고 단순한 원리인데, 그냥 하라고 하면 생각해낼 수 없고, 엄두조차 나지 않는 방식이다. 그런데 석고보드 작업하는 경량팀도 이 방식을 쓰고 있었다. 석고보드로 벽을 치고 나서 모서리 보호를 위해 ㄱ자 금속 마감재인 '코너비드'를 모서리에 부착한다. 곡선 벽을 치고 나서는 코너비드(모서리쇠) 한쪽에 칼집을 넣어 반대쪽으로 휘면 곡선 모서리에 보기 좋게 들어맞는다. 원래 직선 형태인 각목이나 코너비드에 특별한 공법을 가하지 않고도 쉽게 곡선을 만들어 내는 노동의 지혜다.

직선을 곡선으로, 수직-수평은 기본

외벽 마감으로 석재 판을 많이 쓰는데, 석공들이 수직-수평을 엄격하게 본다. 맨 아래 단에서 0.1mm 차이가 나도 3층까지 올라가면 3~5cm 차이가 나서 외벽이 완전히 비뚤어진다. 석재 판 하나 놓을 때마다 수직-수평을 잡아서 실제 이런 불량은 아예 불가능하다. 큰 건물 지하 주차장은 천장을 덮지 않는 노출형이다. 그곳에 들어가는 전등과 소방배관은 특히 수평에 신경을 쓴다. 바닥에 타일을 깔거나, 화장실에 샤워기, 양변기 놓을 때도 수평을 본다. 건물을 세우는 기초에서 마감까지 어떤 설치물이 들어가든, 설치하는 과정 하나하나마다 수직-수평을 잡는 게 기본이다. 모든 건물은 건설 노동자의 땀과 함께 기술과 정성이 들어가는 종합 예술체다.

물을 공급하는 배관에는 공기 방울이 생기기 마련이다. 이 기포가 떠돌다가 파이프 제일 위 또는 끝에 모인다. 기포 방지 장치를 해주지 않으면 수돗물을 틀 때마다 '펑! 펑!' 소리가 난다. 그래서 입상 배관 마감 부위와

• 인테리어 미장 작업.
• 천장 등 결선 작업.

횡주관 끝에는 에어벤트와 수격방지기를 달아놓는다. 한국은 여름과 겨울에 50도 이상의 온도 차이가 난다. 쇠와 콘크리트도 늘어났다가 줄어들기를 반복하는 마당에 배관 파이프도 예외가 아니다. 수축-팽창을 흡수하여 파이프가 뒤틀리거나 터지지 않게 하려면 일정한 간격으로 신축이음을 한다. 공간 여유가 있을 때는 ㄷ자형 루프 배관을 하고, 좁은 공간에서는 신축관(Expention)을 단다. 아파트 외벽에 도시가스 배관이 ㄷ자로 꺾여 올라가는 모습을 흔히 볼 수 있다. 바로 루프 배관이다.

건설 노동자의 한 땀 한 땀으로 올라간 건물

눈에 보이는 곳이든, 보이지 않는 곳이든 대충하는 작업은 없다. 모든 직종, 모든 과정에 장인의 숨결처럼 건설 노동자의 경험과 감각이 스며 있다. 저절로 올라가는 건물은 하나도 없다.

다루는 자재의 성질과 순서에 맞추어 일하지, 이를 무시하고 건너뛰거나 서두르지 않는다. 강관에 홈을 내는 그루빙 작업, 급수 파이프와 부속을 연결하는 압착 작업이나 용접할 때 서두르면 꼭 하자가 생겨 물이 샌다. 물이 새면 넣었던 물을 다 빼내고 하자 부위를 잘라내서 부속 교체 후에 다시 연결 작업을 해야 한다. 물이 새는 부위의 용접면을 갈아내고 다시 용접한 후에 용접이 잘 됐는지 또 물을 넣어야 한다. 무수한 경험을 통해서 하자 공사, 불량 시공을 스스로 걸러낸다. 파이프에는 물이 통하게 하고, 덕트통에는 공기가 흐르게 하고, 전선에는 전기가 들어오게 한다.

한 땀, 한 땀 바느질을 해서 옷 한 벌을 만들어 내듯 수많은 건설 노동자의 한 땀, 한 땀으로 건물도 올라간다.

"사람 보는 눈이 달라졌죠.
동료 먼저 챙기는 사람을 눈여겨봐요"

현장 일을 일찍 시작했다고 들었는데, 얼마나 되었죠?

18세부터 했으니 36년 됐네요. 현장에서 잔뼈가 굵었죠.

18세면 한창 놀 때인데, 처음 일하게 된 사연이 궁금하네요?

친구들과 여름 피서 가려고 비용을 마련해야 했죠. 동네에 경량 일하는 선배가 있어서 그 선배 따라가서 처음 일을 했죠. 그런데 내가 눈썰미가 있었는지, 옆에서 일하는 거 보면서 어깨너머로 배웠는데 3달 만에 3년 경력자만큼 하게 된 거죠, 금방 배웠죠. 하루 일당이 7천 원에서 3개월 만에 1만 원으로 오르고요. 그때는 매거진(석고용 나사 박는 전동드릴)이 없어서 주먹 드라이버를 반자동 드릴에 끼워서 썼죠. 벽체 석고보드는 거의 없었고 주로 천장을 했어요. 벽은 대부분 조적, 벽돌로 하던 시절이니까. 벽체 작업은 미군 부대에서 처음 했죠.

미군 부대 이야기 좀 듣고 싶네요?

그때는 석고보드가 없어서, 슬레이트 재질 비슷한 밤라이트 패널이라고 있어요, 그걸로 칸막이 벽체를 세웠죠. 전국에 있는 미군 부대를 다니며 7년을 일했어요. 그때 기술을 다 배웠죠, 그 기술을 지금까지 쓰고 있고요. 송탄 미군 부대 공사는 5층짜리 미군 하사관 숙소인데, 원룸형 방 두 개에 가운데 공동 화장실이 들어가요. 감리가 한 달에 서너 번은 오는데, 오는 날은 층마다 계단실 앞에 구급 약통을 갖다 놔요. 안전이나 구급 조치에 신경 쓴다는 걸 보여주는 거죠. 1시간이면 그 안에 약이 다 없어져요. 감리가 워낙 깐깐해서 일하다 지적이 나오면 공사 전체를 다시 해야 해요. 그러니까 그날은 일단 작업을 중단해요. 불량 시공이 발견되면 그곳만 재시공하는 게 아니라, 그 자재를 사용한 모든 층, 모든 곳을 뜯어내고 다 다시 해야 해요.

기술도 상당히 앞섰죠. 천장 높이가 낮아서 전산 볼트 내려서 캐링 달고, 엠바 달고 이렇게 할 수가 없어요. 그 부속 이름은 생각이 안 나는데 Z자 찬넬 모양이에요. 그걸 천장에 쏴서 고정하고 거기에 바로 천장판을 달았죠. 벽체에는 구멍 뚫린 철판을 단열재로 댔어요. 그 위에 드라이비트(벽체 단열재와 마감재 사이에 들어가는 유리 섬유망) 붙이고 미장을 했는데, 한 10년 지나니까 한국 건설 현장에 드라이비트를 쓰기 시작하더라고요. 미군 부대가 적어도 10년 이상 기술이 앞섰던 거죠.

미군 부대 음식이나 휴식, 복지는 어땠나요?

밖을 마음대로 오갈 수 없으니까 밥차가 들어왔죠. 밥 오면 한두 사람이 배식하고, 배식하는 모습이 지금과 똑같아요. 술은 당연히 반입 금지, 참은 오후에 빵을 줬어요. 참 이야기가 나왔으니 말인데, 일원동 삼성의료원 공사할 때 집에 좀 일찍 가겠다고 참 안 먹고 30분 일찍 퇴근하는 걸로 했는데, 업체에서는 그걸 기회 삼아 다음 공사부터 참을 없앤 거예요. 그러면서도 퇴근 시간은 원래대로 늘어났죠. 결국 참만 없어진 건데 눈앞의 일만 생각하고 욕심내면 망해요.

기억나는 에피소드가 있다면?

이런 경험은 나밖에 없을 건데, 부대 출입을 하려면 팀장이 나와서 한 10명씩 데리고 들어가요. 그런데 주민증을 분실해서 선배 것을 빌려서 갔는데 신원 확인에 딱 걸렸죠. 부대 안 유치장에서 3일간 구금되고 인솔했던 팀장은 출입 금지되고, 밥은 세 끼 다 주는데 군인이 아니라 셰퍼드 개가 지키더라고요. 한국 군무원이 인원 확인할 때는 그냥 들어갔는데 미군은 한 사람씩 얼굴까지 다 확인하는 거예요.

일하다 다친 적도 있나요?

다행히 큰 사고는 없었습니다. 금속 작업하다 철판에 베이는 정도. 사고 나는 것은 여러 번 봤죠. 우리 일하던 곳 옆으로 지나갔던 사람이 잠시 후에 추락사 한 거예요. 아우! 지금과 달리 20년 전에는 사망 사고가 나도 쉬쉬하고 넘어갔죠. 최근에 했던 병원 공사에서 사망 사고가 몇 번 났는데 작업 중단되고 난리가 났었죠.

안전 장비도 많이 개선되었죠?

그럼요, 많이 좋아졌죠. 안전화, 안전벨트, 안전모, 각반 이런 거 하나도 없었어요, 1군 업체 현대나 삼성에도 없었어요. 나사 박다 보면 떨어진 나사가 서 있을 때가 있는데, 말비계(발판)에서 내려오다 밟아서 찔리는 경우도 많았어요. 지금은 다들 안전화 신으니까 뭐 찔리는 일이 아예 없죠.

경량에서 최고로 치는 기술은 뭔가요?

지하철 역사 공사가 가장 어렵고 난이도가 세죠. 승강장 천장이 아루(타원형 아치)라 높이가 다 다르잖아요. 전산 볼트 길이도 다 달라야 하고, 석고보드만 치는 게 아니고 금속 공사가 많아요. 아무나 못하죠, 실력 있는 팀만 들어가요. 영화관도 어려운 공사인데 천장이 높고 바닥도 계단이라 일하기가 까다롭죠. 워낙 높아서 비계팀에서 아시바(발판)를 설치해 주는데, 촘촘하게 설치하다 보면 석고벽 칠 자리까지 아시바 파이프가 나와요. 콘센트 박스가 들어갈 자리를 따듯이, 석고판에 구멍을 내서 벽을 칠 수밖에 없는데, 나중에 구멍 메우는 일이 장난 아니죠.

직영이 아니라 대마팀, 물량팀으로 일하나요?

주 공사는 모두 물량팀이죠. 물량팀이 들어가서 공사하기 좋은 곳을 하루라도 빨리 해치우고, 어렵고 시간 걸리는 구간은 다 직영으로 넘기죠.

물량팀 할 때는 돈도 좀 벌고 괜찮아요. 우리가 할 때는 적자 본 적이 거의 없어요. 실력도 좋았고, 큰 현장을 잡아서 하면 돈도 잘 나오고. 돈 제때 안 나오면, 우리는 그냥 작업 중단이에요. 원청에서 보고 왜 공사하지 않냐고 난리가 나죠. 노임 안 나와서 그런다고 하면 다음날 바로 입금해줘요.

직영에서는 출력 인원을 부풀려서 돈을 남겨요, 헛공수(하루치 노동일) 넣는다고 하죠. 현장 기사에게 뒷돈 주기도 하고, 그래야 현장이 돌아가니까. 까다로운 건축 소장은 인원 점검해서 사람 수를 셀 때가 있는데, 그러면 설비나 전기나 다른 공정에서 사람을 빌려오기도 해요. 다 옛날이야기죠. 현장에는 '야리끼리'라고 정해진 물량을 다 하면 바로 퇴근하는 작업 방식이 있는데, 그걸 받으면 우리는 절대 일찍 끝내지 않아요. 사무실에서도 다 계산해서 일량을 주는 건데, 그걸 오후 2시에 마쳤다. 그러면 다음에는 2배 물량 주면서 하루 안에 하라고 하거든요. 일찍 일을 마쳐도 퇴근 한두 시간 전까지 쉬었다가 천천히 가죠. 물량 좋아하다가는 골병들어요.

현장 일하면서 자신이 바뀐 게 있습니까?

내가 일을 할 때는 그러지 않았는데, 오야지 하고 나서 사람 보는 눈이 달라졌어요. 배려심 있는 사람, 동료를 먼저 챙기는 사람이 있어요. 그런 사람을 눈여겨봐 두었다가, 다음 현장에 같이 가죠. 자기만 편하게 일하려 하고, 조공에게 힘든 일 시키는 사람은 다음 현장에 안 데려가요. 그 현장으로 끝이에요. 현장에서만이 아니라 사회생활에서도 배려심 있고, 의리 있는 사람이 눈에 들어오더라고요.

일하면서 뿌듯했던 경험을 소개한다면?

보통 한 번 일하면 마무리까지 다 하는데, 나중에 지나가다 내가 일한 현장, 건물 보면 뿌듯한 마음이 들죠. 예전에는 업체 간 싸움도 잦았고, 전기, 설비, 덕트와 많이 겹쳐서 분란이 일기도 하는데, 나는 웬만하면 다른 공정을 배려해요. 우리가 먼저 벽체를 쳐버리면 설비나 전기가 정말 곤란하게 돼요. 롯데타워 공사하면서 설비와 전기 소장에게 벽체 치는 날짜를 미리 알려줬는데 엄청 고마워하더라고요. 그럴 땐 기분도 좋고 일할 맛도 나고.

현장이 이런 점은 바꿔야 한다는 게 있다면 뭐가 있을까요?

오랜 관행이어서 쉽게 고칠 수는 없을 텐데, 다단계 하도급은 없어져야 해요. 나도 오야지 하고, 물량팀 뛰어 봤지만, 도급이 여러 차례 내려가면 중간에 노임 떼먹고 별일이 다 일어나요. 건설 노동자들이 좋은 대우를 받았으면 좋겠어요.

끝으로 하고 싶은 말이 있다면?

글쎄요, 몸이 예전 같지 않아요. 쉰 살이 넘어가니 여기저기 아프기도 하고. 앞으로도 즐겁게 건강하게 계속 일하고 싶어요. 🌐

기공이 되는 비결

밖에서 보는 사람과 안에서 보는 사람이 다를 수 있다. 술자리나 모임에서는 사교적이고 재미있는데 현장에서 일할 때는 전혀 다른 사람이 된다. 엄청 당황스럽지만, 사람의 민낯이 드러나는 현장 노동의 색다른 묘미를 느낄 수 있다. 살 부딪히며 험한 일을 하고, 잠시라도 방심하면 바로 사고로 연결되기에 긴장을 유지하면서 서로 합을 맞추고 호흡을 맞춰야 한다. 합을 맞출 때 권위가 앞서면 강압이 되고, 상대를 배려하고 호흡을 맞추면 케미가 된다.

2인 1조 작업이 원칙

다른 공정도 그렇지만, 배관도 2인 1조 작업이 원칙이다. 작은 사고가 나더라도 주변에 사람이 없으면 방치되면서 자칫 사고를 키울 수 있어서

'나 홀로 작업'은 절대 금지다. 특히 고소 작업, 사다리 작업, 용접 작업 등은 사고가 났다 하면 크게 나기 때문에 세심한 안전 조치가 필요하고, 2인 1조 작업은 기본 중 기본이라고 할 수 있다. 사고 예방뿐만 아니라 작업의 효율과 품질 측면에서도 2인 1조 작업이 훨씬 능률적이다. 보통 기공 한 명에 조공 한 명을 붙여 한 개 조를 이루는데, 기공은 기술공, 조공은 조력공의 줄임말이다.

대개는 기공이 고소 작업대를 타고 천장에 올라가 자질을 해서 치수를 알려주면, 밑에 있는 조공이 치수대로 파이프나 전산봉을 잘라서 올려준다. 친절한 기공은 잘라야 할 자재와 수치를 같이 알려준다. '100mm 파이프 680' 이렇게 외치면 조공이 100mm 파이프 한쪽 끝에 줄자를 걸어서 680mm 길이에 맞춰 표시하고 고속절단기로 잘라서 파이프를 올려준다. 눈썰미 있는 조공은 수치만 불러도 알아서 파이프를 잘라 온다. 기공이 하는 작업이 무슨 작업, 몇 밀리미터 파이프를 쓰는지, 그 파이프에 어떤 부속을 연결하는지 눈여겨보다가 수치를 불러주면 바로 해당 파이프와 부속을 챙겨온다. 호흡이 척척 맞으면 일이 훨씬 수월하고, 능률과 함께 일하는 재미가 크다.

조공 없이 혼자 일하긴 어려워

롯데호텔 리모델링 공사는 조공과 호흡이 잘 맞았다. 나는 사다리를 타고 올라, 천장에서 배관 길을 살펴보고, 조공은 밑에서 대기한다. 필요한 공구나 자재가 있으면 크게 외친다. '플라야' 하면 조공이 '플라야'를 건네준다. '50mm 볼트-너트, 프랜지, 패킹' 하면 조공이 바로 가서 하나씩 찾아서 건네준다. 마치 의사가 수술 도구를 부르면 수술 간호사가 도구를 건네주듯이. 괜찮은 조공을 만나면 자재와 공구를 가지런히 정리해두었다가 바로 갖다 준다. 한번은 부속 이름도 잘 모르는 조공이 붙었는데, 천장에 올라가서 작업하다 필요한 부속이 있으면 내려와서 일일이 찾아서 올라가고, 다시 내려오고를 반복했다. 기공이 없으면 일을 치고 나갈 수 없지만, 조공 없이 혼자 하면 일도 늦고 엄청 불편해진다.

"이 형, 어제 뭐 했어? 아직 술이 덜 깼나?"

처음 배관 일을 할 때, 형님들이 도면이나 배관할 자리를 보고 나서는 엘보 3개, 45도 1개, 소켓 1개, 이렇게 말하며 부속을 가져오라고 한다. 배관 길이 어디서 시작해서 어디로 지나는지 가늠조차 못하는 나에게는 놀라움 그 자체였다. '야 어떻게 이걸 한눈에 알아내지.' 감탄하다가 막상 자재 창고에 가면, 엘보 부속은 생각나는데 '일반 강관 엘보'인지 '스테인리스 강관 엘보'인지 까먹고, 100mm짜리인지 150mm짜리인지도 헷갈려 잘못된 부속을 가져가기 일쑤였다. 그러면 형님들이 한마디씩 놀린다.

"이 형, 어제 뭐 했어? 아직 술이 덜 깼나, 앞에 파이프가 두 개로 보이지, 허허허."

기공과 조공을 구분하는 기술력의 정도는 여러 측면을 모두 포함한다. 자질의 정확성, 부속값 계산능력, 그루빙(홈파기) 기계나 파이프 머신 같은 장비 조작 능력, 도면 읽기, 돌발상황 대처 능력 등을 두루 갖춰야 한다.

- 하얀색 PVC 배수 배관은 경사(구배)를 주고, 회색 스테인리스강관 급수 배관은 수평으로 간다.
- 찬물은 한 가닥, 뜨거운 물은 두 가닥을 쓴다. 고압으로 올라온 물의 압력을 줄이기 위해 층마다 감압밸브를 넣는다.

이 모두를 아울러 기공의 지표를 한마디로 표현하라고 하면 '자립 시공 능력을 갖춘 기술공'이라 할 수 있다. 도면 한 장을 던져주면 상황 파악이 끝나야 한다. 도면대로 작업 가능한 구간, 도면과 현장이 달라서 새로 길을 내야 할 구간, 타 공정과 엉켜서 협의 시공해야 할 구간을 구분할 줄 알면 기공이다. 숲 전체를 보면서 기준점도 찾을 줄 알아야 한다. 보통은 파이프가 통과할 벽체 구멍이 기준점이다. 벽체 구멍의 높이와 위치를 좌표로 해서 파이프가 지나갈 높이와 좌우 치수를 정한다.

계산을 잘하는 기공은 한 번에 3개 이상의 수치를 불러준다. 50mm 파이프 1개, 100mm 파이프 1개, 전산봉 2개 수치를 불러주면 밑에 있는 조공은 어쩔 줄 몰라 절절맨다. 아예 머리가 하얗게 되어 멍하니 있기도 하고, 바로 가서 잘라 오기는 했는데 100mm 파이프가 아니라 엉뚱하게 75mm 파이프를 잘라 온다. 서대문 자이아파트 현장에서 주철배관을 할 때다. 기공 두 명이 두 대의 고소 작업대를 타고 각각 파이프와 전산봉 수치를 연신 불러댔다. 한 번에 서너 개 수치를 두 명이 번갈아 가며 부르는데 발바닥에 불이 나듯 뛰어다니며 자르고 올리고, 자르고 올리고를 반복했다. 땀에 흠뻑 젖은 채 이 사람들 참 대단하다는 생각을 떨칠 수 없었다.

메모가 최고의 방법

여러 개 수치를 불러주면 메모가 최고의 방법이다. 당황하지 말고 하나씩 적어서 잘라 오면 실수가 거의 없다. 그래서 조공에게 작은 수첩을 갖고 다니라고 권유한다. 기공이 불러주는 치수도 적고, 부속 이름이나 부속값을 적어서 필요할 때 꺼내 쓰면 요긴하다. 적고, 꺼내 보고, 실제 부속을 챙기고, 이렇게 반복하다 보면 금세 부속 이름을 외우게 된다. 많이 쓰는 부속 이름만 다 알아도 쓸 만한 조공으로 대우받는다.

일머리가 있는 기공은 서두르지 않는다. 아무리 숙련도가 높고, 쉬운 일이라도 모든 작업에는 시간이 들어간다. 하루에 할일을 반나절에 끝내려면, 사람도 바빠지고 배관도 엇나가서 몸은 몸대로 힘들고 배관은 구불구불 춤을 춘다. 물량을 뽑으려면 시간을 투자해야 한다. 기공 아니라 기공 할아버지라도 뚝딱 만들어 낼 수 있는 결과물은 없다. 마르고 닳도록 넘치는 것이 시간인데 아낄 필요가 없다. 시간과 친구삼아 같이 가야지, 시간을 이기려고 덤벼봐야 곱절의 시간이 더 걸린다. 그렇다고 시간을 그냥 허비하는 것이 아니다. 공정 순서에 맞게 꼼꼼하게 작업하는 데 걸리는 시간을 아끼지 않는 것이다. 소방배관에서 나사 이음을 할 때 '콤파운드'라는 밀봉재를 발라야 물이 새지 않는다. 그런데 콤파운드를 아주 조금만 바르고 빨리 나사를 박으려고 서두르는 경우가 있다. 그러면 한마디 한다.

"콤파운드 만드는 회사에 친척 있나? 왜 그렇게 아껴. 듬뿍 발라서 천천히, 꽉 조여!"

"소장님이 하시죠"

소장이나 관리자가, 도저히 안 되는 데도 이번 주 안에 지하 배관을 끝내라고 재촉하고 닦달할 때가 있다. 팀장이 조용히 대답한다.

"소장님이 하시죠."

여러 말을 할 필요도 없다. 안 되는 일을 서둘러서 할 수는 없다고 분명히 밝혀야지, 무리한 지시를 따라가서는 큰일이 난다. 너무 어이가 없어 대꾸도 하지 않고 사무실 문을 박차고 나오는 팀장도 있다. 말주변의 문제가 아니라, 오랜 경험을 통해서 해도 안 된다는 것을, 하면 오히려 사고가 난다는 것을 몸이 먼저 알고 반응하는 것이다. 필요할 때 바짝 속도를 올려서 물량을 내야 하는 경우가 당연히 있다. '벌써 여기까지 다 했어?' '일을 금세 해치우네.' 이런 말이 나오게 일할 수도 있다. 그러나 어느 경우에도 바늘허리에 실 감듯 날림 작업, 무리한 작업을 하면 사고를 부르거나 불량 시공으로 이어진다.

실력 있는 기공은 조공의 기술 정도를 파악하고 이에 맞게 일을 시킨다. 무리하게 어려운 작업을 시키거나 몰아붙여 정신 못 차리게 하지 않는다. 반대로 엉덩이에 뿔 난 못된 기공은 조공의 인격을 무시하고, 작업으로도 해리포터에 나오는 마법사 말포이가 도비 요정을 다루듯 온갖 못된 짓을 다 한다. 뻔히 못할 줄 알면서 시키고, 잘 못하면 못한다고 구박하고, 구박 받아 얼어 있으면 왜 꼼짝하지 않고 버티냐고 또 구박한다. 군대식, 노예 식 방식에 절어 조공을 아주 쥐잡듯이 잡고서는 제가 무슨 큰일이라도 한 양 으스대기도 한다. 웃기는 것이 이런 기공들이 열이면 열, 소장이나 원청 설비과장같이 힘센 자 앞에서는 찍소리도 못하고 굽신거린다는 점이 다.

사람을 제대로 알려면 같이 일 해봐야

건설 노동자 사이에는 '사람을 제대로 알려면 같이 일 해봐야 한다.'라는 말이 있다. 술자리든 모임이든 밖에서 만날 때와 실제 일할 때가 다른 사람을 많이 보았다. 술자리에서 흥을 돋우고, 사람들에게 너스레도 떨면서 친근하게 대해 사람 좋구나 싶었는데, 막상 일할 때는 엄청 고압적이거나 고집불통인 경우를 보면 당황할 수밖에 없다. 이런 경험 몇 번 하고 나면 '아! 이래서 사람은 겪어봐야 하는구나.'라는 생각이 들면서 또 한 번 배우게 된다. 기공인데 같이 다니는 짝이 없거나 팀을 이루지 못했다면,

파이프 다루는 기술만 있지, 사람 사귀고 존중하는 기술은 허당일 소지가 다분하다. 좋은 기공, 좋은 조공을 만나는 것도 다 제 복이다. 일 잘하고 품성 좋은 노동자 주위에 사람들이 모이는 법이다.

될성부른 조공은 기공이 하는 일을 유심히 살펴서 기공이 뭘 시킬지 미리 준비한다. 시키는 일을 척척 해낼 뿐만 아니라 기공에 맞출 줄도 안다. 기공마다 다 자기 방식이 있다. 전산봉의 경우 앙카값, 행거값을 뺀 전산봉만의 치수를 불러주는 기공이 있고, 앙카값 행거값이 포함된 전체 치수를 불러주는 기공이 있다. 가지관부터 배관하는 기공이 있고, 파이프가 굵은 횡주관에서 시작하는 기공도 있다. 최상의 조공은 기공의 이런 작업 방식, 작업 습관을 파악해서 손발을 맞추어 간다. 초보 조공은 엄두도 못 낼 일이나 준기공이 되면 자연스레 눈이 뜨인다.

이 단계를 넘어서면 기공이 되는 것인데 단계를 넘는 열쇠는 본인 스스로 해보는 것이다. 자신이 직접 자질을 하고, 자질한 대로 파이프를 자르고, 자른 파이프를 부속과 연결한 결과 배관 좌우, 위아래가 잘 맞는지를 확인하는 일까지 모두 스스로 해야 한다. 일하다 보면 아직 조공이고, 준비도 안 되었는데 작업을 치고 나가야 할 때가 온다. 당연히 긴장되고, 어디서부터 어떻게 일을 할지 일머리를 굴리느라 머리에 쥐가 난다.

내가 처음 자로 재서 치수를 계산하고 파이프를 연결한 것이 2016년 명동 대신증권 사옥 공사였다. 팀장이 나에게 "상규씨, 자질해서 파이프 연결해봐요." 하는데 심장이 먼저 쿵쾅거리기 시작한다. 왼쪽으로 쟀다가, 다시 오른쪽에서 재보고, 앞에 파이프가 삐딱하게 눕지는 않았는지 고정해놓고 또 재고, 몇 번을 왔다 갔다 했는지 모른다. 치수 계산을 해서 파이

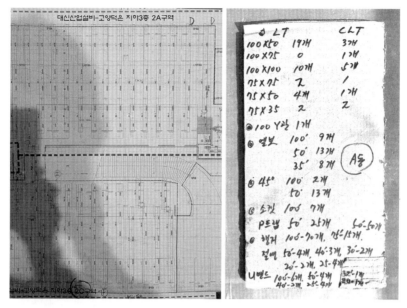

• 소방배관 도면. 가지관의 길이, 지름, 번호 등 제원이 나와 있다.
• 층별로 들어가는 PVC 파이프 부속 주문표.

프를 잘라 왔는데, 아! 조금 모자라는 게 아닌가? 그런데 파이프와 파이프
를 연결할 부속을 갖다 대니 그제야 딱 맞아떨어졌다. 얼마나 가슴 졸였던
지 아직도 기억에 생생하다. 자질을 했는데 줄자가 비뚤어지지는 않았는
지, 수평 수직이 틀린 상태에서 자질한 것은 아닌지, 부속값 계산은 정확한
지, 온갖 생각이 다 든다. 사실 일을 시킨 팀장은 처음부터 기대하지도 않
고, 정확하게 배관해야 하는 작업은 맡기지도 않는다. 나는 준비가 안 되
었다고 생각하지만, 팀장은 할 만하다고 믿는 구석이 있어서 일을 주는 것

이다. 이럴 때는 과감해야 한다. 나와 동료들을 믿으면 된다. 실수나 결과를 두려워 말고 먼저 도전해 봐야 한다. 해보고, 작업 오류가 나야 무엇을 잘못 했는지 알게 된다. 실수와 시행착오를 겪으며 자신의 부족한 점을 고치다 보면, 어느덧 기공의 문이 열린다.

기공이 되는 길, 공짜는 없다

공짜는 없다. 수업료 안 내고 할 수는 없다. 긴장도 한 번에 끝나지 않는다. 초보 기공 시절에는 내일 할일을 어떻게 해야 할지 몰라, 잠자리에서도 천장 배관을 그려놓고, 이렇게도 해보고 저렇게도 해보면서 잠 못 드는 경우가 많다. 침이 바짝바짝 마르고 괜히 창피나 당하지 않을지 걱정도된다. 시행착오, 창피, 긴장이 덧쌓여 한 명의 기공을 만든다. 팔뚝, 손마디를 비롯하여 몸 여기저기 상처가 나고 아물기를 반복하다 보면, 어느새기공이 된다. 용접 불똥에 데이고, 파이프 메느라 어깨에 멍이 들고, 온종일 렌치질에 옆구리가 결리다 보면 기공이 된다.

기공의 별별 유형

기공은 도면을 볼 줄 알고, 일도 능숙하고 경험이 있어서 어지간한 속도는 당연히 맞춘다. 그런데 그중에 특히 빠른 사람이 있다. 작업 지시를 받고 나서 일할 천장을 한 번 둘러보고는 바로 해머드릴을 잡고 올라간다.

손발이 빠른 기공

배관의 전체 윤곽을 다 잡지 않고도, 작업에 필요한 여러 요소 중에 몇 가지 미흡한 것이 있어도, 준비 작업이나 완벽한 파악에 매달리지 않는다. 바로 할 수 있는 일이 있으면 손발이 먼저 그곳으로 간다. 이런 유형은 동물적 감각이다. 야수처럼 달려든다. 일이 빠르고 군더더기도 없다. 파이프 받침대를 벽에 박으라고 일을 주었는데, 조공이 한참이나 붙잡고 있으면 득달같이 달려온다.

"거기서 날 샐레? 받침대를 공장에서 만들어서 해도 이보다는 빠르겠다. 안 되면 나를 불러야지!"

힘으로 하는 기공

현장에 출근하는 모든 건설 노동자는 힘이 좋다. 그리고 기공은 힘에 기술과 요령까지 터득한 사람들이다. 그런데도 꼭 힘으로 배관하는 기공이 있다. 파이프를 잘라 왔는데 10mm 이상 짧으면 파이프를 다시 잘라서 연결한다. 하지만 힘으로 하는 기공은 10mm 정도는 손아귀로 확 잡아끌어서 부속에 맞춰버린다. 이럴 때 흔히 쓰는 말이 있다.

"야, 로켓 만드는 것 아니다. 물만 안 새면 돼!"

배관 정석에서는 불량 시공으로 보고 금지하는 방식이지만, 힘으로 당기는 것도 능력 있는 기공의 독보적 기술이다. 배관 모양이 좀 구겨지지만, 물은 새지 않는다. 힘으로 하는 기공은 대개 몸도 손바닥도 크고 투박하다. 벽체 슬리브 구멍이 맞지 않을 때, 밤사이 벽을 올려서 배관 길이 막혔을 때, 주저 없이 배관이 지나가야 하는 부위의 벽을 까버린다. 작업하는 데 시간도 걸리지 않고 배관이 오히려 쉬워진다.

못 말리는 기공

툭 하면 싸우고 분란을 일으키는 싸움닭이 있다. 처음에는 현장의 여러 문제를 적극적으로 발굴하고 고치려고 하는가보다 했는데, 전혀 아니다. 관리자에게는 찍소리 못하고, 다른 공정 노동자에게 시비를 건다. 그것도 조공 앞에서 보란 듯 더욱 큰 소리로.

옆에서 조언해도 듣지 않고 잘못된 방식을 밀고 나가는 고집불통이 있다. 모든 기공은 자기 나름의 작업 방식과 자부심이 있다. 이것을 잘 쌓아 가며 새로운 기술을 습득해 가면 베테랑 기공이 되는데, 잘못된 방식을 부여잡고 고치지 않으면 고집이 된다. 기술력 있는 고집불통은 그나마 현장에서 버티는데, 실수와 불량 시공이 반복되어 결국은 도태되는 고집불통도 있다. 조공들이 이런 유형은 귀신같이 알아서 피해 다닌다.

퇴근 시간에 일하는 기공

가장 문제가 많은 인물이다. 시간 많을 때 열심히 하시지, 새벽부터 오후까지는 설렁설렁하다가 퇴근 시간 다가오면 일을 만들어서라도 한다. 당연히 시간은 늦어지고 하던 일을 마치지도 못한다. 퇴근 시간에 일을 벌이면 여러 사람이 같이 고생하고 완전 민폐다. 소장에게 잘 보이려고 늦게까지 일하는 모습을 연출하는 것이면 설익은 쇼에 지나지 않는다. 물량과 품질을 보면 금방 알 수 있는 것을 퇴근 시간에 설레발을 친다고 가려지지 않는다. 습관이 되어서 퇴근 때가 되어야 부지런 떠는 것이면 습관을 뜯어고쳐야 한다. 조공으로 돌아가 처음부터 다시 배우는 것이 맞다.

베테랑 기공

베테랑 기공은 천장에 오르지 않는다. 준기공을 천장에 올려 밑에서 작업지시를 하고, 방법도 알려주고, 준기공이 자로 잰 치수대로 바로바로 파이프도 잘라주며 배관 전체를 이끌어 간다. 타고났다고 해야 하나, 배관을 보는 안목이 타의 추종을 불허한다. 이들은 3D 입체 두뇌를 장착하고 있다. 천장을 보는 즉시 전후좌우 높이까지 배관 길을 입체 도면으로 그려내고, 필요한 자재와 부속을 바로 산출한다. 홀로그램처럼 가상의 배관을 천장 공간에 선명하게 그려낸다. 다른 배관이나 전기 시설과 부딪치는지도 보고, 파이프가 꺾여질 때 가장 단순하면서 물흐름이 좋은 부속을 생각해 두고, 천장 마감재나 벽체와도 걸리지 않게 배관 길을 찾아낸다.

베테랑 기공의 배관은 예술의 경지다. 거미줄처럼 복잡하고 촘촘한 배관도 거뜬히 해낸다. 도저히 계산이 안 나오는 임의의 각도와 높이를 정확히 맞춰낸다. 이런 동료들은 같이 일했다는 것만으로도, 이들의 배관을 보는 것만으로도 가슴이 뿌듯해진다. 힘들고 거친 일을 하는 중에 맛보는 행복이고 자랑거리다.

- 레이저 레벨기를 켜서 배관 길을 찾아내는 모습.
- 고난도 기술이 필요한 기계실 배관.
- 피트실에 촘촘히 들어간 급수배관.

시멘트와 쇳가루 속에서 피어난 동료애

현장에는 수많은 사람이 수많은 사연을 지니고 일을 한다. 안전화에 작업복 입은 모습이 모두 똑같아 보이지만 다들 기구한 사연 한 보따리씩 짊어지고 있다. 평범한 사람은 없다. 사연마다 삶의 무게와 애환이 고스란히 담겨 있고, 빛나는 영광의 순간도 녹아 있다. 지나온 사연은 모두 다르지만.

학비 벌러 온 작은 체구의 앳된 대학생

2011년 배관 초보 시절, 현장에 유독 작은 체구의 앳된 청년이 있었다. 벽돌 조공이었는데, 시멘트 몇 포대를 쇠수레에 싣고 그 무거운 놈을 혼자서 끌고 다녔다. 40kg 세 포대면 120kg인데 싫은 내색 없이 끙끙거리면서도 잘도 실어 날랐다. 궁금해서 어떻게 일을 하게 됐는지, 언제까지 할 건지 물어보았다. 답변은 의외로 간결했다.

"전문대 다니다가 군대 갔다 왔어요. 나를 도와줄 사람도 없고 남은 학비 다 벌어서 졸업까지는 공부에 전념하려고요."

"힘들지 않아? 그 작은 몸으로 힘에 부칠 텐데."

"힘이야 들죠. 그래도 할 만해요."

10년이 지났으나 그 청년이 씩 웃으며 하던 말이 아직도 기억에 생생하다. 현장에서는 힘센 사람, 기술 좋은 사람이 살아남는 것이 아니다. 간절한 사람, 꼭 벌어야 할 사람이 남는다. 그렇게 버틴 사람에게 힘이 붙고 기술이 붙어서 건설 노동자로 살아가게 된다.

그리고 보면 모든 노동자가, 특히 비정규직, 특수고용직 노동자는 같은 처지다. 2003년 서비스연맹 정책국장으로 있으면서 주로 골프장 노동조합 투쟁을 담당했는데, 처음 만난 캐디 노동자들도 나에게 같은 이야기를 해주었다. 겉으로 보기에 화려한 직업인 캐디의 일은 상당한 중노동이다.

카트 차량이 없던 시절에 골프 가방 하나에 15kg, 4명 고객이면 60kg에 달하는 가방을 손수레에 싣고 너댓 시간 비탈길을 오르내리며 '굿샷!'을 외쳐야 한다. 농약 가득한 풀밭을 걸어야 하고, 따가운 햇볕 아래 있어야 해서 캐디 작업복은 손목 발목 부위를 꽁꽁 묶어야 한다. 한겨울에도 땀이 줄줄 흐르는 땀복이 된다. 회사에서는 외모를 보고 신규 채용을 하지만 힘든 노동을 거치면서 남는 사람은 10% 남짓이라 한다. 누가 남을까? 결국 생활이 절실한 사람들이 남는다. 집안 전체를 먹여 살려야 하는 여성이 남게 되고, 캐디 일을 하면서 더욱 억세진다고 한다. 내가 만난 캐디 노동자들은 손이 거칠고, 굳은살에 깡다구도 대단했지만, 무엇보다 눈물 많고 인간미가 애틋한 사람들이었다.

내게 죽비를 날린 권투 선수 출신 배관공

힘을 쓰는 직업이라 운동선수 출신을 종종 만난다. 처음 배관 일을 했던 신촌 세브란스병원에서 만난 기공 형님은 권투 선수였다. 잘나가는 유망주였는데 혈압이 높아서 결국은 운동을 포기했다고 한다. 권투 경력이 있어서 허리부터 어깨를 거쳐 주먹에 이르기까지 몸이 다부지면서도 날렵했다. 기술도 좋아서 동파이프 용접을 하는데 용접물이 넘치지 않고 매끈하고 도톰하게 잘 나왔다. 입상 파이프에서 수도꼭지 위치까지 연결하는 배관도 가장 짧고 단순한 길을 바로 찾아냈다. 간혹 나에게 "이렇게 나오면 되겠지?" 물어보기도 하는데, 아무것도 모르는 생초보에게 의견을 들으려고 하는 것이 아니라 그저 자기 구상을 재차 확인하는 혼잣말이었을 것이다.

하루는 일이 바빠 야근을 하고 퇴근 전에 잠시 쉬면서 이런저런 이야기를 나누었다. 10층 건물 옥상이라 신촌 일대 야경이 한눈에 들어왔다.

"서울에 교회 참 많아요. 십자가가 셀 수 없이 많네요."

내 말에 답은 않고 한마디 툭 던진다.

"이형, 저기 서울에 무수한 건물들 보이지. 서울만이 아니야. 대한민국 모든 건물은 건설 노동자의 피와 땀으로 올린 거야. 실제로 많은 사람이 죽어가며 빌딩을 지었어. 피로 얼룩진 건물들이지."

말을 듣는 순간, 해머로 머리를 맞은 듯했다. '민주주의가 피를 먹고 자란다.'라는 소리는 들었지만 대한민국 건물이 피를 먹고 자란다는 소리는 듣도 보도 못한 이야기였다. 그런데 간결한 이 한마디가 너무도 강렬하게

130

가슴을 울렸다.

'아! 그렇구나. 실제 피 흘리며, 죽어가며 일하지. 그렇게 건물을 짓지.'

생각해 보면 당연한 데도 생각조차 하지 못한, 실감도 할 수 없었던 낯선 진리였다.

그날 이후 내 세계관은 달라졌다. 20대, 30대를 거치며 봉제공장에서 일할 때, 펌프공장에서 일할 때, 인쇄공장에서 일할 때 졸리고 춥고 힘들기만 했을 뿐, 노동의 의미나 사회적 역할을 느낄 겨를이 없었다. 책에서 본 노동은 대단하나 실제 일은 따분하고, 노동자는 늘 남루하고 구박받는 대상이었다. 나이 50이 다 되어서, 몇 번의 선거로 빚은 늘어나고 당장 생활고를 해결하기 위해서 들어간 건설 현장에서 같이 일하던 형님에게 느닷없이 죽비를 맞았다.

그 후 건물을 볼 때마다 형님 말을 떠올린다. 건물을 볼 때마다 건설 노동자의 피와 땀을 생각한다. 이 세상을 만드는 힘이 노동이라는 것을, 그 노동은 위대하고 고통과 희생이 따른다는 것을 다시금 새기게 된다. 신촌 세브란스병원 증개축 공사를 마치고 다음 현장이 여의도 IFC몰 신축 공사였는데, 거기에서 늘 바라보던 국회의사당이 나의 다음 현장이 될 줄은 꿈에도 몰랐다. 아마도 형님의 말씀이 나를 깨우고, 수많은 진보당원과 건설 노동자들이 피땀을 흘려 국회의원 당선의 문을 열어준 것이리라.

신도림동 인연의 배관노동자

인연은 참으로 묘하다. 나는 상대를 몰라도 상대는 나의 일거수일투

족을 보고 있다가 현장에서 만나기도 한다. 2015년 삼성역 인터콘티넨탈 호텔 공사를 하러 들어간 첫날 안전교육을 마치고, 점심시간에 밥을 받아 앉을 자리를 찾는데 누가 나를 잡아끈다. 옆자리에 앉으라고 하면서 이상규 의원 아니냐고 묻는다. 나를 바로 알아봐서 곤혹스러웠는데, 알고 보니 내가 처음 공직선거에 출마했던 1995년 구로구 신도림동에서 가게를 했던 형님이었다. 씨름을 했던 사람이라 힘이 굉장히 좋았다. 게다가 용접까지 잘해서 200mm 강관으로 빗물 배관을 하는데 막힘이 없었다. 강관 지름이 200mm가 넘으면 사람 힘으로는 파이프를 들 수 없다. 도르래 일종인 체인블록과 고소 작업대를 사용해서 천장으로 올린 후에 파이프와 파이프를 연결하면서 수직-수평과 아귀를 맞춰야 하는 데, 이것도 사람 힘으로는 안 되고 몇 가지 기구를 쓰거나, 용접 기술을 이용해야 한다. 강관 엘보는 어른 몸통 크기에 무게도 꽤 나가서 수직-수평 맞추기가 여간 힘든 것이 아닌데 형님은 무엇이든 착착 해냈다.

의원 시절 이상규의 활동을 꼼꼼하게 지켜보면서 뿌듯했다고 한다. 그러다 나를 만나 같이 일하게 되었으니 붙어 있어서 좋기도 하고, 여기서 빨리 나가야 할 사람이 발이 묶여 있다고 아쉬워하기도 하였다. 나를 향한 따듯한 마음을 잊을 수 없다.

의원직 상실 위로하던 덕트 반장님

삼성역 공사는 막 의원직을 상실한 직후라 애틋한 일들이 많았다. 들어가서 한 달이나 지났을까, 아침 체조를 마치고 오전 작업을 하려고 준비하는데 덕트 반장님이 다가온다. 그리고는 IFC몰 공사장에서 나를 봤다며 이상규 의원인지 긴가민가하다가 맞는 것 같아서 왔다고 했다. 그리고는 힘들지 않냐고, 의원직 상실한 것도 억울할 텐데 이 험한 곳에서 어떻게 일하냐고, 속이 다 타들어 갈 텐데 어찌 견디냐고 울먹인다. 나는 괜찮다고 하면서도 울음이 나올 것 같아 더는 말을 못 했다.

당 해산과 의원직 박탈 이후에도 당에 대한 악선전이 난무했고, 언제든 당 지도부와 의원단을 침탈할 것이라는 소문이 돌고 있어서 오히려 긴장이 더 높아져 가던 상태였다. 현장 일을 하면서도 다른 생각할 겨를이 없었다. 억울하다거나, 속이 타들어 간다거나 하는 감정 자체를 느끼지 못하고 촉각만 곤두세우고 있었다. 육체적으로도 감정적으로도 고통을 감지하지 못하는 상태였다. 그런데 덕트 반장님 말을 듣는 순간, 온몸의 피부에 감정 세포가 다시 살아난 듯 아프고 쓰리기 시작했다. 그렇게 내 뭉쳐 있던 감정을 풀어준 고마운 동료도 있었다.

주먹 드라이버 건네주던 창고장

당시 제일 경력이 많고 나이가 많은 형님이 창고장을 했다. 60세가 넘으면 현장 출입 자체가 안 되는데, 작업은 하지 않고 창고만 지키기로 하고 들어온 형님이었다. 자재를 분류하고, 팀별로 공구와 자재를 공급하고, 장갑, 그라인더 날, 밴드소 톱날, 실리콘 같은 소모품 관리까지 다 해서 나름 권력이 상당했다. 현장에서는 장갑 권력을 최고로 치는데 여기에 다른 자재 분배도 하니 당연했다. 내가 일한 지 3개월이 지난 어느 날 불쑥 주먹 드라이버를 건네며 쓰라고 하신다. 소모품도 그냥 주지 않는데 공구를 개인에게 지급하는 것은 상상도 못 할 일이었다.

"의원 했던 사람이 현장에 왔다고 해서 지켜봤네. 열심히 하더라도 석 달도 못 있으면 그건 쇼야. 그런데 석 달이 넘게 버티는 걸 보니 정말 일하러 왔구먼. 드라이버는 필요할 때 쓰고, 그래도 여기 오래 있지는 말게!"

당시 현장에서는 자판기 커피 한 잔을 뽑아줘도 대단한 호의였다. 그런데 주먹 드라이버 같은 공구를 준다는 것은 전적인 신뢰의 표시다. '당신 괜찮은 사람이네!' 이런 징표인 그 주먹 드라이버는 아직도 간직하고 있다.

노가다가 좋다는 김 상사

드물지만 공무원 출신이 오기도 한다. 군 전역 이후 20대 중반부터 공무원보다 현장 벌이가 더 좋다며 30년 평생 설비를 하신 형님도 있었다. 군인 출신도 좀 있는 편이다. 주로 안전을 담당한다. 육군 대위로 예편하고 설비 조공으로 들어온 친구하고도 짝을 이루어 일했다. 여기저기 땜빵하고 까대기도 하고, 임시 화장실 오수 배관이 터져서 얼음 똥물을 온종일 퍼 나르기도 했다.

군 출신 중에 김 상사라는 인물이 있다. 늘 자신을 김 상사라고 소개했다. 그러면 나는 "월남에서 돌아온 새까만 이 병장이 여기 있네."라고 맞장구를 쳤다. 신촌 세브란스 병원 증개축 공사에서 처음 만났는데, 그때는 나보다 젊어 보였고 다른 건설 노동자와 달리 정장 차림으로 말끔하게 다녔다. 여전히 군인정신이 살아 있어서 새 현장에 들어가면 항상 주변 전체를 둘러보고 지형지물을 익혔다. 일에 대한 의욕이 대단했다. 모르는 것은 물어보고, 원리나 방식을 습득하면 반드시 손에 익혀 자기 것으로 만들어 나갔다. 상사로 전역하면서 받은 퇴직금으로 장사를 했는데 쫄딱 망했다면서 생활고를 벗어나려고 무진 애를 썼다. '정직하게 노동해서 돈 버는 게 최고다.' '요행수 바라다가 쪽박 찬다.' '새벽에 출근하면 커피 주지 밥 주지, 잔업 하면 저녁밥도 주고, 딴짓할 시간도 없이 돈이 착착 쌓이는데 노가다가 얼마나 좋냐!'라면서 노동일에 대한 자랑과 자부심이 대단했다. 그간 인생역정, 우여곡절이 고스란히 배어 있는 뼈 있는 말이자, 새 출발하려는 강한 의지의 표현으로 들렸다.

삼성역 인터콘티넨털 공사도 김 상사 소개로 들어갔는데, 리모델링 공사라서 철거작업을 둘이서 많이 했다. 흔히 직쏘기라고 부르는 전기톱과 핸드 그라인더를 가지고 기존 소방배관이나 공조실, 물탱크 배관을 뜯어 내는 작업이었다. 철거 용역을 부르는 비용보다 우리 일당이 적고, 빨리 해낼 수 있어서 우리에게 일이 많이 떨어졌다. 먼저 잘라야 할 곳, 나중에 잘라야 할 곳이 있는데도 그 생각을 하는지 안 하는지, 김 상사는 철거할 파이프만 보면 무턱대고 달라붙어 잘라냈다. 사무실에서 3일 걸린다고 예상한 작업을 하루 만에 끝낼 정도였다. 자기가 그렇게 무식하게 작업을 하면서도 나에게 잔소리를 해댔다.

"야, 너는 배웠다는 놈이 일을 그렇게 하냐! 앞뒤 안 가리고 무식하게 이게 뭐야! 생각 좀 해라, 머리 뒀다가 뭐하냐!"

둘 다 앞뒤 가리지 않고 무지막지하게 일했는데도, 다행히 사고는 한 번도 없었다. 우리는 호흡이 잘 맞았다. 김 상사는 의원직을 상실한 나에게

'현장에 나와서 일해라.' '이럴 때는 생각은 아예 말아라.' '몇 년 참고 일해라.'며 말만이 아닌 진심으로 위로했고, 노동의 길을 같이 걸어갔다. 김 상사는 지금도 나를 만나면 잔소리를 한다.

고개 숙이지 않고 한 성깔 하는 허 씨

일하면서 늘 나를 구박한 사람이 또 있다. 서대문 아파트 공사 팀장을 맡았던 허 씨는 출근 첫날 나에게 고속절단기로 파이프 자를 줄 아느냐고 물어보았다. 그러면서 "장갑 꼭 껴라." "절단날 밑으로 절대 손 넣지 마라."며 내 대답은 듣지도 않고 연신 잔소리를 쏟아냈다. 휴일에 푹 쉬는 건설 노동자의 불문율을 거부하고 일요일마다 암벽을 타는 체력으로 나를 뺑뺑 돌렸다. 파이프와 전산봉 치수를 연신 불러댄다. 한 곳 작업이 끝나면 청소, 파이프 나르기, 부속 정리를 시킨다. 내가 수도용 강관을 천장에서 핸드 그라인더로 자르고 나면, 자른 부위를 손으로 쓱 밀어보고는 면 같이 가 잘 됐느니 못 됐느니 쪼아댄다. 압착 기계로 부속 연결할 때도 "수평-수직 보아라." "압착 굴쇠가 무거워서 파이프 처지니 위로 살짝 들어 올려서 찍어라." "부속에 파이프가 다 들어갔는지 확인해라." 하며 도대체 쉴 틈을 주지 않았다. 그런데 묘한 것이 구박하면서도 나에게 계속 일을 주었다. 용접하는 형님이 안 나오면 소방배관 촛대를 세우는 1차 용접을 맡겼다. 한 구역 전체는 아니어도 부분마다 배관을 하라고 맡겼다. 그렇게 믿음을 주고받으며 정이 쌓여 갔다.

젊은 시절에 정밀가공 공장에 다닌 경험이 있어서 쇠를 다루는 데 일가

견이 있는 데다, 한 성깔 해서 형님들과 작업 방식을 놓고 여러 차례 붙기도 했다. 자존심 하나는 대단해서 내가 좀 참으라고 해도 눈을 부라리며 화를 내고 열을 냈다. 결국 사달이 나고 말았다. 형님 한 분과 세게 붙었던 모양이다. 오전에 뭔가 일이 터졌는데, 점심밥을 먹고 같이 현장에 들어오다가 평소와 다르게 조용히 말한다.

"뭔가 해보려고 해도 뒷짐 지고 아무것도 안 하면서 나에게 설레발친다고 비수를 꽂아? 그럼 내가 떠나주지."

숙이는 법이 없었다. 휘어지지도 않는다. 그러니 네가 부러지든 내가 부러지든 둘 중 하나다. 모든 것을 내려놓고 현장을 떠났다. 몇 달 후 허 씨를 만나러 제주도 현장을 찾았다. 그날 저녁 술을 얼마나 마셨던지 들어간 기억이 없는데 일어나보니 숙소 방이었다. 그 비싼 다금바리회를 시켜서 맛도 제대로 못 보고 술을 부었다. 속세를 멀리하고, 아니 속세와 멀어지고 싶어 더욱 들이켰으리라. 숙소에서 나와 시장 근처 허름한 식당에서 해장하고 근처 산방산으로 향했다. 날씨는 쾌청하고 바람도, 구름도, 바다도, 산도 너무 좋았다. 서로 하고 싶은 이야기가 분명 많았는데도 산길을 오르면서, 바닷가를 걸으면서 현장 이야기는 하지 않았다. 1980년대 초 구로공단에서 민주노조 활동을 했던 허 씨는 건설 현장에서 노동조합을 만나자 그렇게 좋아했고, 배관 분회가 투쟁을 통해 성장하기를 바랐다. 이 꿈을 실현하려고 무진 애를 쓰고 있는 사람 중 한 명이다.

산전수전 다 겪은 배관 달인, 정 팀장

옷깃만 스쳐도 인연이라는데, 같은 현장에서 일하다가 헤어지고 한참 지난 후에 생각지도 않은 현장에서 다시 만난 소중한 인연도 있다. 정 팀장은 내가 생초보였던 시절, 여의도 IFC몰 신축 공사장에서 만났다. 그때 이미 입상 배관, 기계실 배관, 집수정 배관 등 못하는 일이 없었고 기술도 최상급이었다. 시간이 좀 지나면 현장 동료들이 정 팀장의 실력을 알게 되고, 사무실에서는 가장 어려운 일, 난공사를 맡겼다. 체력도 장난이 아니었다. 퇴근 전 씻을 때 웃통을 벗으면 어깨부터 등과 가슴으로 이어지는 상체 근육이 보디빌딩 선수들보다 훨씬 우람했다. 물려받은 체력도 좋았겠지만, 인위적으로 만든 근육과 노동으로 단련된 근육은 차원이 다르다는 것을 실감했다.

같은 팀으로 들어갔지만 나는 현장 곳곳에 조공이 필요한 곳에 팔려 가는 처지라, 돌고 돌다가 어쩌다 한번 만날 수 있었다. 가끔 만나는 날은 운수대통, 노나는 날이다. 같이 일을 하게 되면 어렵고 힘든 일은 정 팀장이 도맡아 하고, 나에게는 늘 쉽고 단순한 일을 주었다. 내가 뭘 실수하거나 모르거나 해도 걱정할 일이 없고, 어떤 작업을 해도 든든했다.

IFC몰 현장을 떠나고 나서 2012년 국회의원 선거에 당선되니 정 팀장과 함께 일할 기회는 아예 없어지는 듯했다. 의정활동, 당 해산, 다시 건설 현장으로 들어갔다가 당 대표 2년을 하고 나서 또 현장으로 나가는 중에도 기회가 닿지 않았다. 그러다가 조합팀에 긴급수혈이 필요한 상황이 왔다. 먼저 들어간 팀에 어려움이 닥치자 베테랑 기공이 필요해서 정 팀장을 급히 요청했고, 여기에 내가 한 팀으로 들어가게 되었다.

실로 10년 만의 만남이었다. 물론 그 사이에 탄핵 촛불 광장에서, 거리의 어느 술집에서 만나 회포를 풀기는 했으나 작업복을 입고 함께 일을 하게 되니 감회가 새로웠다. 정 팀장은 여전했다. 아니 더 강력해졌다. 스테인리스 강관인 서스 배관에서나 193mm, 728mm 식으로 1단위까지 계산하는 경우가 가끔 있고, 대부분 배관은 195mm, 730mm처럼 5단위로 계산하고 재단하는데, 정 팀장은 모든 배관에서 심지어 받침대를 자를 때도 1단위로 계산하고 잘라낸다. 오차를 최소화하고 가장 반듯하게 수평-수직을 잡아 배관한다. 그렇게 세밀하게 할 필요 없다고 몇 번 말했는데 씨알도 먹히지 않는다. 파이프가 꺾여서 가야 하는데 90°, 45°, 22.5°, 12.5° 어떤 엘보 부속도 맞지 않는 임의의 각이 나왔다. 더구나 천장 보와 H빔이 튀어나와 임의의 각을 연결하는 통상방법인 '올려잇기 배관'도 불가능했다. 이 난제를 바닥에 먹선을 놓아 일일이 각도를 맞추면서 계산을 해내고는 배관을 완성했다. 같이 일하면서 감탄사를 연발했다. 이제는 나도 조금은 배관 길을 볼 줄 안다 싶었는데 정 팀장 앞에서는 어림도 없었다.

아파트 세대를 담당하는 팀에서 지원 요청이 왔다. 입상관에서 45° 배관과 신축이음(Expansion Joint) 연결을 못하겠다고 두 가지 작업을 해달라는 것이다. 정 팀장은 신이 났다. 45° 배관은 피타고라스 정리에 따라 1.4를 곱해서 파이프 치수를 계산하면 되는데, 해보기 전에는 이게 너무 어렵고 도저히 그림이 나오지 않는다. 더구나 한 가닥이 아니라 여러 가닥이 갈 때는 가닥 사이 간격을 일정하게 하는 계산법도 알아야 한다. 정 팀장은 곱하기마저도 암산으로 해낸다. 식은 죽 먹기로 해치웠다.

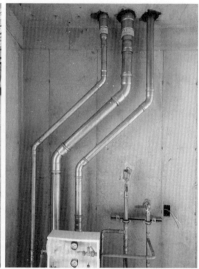

신축관

감압밸브

• 입상관 신축 이음.
• 입상관 45° 배관.

의협심 넘치는 특급 소방수

이런 실력인데도 새 현장에 가면 절대 티를 내지 않는다. 보통의 기공인 듯이 사무실이나 총괄 반장이 하라는 일을 조용히 한다. 한 달이 지나면 주변 노동자들이 알아본다. 두 달이 지나면 사무실에서 알아보고 퇴직금 줄 테니 1년 넘어도 같이 일하자고 제안을 한다. 사실 정 팀장은 농사일, 오리 농장, 노점상까지 안 해본 일이 없다. 말 그대로 산전수전을 다 겪었다. 그래서 배관이든 용접이든, 다른 직종 일이든 어떤 일을 맡겨도, 어떤 상황이 닥쳐도 끄떡없이 해낸다. 고생과 시련을 헤쳐낸 인생 역전의 아우라가 뿜어져 나온다.

일에서만이 아니라 생활에서도 마찬가지다. 어려운 사람, 궁지에 몰린 사람을 보면 지나치지 않고 반드시 도와준다. 권력을 휘두르며 약자를 압박하는 자에게는 끝까지 맞선다. 진국 노동자라고 할 수 있다. 작업이 좀 따분해질 듯하면 구수하게 노래 한 가닥 뽑아낸다. 현장 분위기가 확 바뀐다. 주변 동료들도 덩달아 신이 난다. 경험이 많고 입담이 좋아서 쉴 때 정 팀장의 이야기를 듣노라면 시간 가는 줄 모르고 푹 빠져든다. 육자배기 욕설을 섞어 가며 추악한 정치인을 세게 엿 먹이기도 하고, 농민이나 노점상의 애환을 슬프고 유쾌하게 풀어내기도 한다. 팔방미인에 의협심까지 겸비하고 어떤 상황이든 해결하는 특급 소방수이다.

천국에서 지옥까지

3군 업체 공사 현장으로 밀리다

롯데호텔 리모델링 공사는 고층부와 저층부로 나누어 고층부는 공사를 하고, 저층부는 호텔 영업을 계속하는 방식으로 공사를 진행해서 밖에서 보면 공사 현장이라는 표시가 전혀 나지 않았다. 공사 구간 외벽과 창문을 그대로 두고, 내부 기둥, 천장, 바닥만 남겨둔 채 나머지 구조물은 모두 철거한 상태에서 작업했다. 겨울에 1차 공사를 했는데 사방이 막혀 있어서 찬 바람이 하나도 들지 않았다. 덕분에 가을 작업복을 입고 따뜻하게 겨울을 잘 났다.

인터콘티넨탈 호텔 신개축 공사도 기존 호텔을 운영하면서 바로 옆에 고층 건물을 세우는 방식이었다. 노동자들이 사용하는 현장 샤워실에 호텔 물을 그대로 연결해서 공급했는데 그 물이 좋다고 소문이 자자했다.

142

한겨울에는 샤워실에 일 마친 노동자들이, 특히 나이 드신 형님들이 우르르 몰려들어 성황을 이룰 정도였다. 이런 천국 같은 현장은 삼대가 덕을 쌓아야 만날 수 있고, 대다수 현장은 컨테이너 화장실과 여기에 달랑 세면대 하나가 전부다. 샤워실이 없거나 심지어 화장실 없는 현장도 많다.

당 대표 임기 마치고 다시 현장으로

2020년 민중당(현 진보당) 대표 임기를 마치고 현장에 들어가 보니 일거리가 많이 줄어서 주변에 놀고 있는 동료들이 많았다. 게다가 코로나 유행으로 사회적 거리 두기가 한참 심할 때라 여러모로 위축된 분위기가 현장에도 감돌았다. 삼송역 현대건설 복합건물 공사를 마칠 즈음에 팀장이 제안했다. 인천 아파트 현장에 1주일짜리 가설 배관 공사가 급한데 그것만 해주고 다음 현장으로 가자고 해서 4명이 파견 공사를 하러 가게 되었다.

10여 개 동 전체 지하층부터 8층 정도 올라간 지상층까지 가설 소방배관을 며칠 만에 끝냈다. 우리가 일하는 모양을 유심히 지켜보던 소장이 아파트 세대 현관 앞, 전실(前室) 배관 샘플을 잡아달라고 새 일거리를 던졌다. 세대 내부 배관을 하던 동포팀에게 전실 배관을 맡겼는데, 아무리 해도 치수도 안 맞고, 벽체 구멍도 안 맞는다며 손 놓고 있는 상황이었다. 우리가 가보니 샘플 층이 2층이었는데 구조가 비슷한 1층 전실에 작업해서 불량 시공이 되어버렸다. 1층 배관을 전부 뜯어다 2층으로 옮겨 맞추어 나갔다. 도면과 전실 공간 그리고 제작해온 파이프를 확인해서 앞으로 만

들어 올 파이프 길이와 위치 등 제원을 확정해 나갔다. 우리가 마음에 들었는지 소장이 "나는 한번 배짱이 맞으면 평생 같이 간다."라며 믿고 해보자고 하였다. 그런데 각 동 샘플 작업이 거의 끝나가던 추석 연휴 3일을 앞두고, 그동안 고생했다며 그만두라고 하는 게 아닌가! 제대로 뒤통수를 맞았다. 소장의 사촌 동생쯤 되는 직영 1명만 한국인이고 나머지 인원 전체가 조선족 동포들이었다. 그 동포들보다 훨씬 노임이 비싼 한국인 기공 4명을 몇 달씩 데리고 있을 리가 없었다. 급한 불을 껐으니 이제는 필요가 없어졌다. 명절을 앞두고 해고되기는 처음이었다.

우리에게 인천 현장으로 1주일만 가 달라던 팀장은 다음 현장을 잡지 못해 미안하다는 말만 남겼다. 우리는 졸지에 버려졌다. 한다고 하는 오야지들도 싼 노임으로 밀고 들어오는 동포팀에게 밀려서 일자리를 못 구하는 상황이 극명하게 드러났다. 수도권은 그나마 한국팀들이 버티고 남아있을 줄 알았는데 경기도와 인천까지, 배관 영역까지 동포들이 대거 들어온 상태였다. 공사 현장은 여전히 많지만, 동포들이 밀고 들어오니 일자리가 없어서 다들 제 코가 석 자였다. 일자리를 챙기는 것이 오야지의 가장 중요한 역할인데, 오야지 구실을 못하니 팀이 해체 위기에 빠지고, 그 밑에 팀원들은 일자리 없는 팀에 남아있을 이유가 없어졌다. 오야지가 압박을 받는 사태를 보면서 배관에도 곧 노동조합의 시대가 열리겠다는 생각이 들었다. 노동조합의 시대가 열리면 자본과 권력의 공세가 강화될 터이고, 시원하고도 거센 폭풍이 몰려올 것이다.

소장에게 뒤통수를 맞고, 오야지에게 버려진 상황에서 급히 알아본 현장이 김포 쪽에 3층짜리 주차장 공사였다. 3군 업체는 처음이었다. 첫날

갔는데 늘 받아왔던 안전교육을 하지 않았다. 아예 원청 직원들이 보이지 않았다. 설비 소장도 없고, 나이 들어 보이는 총괄 반장이 우리를 맞이해서 앞으로 할일을 잠깐 설명하고는 그냥 일 시작하라는 것이 전부였다.

소장에게 뒤통수 맞고, 오야지에게 버림받고

현장을 둘러보니 탈의실, 자재 창고도 없고 화장실, 세면대도 없다. 아침 출근은 7시 30분 정도 오면 된다. 그 시간에 일 시작한다는 말이 전부였다. 여기는 출근 카드조차 없었다. 아침 출근하면 현장 입구에 걸쳐놓은 줄을 풀고 공사장 문을 연다. 공사장 제일 안쪽 구석에 깔아놓은 단열재 위에서 옷을 갈아입고 간단하게 혼자서 몸을 푼다. 조회는 하지 않고, 7시 30분이 지나야 트럭을 타고 출근하는 총괄 반장이 오늘 할 일을 알려준다. 총괄 반장은 아침에 구운 달걀 1개에 소주 한 글라스로 시작했다. 죽 들이키다 내가 지나가면 남은 달걀을 건넨다. 그리고는 한 잔 넘겨야 혈액순환도 되고, 예열되어서 일할 맛이 난다고 멋쩍게 웃는다. 다들 안전모나 안전벨트 없이 일했다. 안전 감시원도 없고, 안전 점검도 없다. 원청 관리자인지 소장인지 누군가 3일에 한 번 정도 오는데 그때만 안전모를 썼다. 그야말로 별천지였다.

총괄 반장, 그 밑에서 보조하는 준기공, 소방팀장, 우리 팀 3명 해서 6명만 한국인이고 나머지는 모두 동포들이었다. 시멘트로 작업하는 미장, 견출도 모두 동포들이었다. 점심 식사는 주변 식당에서 먹는데, 총괄 반장기분에 따라 식당이 정해졌다. 주로 순대국밥을 먹는데 총괄 반장은 소주

한 병으로 반주를 했다. 오후에 얼굴이 불그레해지면 괜스레 우리에게도 친한 척을 했다.

총괄 반장과 소방팀장은 친구 사이로 60대 후반, 1군 업체에서는 일할 수 없는 나이다. 평생 배관 일로 나이가 들었지만, 아직 건강하니 3군 업체로 밀려 나오게 된 것이다. 두 형님 모두 과묵하고 자기 일만 했다. 작업지시도 짧고 건조하게 툭 던져놓지 살갑게 이야기하는 법이 없었다. 점심에 순대국 먹으며 소주 한 잔 들어가면 가끔 말문을 연다. 평생을 일해서 구릿빛 탄 얼굴에 깊은 주름살이 패인 전형적인 건설 노동자의 모습이다. 동포 노동자도 시간이 지나면서 친해졌다. 다들 먹고 살기 위해 험한 일도 주저없이 달려들고, 보는 사람이 없어도 꾀를 부리지 않고 열심히 일했다. 3군 업체 현장에도 건설 노동자가 살아 있었다. 열악한 현장 여건에도 불구하고 소금 땀 흘리며 중노동을 하기는 마찬가지였다.

새벽 인력시장에 나가다

이 3군 현장마저도 기본 작업을 끝내자 한 푼이라도 인건비가 싼 동포 노동자로 교체되었다. 점심시간에 해고 통보를 들었는데 한 달 새 두 번이나 뒤통수를 맞아버렸다. 아침에 사장이 와서는 안전벨트와 안전모, 안전화까지 지급하고는 사진을 찍어 보고해야 한다고 해서 다들 폼을 잡고 사진을 여러 방 찍었다. 그런데 점심밥을 먹은 후 우리 팀장에게 팀장만 남고 다들 나가라고 한 것이다. 일자리가 없는 것은 아닌데 한국 설비공들 자리는 급격히 조여 오고 있다는 느낌이 확연히 들었다. 어쨌든 당장은 일자리가 끊겼다. 하루 벌어 하루 사는 노가다 맛을 제대로 봤다. 오후에 일손을 멈춘 팀원들은 짐을 싸서 바람처럼 떠났다.

인력시장 첫날 일자리 구해, '휴! 다행이다'

넘어진 김에 쉬어 가라고 당분간 일을 안 나갈 수도 있었으나 몸도 마음도 휴식을 허락하지 않았다. 매달 내야 하는 은행 대출 빚과 생활비를 어떻게든 마련해야 했다. 결국 인력회사 일용직으로 나가기로 했다. 이미 인력회사에 다니던 동네 후배 소개로 안전화와 작업복을 챙겨서 새벽에 인력회사로 나갔다. 첫날인데도 6시 30분이 안 되어 작업이 연결되었다. 휴! 다행이다. 주소를 적어 주며 찾아가라 한다. 주소를 보면서 어두운 새벽길을 부지런히 걸었다.

그렇게 용역 일을 시작했다. 용역 일을 해보니 기본이 철거 작업이었다. 이 인력회사는 큰 공사장, 1군 업체와 거래를 하지 않고, 주로 동네 공사에 필요한 인력을 공급하는 업체였다. 개인 사장들이 설비가게나 집수리 간판을 달고 동네 빌라나 개인 주택 공사 주문을 받는다. 각종 수리, 리모델링, 외벽청소, 페인트 작업 등 주문을 받아 공사계약을 하면, 첫 번째 할일이 대부분 철거. 혼자 할 수 없으니 인력회사에 몇 명 보내 달라 해서 그날그날 사람을 받아 철거 작업부터 들어간다. 배관, 전기 작업은 사장이 하고 나머지는 마무리 공정에 따라 사람을 부르는 방식이었다.

철거는 건설일 중에서도 완전 몸으로 하는 생 노가다이다. 하루하루 살아가기 위해 몸으로 버티는 최후의 보루인 셈이다. 그날 같이 일할 사람

중 경력 좀 되고 일솜씨가 있는 사람을 만나면, 하루 작업이라도 체계가 서고 호흡을 맞추어 재밌게 일할 수 있다. 요령이나 피우는 사람이 하나라 도 있으면 일도 늦어지고, 결국 험한 말이 오가기도 한다.

여기도 나름 규칙 또는 예의가 있다. 한 사람이 큰 망치로 벽을 까면, 다 른 사람은 마대에 돌덩이를 담고 나른다. 돌덩이 자루를 '왈가닥'이라 하는 데 절대 많이, 무겁게 담지 않는다. 하다 보면 프레카(전동망치)나 해머 망치질을 잘하는 사람이 있고, 자연스레 분업이 이루어진다. 까는 일은 허리와 어깨 힘이 좋아야 하고, 담고 나르는 일은 허리가 받쳐줘야 한다. 두 가지 일밖에 없지만, 분업과 협업이 작동한다. 자기가 잘한다고 나서지 도 않지만 어떤 일이든 묵묵히 해낸다. 누군가 프레카를 잡으면, 나는 시 멘트 덩어리를 담고, 아무도 프레카를 잡지 않으면 내가 프레카를 들고 까 대기를 한다. 서로 처음 보는 사람들이고 어느 정도 일을 하는지도 모르지 만, 호흡을 맞추고 손발을 맞춰 일을 밀어간다.

한두 시간 일하면서 호흡을 맞춰보고, 땀 흘리고 나면 한 사람이 물이나 커피를 사 와서 좀 쉬자고 한다. 같이 일할 만하다는 믿음의 표현이다. 용 역 일을 하면 특별히 쉬는 시간이 없다. 알아서 담배 한 대를 피우거나 커 피 한잔하며 잠깐씩 쉰다. 점심 식사는 사장이 근처 식당으로 데려간다. 밥을 먹은 후 쪽잠은 당연히 없다. 한 10분 정도 잠깐 쉬다가 바로 작업에 들어간다. 작업복 갈아입는 것도 그날 일할 집에 들어가 적당한 곳에서 갈아입고 평상복은 가방에 넣는다. 사람에 따라서 아예 작업복과 안전화 로 출퇴근하기도 한다.

놀부 같은 사장의 끝 모를 욕심

같이 일하는 동료만큼 용역 일을 좌우하는 것은 그날 우리를 부른 사장이다. 점잖고 양심적인 사람도 있고, 닳고 닳은 사람도 있다. 토요일은 4시까지 일하는 것이 관행이다. 4시쯤 되어서 이왕 싣던 것이니 한 차 채우고 끝내자 한다. 그렇게 조금 더 하자는 게 결국 6시까지 갔는데도 고맙다는 말도, 추가 노임도 주지 않는 자가 있다.

5층 빌라 옥상부터 까대기도 하고 쌓아 둔 각종 물건을 모두 내리는 작업이었다. 동료 중에 한 사람이, 계단으로 물건을 옮기는 작업 방식은 힘도 들고 시간도 오래 걸린다면서 밧줄로 묶어서 내리는 방식을 제안했다. 밧줄과 걸쇠는 내가 구해서 즉석에서 장비를 만들었다. 한쪽에서는 까대기하고, 한쪽에서는 왈가닥 마대와 큰 물건을 걸쇠에 걸어 지상으로 내렸다. 도르래가 있으면 딱 좋은데 도르래 대신 사람 손으로 무게와 속도를 조절하면서 내렸다. 이 방식이면 오늘 일은 순탄하게 그리고 빠르게 마칠 수 있었다. 사장이 우리에게 무척 고마워해야 할 상황인데도 사람 속은 모른다고 사장의 태도는 정반대였다. 우리는 왈가닥 두 마대 정도를 걸쇠에 걸어 내렸는데, 사장이 달려와서는 씩씩거리며 세 마대, 네 마대를 걸어 막무가내로 빠르게 내려버렸다. 무게를 버티지 못하고 몇 번이나 마대가 찢어져, 내리는 도중에 땅으로 추락하기도 하였다. 위험하다고 말해도 소용이 없었다. 최대한 많이 걸어서 빨리 내리려고만 하였다.

뭔 돈 욕심이 그리 많은지, 일하는 사람에게도, 주변 주민에게도 일말의 친절이나 배려가 없었다. 커피나 음료수는 고사하고 몇 푼 안 되는 물도 끝내 갖다 주지 않았다. 점심때 어디로 가버려서 점심밥도 건물 주인이 샀다. 자기 잇속 채우려고 일 재촉하고 물량만 고집했다. 마대를 무리하게 내리다가 돌덩이가 튀어 지나가던 승용차에 맞기도 했다. 동료 중 한 사람이 다쳐 피가 흐르는데 쳐다보지도 않고 마대만 내린다. 세상에 그런 인간은 처음 본다. 얼굴 볼과 배에 살집이 불룩했고, 욕심부리는 모습이 가히 놀부를 연상시킨다. 알고 보니 그 인력회사에 나가는 모든 일용 노동자들의 1호 기피 대상이었다.

말 그대로 하루하루 살아가는 일용직 노동자

새벽 인력시장에 나오는 사람들이야말로 이 업계에서 버티며 살아가는 진짜 일용직 노동자들이다. 말 그대로 하루하루 살아간다. 내일 무슨 일을 할지 모르고, 오늘 새벽에 인력회사로 출근해도 일이 있을지 없을지 알 수 없다. 일이 안 나오면 작업복 가방을 둘러메고 발길을 돌려야 한다. 구로청년회 활동하던 30대 시절에 돈이 궁하면 구로동 인력회사에 나가곤 했는데, 아침 7시가 넘도록 이름을 불러주지 않으면 그날은 공치는 날이다. 인력회사 주변 슈퍼에 일 못 나간 일용직 노동자 아저씨들이 두세 명씩 둘러앉아 아침부터 소주병을 까는데, 마음이 어찌나 허한지 나도 그 자리에 끼여 소주 한잔하고 싶은 마음이 간절했다.

어제는 지나갔고 내일은 아직 오지 않았다. 당장 오늘 하루가 절실하다. 과거와 미래를 생각할 틈도 없이 현재 삶의 무게가 돌덩이처럼 무겁다. 당장 절실하기에 먹고 살기 위해 일을 한다. 게으르고 요령이나 피우면 다음날 인력회사에서 불러주지 않는다. 옷 갈아입을 곳이 마땅치 않고, 씻을 곳이 없어서 불편해도 불만을 늘어놓지 않는다. 매일 나가는 현장이 다르고, 내일 일이 어떻게 될지 모르는 뜨내기이지만 이 업계의 상도의는 지킨다. 하루 일을 마치고 일당을 받으면 괜히 든든해진다. 닭튀김을 사갈까? 아이들 좋아하는 피자를 사갈까? 뭘 살지 고민하는 시간이 행복에 젖는 시간이다. 늦은 오후의 햇살을 받으며 집으로 향하는 발걸음이 즐겁다. 인력시장도 사람이 사는 곳이다.

현장을 전전하면서 만나는 많은 사람 중에 신림동 사람들도 있다. 신림동 산다고 하면 반가운 마음에 눈길이 한 번 더 간다. 인사하고 전화번호 주고받는다. 명동 성당 앞 대신증권 사옥 공사에서는 유난히 신림동 주민들을 많이 만났다.

턱수염에 납작모자 쓴 멋쟁이 청년

입상팀에 젊은 친구가 한 명 있었는데, 출근 때는 못 봤어도 퇴근길에 신림역에서 몇 번 본 것 같아 말을 걸어보니 신림동 그것도 같은 아파트 단지에 살고 있었다. 턱수염을 멋지게 기르고 납작모자를 풍치 있게 쓰고 다녀서 현장에서도, 명동 거리를 다녀도 눈에 띄는 청년이었다. 난곡이 재개발되기 전부터 아버님이 낙골 꼭대기 달동네에 사셨다고 한다. 토요일에는 명동 술 전문점에 들러 외국 술 사는 재미도 즐기고, 친구들 만나러 서울 명소 중 안 가본 곳 없이 다니기도 했다. 현장에서 돈을 모아 장사를 하는 것이 꿈이라고 말하곤 했는데, 지금은 어떻게 지내는지 궁금하다.

"이렇게 더운 곳에서 … 사람들 쪄 죽겠소"

명동 현장에서 원청과 싸움이 난 적이 있는데 그 덕분에 난곡에 사는 형님을 만났다. 한참 더운 여름이었는데 탁 트인 2층에서 하던 조회를 갑자기 3층으로 옮겼다. 2층에서 작업을 해야 하고, 자재를 들여놔야 해서 어쩔 수 없이 옮기는 것은 이해할 수 있다. 하필이면 한여름, 커튼월 유리를 다 쳐놓아서 푹푹 찌는 온실을 택한 것은 도무지 이해가 가지 않았다. 3층으로 올라가자마자 사람들은 웅성거리기 시작했다. 체조하는데 몸이 움직이기 시작하니 모든 사람에게서 36.5도의 열기가 뿜어 나왔다. 유리창을 통해 쨍쨍 들어오는 햇살로 복사열은 한껏 올라갔다. 곧바로 등줄기에 땀이 후줄근 흘러내리고, 온실에 난로까지 틀어놓은 셈이니 더위가 장난이 아니었다. 여기저기서 불만이 터져 나왔다. 이대로는 안 되겠다 싶은데 아무도 나서는 사람이 없어, 내가 큰소리로 우렁차게 외쳤다.

"이렇게 더운 곳에서 체조해도 되는 겁니까? 사람들 쪄 죽겠소."

몇몇 노동자들이 손뼉을 치고 웅성거림이 커졌다. 사회자가 바로 마이크를 잡고 다급하게 말한다.

"누구입니까? 조회 분위기 해치는 사람 누구예요? 안전 조회 거부하면 이 현장에 있을 수 없어요. 여기 들어올 때 안전 각서 다 썼잖아."

원청 직원이 안전이라는 표현을 쓰길래 잘 되었다 싶어 바로 받아쳤다.

"이런 찜통에 몰아넣고 체조하는 것도 안전이야! 당신들부터 안전 제대로 지켜!"

박수는 더 커졌다. "잘한다!" "맞는 소리네!" 응원하는 소리도 여기저기

터졌다. 사회자는 위기감을 느끼고 강경하게 나왔다.

"조용히 하세요. 조용히 못해. 통제에 안 따르면 누구든 이 현장에 못 있어. 조회 거부할 사람은 손들어 보세요. 그리고 이야기할 사람도 손들고 이야기하세요. 누구 할 말 있어?"

이 정도면 충분하게 경고가 되었다 싶어서 더는 대응하지 않았다. 부당한 대우에도 참기만 했던 사람들은 원청의 일방적 행동에 제동을 걸었다는 것만으로, 정면으로 맞대응했다는 것만으로도 후련해하고, 즐거워했다는 말을 나중에야 들었다. 원청 직원과 안전감시단이 근처에 있어서 내 발언과 행동을 모두 보았으나 그들은 찍소리도 하지 못했다. 조회를 마치고 우리 팀 동료들은 좀 흥분이 되어서 나에게 달려와 "정말 싸울 생각이 있는 거냐?" "뭔가 대책을 세울까?" 의견을 물었는데, 원청 건설사가 어떻게 나오는지 지켜본 뒤 판단하자며 일단락지었다. 다음날 아침, 조회 장소로 쓸 3층 곳곳에 대형 선풍기 여러 대가 등장했다. 커튼월 유리가 없는 곳과 위아래로 뚫린 계단실 입구에서 시원한 바람이 들어오도록 집중하여 배치하였다. 조회 시작할 때 몇백 명이 들어갈 장소를 바로 구할 수 없으니 당분간 덥더라도 이해해달라는 양해의 말도 꺼냈다.

"반장님 덕분에 그나마 선풍기라도 쐬게 되었네"

며칠 후 쉬는 시간에 덕트 반장님이 다가와 같이 커피를 마시다가 나에게 한마디 건넨다.

"반장님 덕분에 그나마 선풍기라도 쐬게 되었네. 고맙소이다."

• 어제의 '불가촉천민'이 노동조합 조끼를 입고 건설 노동자로 뭉쳤다.

• 건물 상판 현장에서 철근 작업 중인 건설노동자.

• 안전모, 안전벨트를 착용하고 건설 현장에서 작업 중인 필자.

조회에서 큰소리로 항의한 덕분에 다른 직종 사람들도 나를 주목했다고 한다. 덕트 반장님이 고맙다는 인사도 건넬 겸 쉬는 시간에 맞춰 찾아온 것이다. 궁금한 것이 많았던 모양이다. 용기가 어디서 났느냐, 키는 작은데 목소리는 왜 그리 크냐 등 이런저런 이야기를 주고받으며 친해졌다. 배관 공정은 전기, 덕트와 늘 붙어 다니며 일을 하는데도 서로 으르렁거리며 싸우는 경우가 많다. 같이 엉키면 일을 하는 데 크고 작은 불편함이 있으니 먼저 하려고 눈치싸움도 하고 견제도 한다. 명동 현장에서는 덕트 반장님과 친하게 되니 서로 협조가 잘 되고 만사가 편해졌다.

그렇게 좀 지난 후에 어디 사는지 물어보니 난곡에 산다는 것이 아닌가! 이리 반가울 수가 있나. 사촌 동생을 비롯하여 친척들도 여러 명 난곡에 산다고 한다. 동네 모임도 하는 듯했다. 전직 의원이라는 내 신분을 알고는 "다음 선거에 나올 거냐." "내가 한 20~30표는 가져올 수 있다." "통장이나 자치회장 소개해줄 수 있다." 등 꽤 관심을 보였다. 좋은 일자리가 나오면 연락을 주고, 선거철이 되면 늘 응원해 주었다.

전직 의원이 건설 현장 나간다며 위로하는 주민들

내가 의원직을 그만두고 건설 현장 나간다는 사실을 알고는 일부러 연락을 주시는 주민들도 생겨났다. 촉촉한 눈길로 내 손을 잡고는 맛있는 것 먹으러 가자고 잡아끈다. 몸이라도 성해야 현장에서 일할 것 아니냐며 든든하게 먹고 다치지 말라고 한다. 2012년 당선 이후에 줄곧 인연을 맺어온 각별한 선배도 있다. 비가 주룩주룩 온다거나, 꽃잎이 유난히 흩날리는 날에 생각이 나서 연락하면, 한 번도 약속이 어긋난 적이 없다.

신림동은 물론 난곡, 봉천동, 시흥동까지 곳곳에 추억이 서려 있다. 진보 정치의 대의와 현장에서 일하는 내 모습에 진심 어린 응원과 지원을 아끼지 않았다. 주민들 모임 있을 때마다 불러주는 동갑내기 친구, 좋은 현장 일자리가 나오면 연결해주는 아우, 고향에서 올라온 우리 농산물이라며 먹어보라고 한 상자씩 안겨주는 주민이 있어서 현장 일이 고되지만은 않았다. 신림동 호프집에서, 시장통 순대국밥집에서, 옆자리 손님이 자기도 현장 일 한다며 술잔을 건네기도 한다. 심지어는 고시촌 거리를 지나다 오늘 현장 일 마치고 왔다며 인사하는 주민을 여러 명 만나기도 하였다. 그런 날은 괜히 설렌다. 그리고 감사한 마음이 든다.

신림동은 주거비가 싸고 강남에서 가장 가까운 곳이라 1인 가구, 청년 가구도 많고 건설 노동자가 많이 산다. 지금은 삼성동이라 부르는 신림 6동에는 여러 개의 공중화장실이 있다. 복개천 위에 난립한 무허가 주택이라 집에 화장실이 없기 때문이다. 서울 하늘 아래 주택가 공중화장실은 신림동이 마지막이 아닐까 싶다. 신림역에서 신대방역 주변 신림5동과 신림4동, 신림8동에는 지하 방과 옥탑방이 무척 많다. 전철과 가까우면서도 주거비가 저렴하기에 지하 방에 서민들이 몰려 있다.

집 짓는 건설 노동자는 취약한 주거 공간에서 살고

강남의 번쩍번쩍한 고급 아파트를 제 손으로 지으면서도 정작 건설 노동자들은 취약한 주거 공간에서 지낸다. 물론 IMF 사태 오기 전에 열심히 벌어서 내 집 마련도 하고, 동네에 집수리 가게 하나 차려서 노후에 용돈 벌이하는 형님들도 있다. 그러나 지금도 현장에 나오는 대다수 건설 노동자들은 오늘도 벌어야 하는 서민이고, 좋은 집에서 사는 경우는 흔하지 않다.

구로공단이 한창인 시절인 1970~80년대에 가리봉 오거리와 가리봉시장에는 젊은 공장 노동자들이 넘쳐났다. 고향에서 국민학교, 중학교 마치고 바로 공장 다니는 경우도 많아서 10대 어린 노동자들이 많았다. 기숙사 없는 회사의 공장 노동자들이 주로 가리봉 시장 뒤 벌집촌에 살았다. 좁은 방들이 다닥다닥 붙어 있는 모양이 벌집 같다고 해서 붙여진 이름이다. 화장실은 공동이고 샤워실, 수도 시설이 없는 경우도 많다. 잠만 잘 수 있는 최소 면적으로 최대한 많은 방을 만들어 많은 인원을 들이고, 집세 수입을 늘리는 비인간적 주택이다.

구로공단 벌집촌 변천사

시화공단이 만들어지고 구로공단 공장들이 하나둘 이전하자 가리봉 상권이 급격히 쇠락했다. 비어가는 벌집촌을 건설 노동자들이 메웠다. 서울에서 가장 싼 주거지라 늘 최하층 노동자로 붐볐다. 그러던 가리봉시장이 이제는 완전히 중국촌으로 바뀌었다. 대림역을 중심으로 위로는 영등포구 대림동에서 아래로는 구로구 가리봉동까지 거대한 구역에 조선족 밀집촌이 형성되었다. 1983년 대학 1년 겨울 방학에 공단 오거리 근처 봉제공장에서 시다로 일했고, 사십 대에 가리봉 시장 벌집촌에 사는 후배 집에 얹혀 살아서 가리봉 벌집촌은 각별한 추억으로 남아 있다. 벌집촌 주인공들이 공장 노동자에서 건설 노동자, 룸펜 프롤레타리아로 바뀌고, 다시 조선족 노동자로 바뀌어 갈 때마다 나는 그 변화를 유심히 보았다. 시대에 따라 주인공의 얼굴이 바뀌었을 뿐, 이들은 늘 한국 노동시장에서 최하층 노동자군을 형성해 왔다. 난지도와 가리봉 벌집촌은 한국 자본주의 성장의 뒷골목을 보여주는 상징물이다.

서울의 여러 지역에 조선족 동포들이 군락을 이루며 살고 있고, 한국 사회 전체로 보아도 이주노동자의 비중은 비약적으로 커지고 있다. 공장 노동자, 건설 노동자는 물론 농촌 지역 작목반, 도시 지역 식당에도 이주노동자가 대세가 되었다.

건설 현장으로 보자면 두 가지 영역에서 이주노동자 진출이 두드러진다. 알폼(알루미늄 거푸집), 철근처럼 힘들고 어려운 공정과 소방배관, 전기, 경량 칸막이 같은 단순 조립공정이다. 내가 처음 설비 일을 하던 2010년에 수십 명 설비 노동자 중에 동포는 딱 한 명이었다. 한국 노동자들에게 둘러싸여 괄시당하면서도 처자식 먹여 살려야 한다며 강하게 버텨냈다. "나 무시하지 말라." "나도 할 줄 안다." 라고 하면서 소방 파이프에 올라타 배관하던 모습이 지금도 선하다.

가물에 콩 나듯 겨우 한두 명이었던 동포 노동자들이 그 후 대거 밀려들어왔다. 2주일 일했던 인천 아파트 현장에서도 직영 1명, 우리 팀 4명을 빼고는 전원 동포팀이었다. 인천 송도 현장에서는 선행 공정인 형틀, 철근도 동포들, 후속 공정인 석고보드 경량 팀 전원이 동포들이어서 역으로 한국 노동자 몇 명이 동포들에게 둘러싸여 일했다. 경량 팀은 팀장만 한국말

158

을 하고 나머지 전원이 한국말을 못해 개별적 소통도 되지 않았다. 주변에서 들려오는 소리가 모두 중국말이어서 마치 중국 현장에 떨어진 듯한 느낌이었다.

글라스 울(Glass Wool)이라고 하는 유리솜이 경량 벽체 단열재로는 최고로 치는데, 전에는 나이 좀 드신 한국 여성 노동자들이 도맡아 작업했다. 처음 유리솜을 만지는 사람은 퇴근 무렵이 되면 온몸이 따갑고, 약한 피부는 벌겋게 부어올라 며칠씩 애를 먹었다. 현장에서도 가장 피하는 작업 중 하나라서 보온 작업과 함께 대부분 이주노동자로 넘어갔다. 토목 분야에서는 이주노동자 진출이 훨씬 빨랐다. 최근에 일했던 덕은동 대우 현장에서는 베트남 노동자들이 알폼(알루미늄 거푸집)은 물론이고 라운드, 계단까지 모든 거푸집을 다 해냈다. 알폼, 철근, ALC 내화벽돌, 커튼월 등 모든 직종에 조선족 동포들이 가장 많지만, 여기에 베트남, 필리핀, 우즈베키스탄, 아프리카 쪽 노동자도 적지 않게 들어와 있다. 배관 설비에서는 기계실과 위생 배관 정도만 한국 노동자들이 하고, 세대 배관, 소방배관은 거의 동포 노동자들로 넘어갔다.

여름에 강한 필리핀 노동자, 겨울 추위 안 타는 몽골 노동자

한여름에 상판에서 필리핀 노동자들이 와이어 시공을 하는데 거의 땀을 흘리지 않았다. 몽골 출신 노동자는 한국 겨울을 춥게 느끼지 않았다. 그렇지만 필리핀 노동자는 겨울에는 더 추울 것이고, 몽골 노동자는 여름 더위를 더 느낄 터인데, 자본은 그런 사정은 봐주지 않고 혹독한 노동으로

• 상판 거푸집 작업. 라운드 계단까지 이주노동자들이 해냈다.

내몬다. 자본은 국적을 가리지 않고 가장 싼 노동자, 가장 손쉽게 부릴 수 있는 노동자를 원한다. 그리고 그들의 피와 땀을 짜내어 자본의 배를 불린다. 시키는 대로 일하기만 하면 한국인이든 외국인이든 가리지 않는다.

처음에는 이주노동자를 경계하고 배척하는 분위기가 팽배했으나 이제는 이주노동자가 대세다. 인건비를 줄이려고 이주노동자를 대거 불러와서 노동시장을 흔들고 갈라쳐서 한국 노동자를 몰아냈지만, 이주 노동정책을 역으로 활용하면 자본의 아킬레스건, 약한 고리가 될 수 있다. 이주

노동자들이 깨어서 단결하고 일어선다면 자본의 계획은 한순간에 물거품이 된다. 건설 현장이 뒤집히고, 건설 자본의 횡포가 더는 불가능하게 된다. 국적을 가리지 않고 모든 노동자가 연대하고 단결하면 노동자가 주인되는 세상이 온다.

3군 업체에서 일하는 노동자, 인력시장 용역 노동자, 이주노동자 모두 소중한 사람들이다. 노동 해방의 세상, 건설 노동자가 대접받는 세상은 누가 만들어 주지 않는다. 권력과 자본은 눈앞의 이익에만 매달리지 않는다. 더 높은 곳을 바라보며 목표를 계속 수정하고 더 많은 이윤을 추구할 것이다. 그들에게 노동자는 함께 살아가는 공동체의 일원이 아니다. 그저 수단이고 스쳐 지나가는 과정에 불과하다. 자본과 권력은 노동자의 땀과 눈물을 기억해 주지 않는다. 나 자신을, 곁에서 일하고 있는 동료를 내가, 우리가 알아봐야 한다. 네가 소중하고, 내가 소중하고, 우리가 소중해지면 그때 우리는 하나가 될 것이다. 모두가 꿈꾸는 해방 세상은 나 자신, 우리로부터 비롯될 것이다.

"조선족 동포니, 한국 사람이니, 차별하지 않고 지냈으면 좋겠어요"

고향이 연길이라고 들었는데, 한국에는 언제 왔나요?

2000년에 처음 와서 수출품을 포장해서 내보내는 천안 공장에서 일했죠. 몇 년 하다가 잠깐 고향 가서 쉬고, 다시 인천으로 와서 벽돌 공장에 다녔어요. 다니던 중에 둘째를 낳고 산모도 돌봐야 하고 해서 며칠 쉬었는데 이사가 막 화를 내더라고요. 왜 출산 사실을 미리 이야기하지 않았냐고 욕을 해요. 축하는 못 해줄망정 면박을 받으니 기가 차더군요. 더 일할 기분이 아니어서 퇴사했어요. 그렇게 쉬면서 아이들 돌보고, 어린이집에 데려다주고 오다가 구인 광고 보고 건설 현장에 찾아갔죠. 아르바이트 정도로 일하자고 한 건데 벌써 13년이 되었네요. 처음부터 배관 일을 했는데 주로 소방배관으로 13년이 되었어요.

공장 일부터 했군요. 공장 이야기 좀 더 듣고 싶은데, 어땠어요?

포장 회사 공장 일이 힘들었어요. 나무 상자를 제작해서 수출용 에어컨을 포장하는 일이었는데, 온종일 뛰어다녀서 발바닥에 물집이 생길 정도였어요. 정말 쉬지도 못하고 일했죠. 그때 중국 동포는 나 혼자였고, 인건비가 하루 2만3천 원, 한 달에 70만 원 정도 됐어요. 적은 돈이긴 해도 밖에 나가서 쓸 일도 없고, 잔업도 많이 해서 돈을 좀 모았어요. 공장은 춥지 않았는데, 집이 문제였어요. 돈이 없어서 최고로 싼 방을 잡았는데 겨울에도 난방이 안 되어 정말 춥게 지냈어요. 한국에 나오면 돈 벌 수 있다고 해서 연길에서는 모두 한국으로 오고 싶어 하죠.

동포라고 해서 차별을 받지는 않았나요?

포장 회사는 사실 사촌 매형이 공장장이어서 텃새가 심하지 않았어요. 그런데 하루는 일이 났지요. 근처 공장에 다니던 친구가 찾아와서 점심 때 같이 나가서 밥 먹고 왔는데, 부장이라는 사람이 왜 밖에서 밥 먹느냐며 주먹질을 하더라고요. 지금도 잊히지 않아요. 만약 고향에서 그 사람을 만나게 되면 그냥 두지 않을 것 같아요. 사출 회사 다닐 때도 가루가 하도 날려서, 토요일 하루 쉬었는데, 하루 쉬었다고 트집 잡고, 큰소리치고 해서 결국 싸우고 나왔어요. 이런저런 일 많이 당했어요. 어차피 차별을 피할 수 없으니 참고 넘어갔죠. 어디를 가도 교포다 하면 벌써 색안경을 끼고 봐요. 현장에서 내가 일하는 것 봤잖아요. 소방 메인관(횡주관)을 나 혼자 메고 다니고, 내가 다 배관했는데도 반장은 한국 사람이 하잖아요.

마음고생이 많았겠어요. 그렇게 어려운데도 소방 일은 꾸준히 했는데, 기술은 어떻게 배웠죠?

현장에서 만난 선배에게 배웠어요. 그 형님과 인연이 되어서 오래 같이 일했죠. 6개월 만에 기공이 되어서 바로 조공 데리고 일했어요. 기공들 일하는 거 한 번 보니까 금방 알겠더라고요, 바로 배워서 기공이 되었죠. 현장 일이 공장보다 벌이도 좋고 재미도 있어요. 동료들과 사이좋게 잘 어울리고, 주말에는 술 한잔할 수도 있고요. 동료들이 다 한 현장에 있는 것은 아니죠. 한 현장에 같이 있다가 다른 데 좋은 현장 나오면 바로 가야 하는데, 인원수가 맞지 않으면 줄여서라도 먼저 가고, 그래서 갈라지기도 하죠. 단가를 많이 주는 곳이 나오면 먼저 가 있다가 자리가 나면 다른 동료들을 끌어 주죠.

앞으로 건설 일은 계속할 생각입니까?

당연하죠. 내가 50이 넘었고 아이들이 고등학생, 중학생인데 잘 키우고 싶어요. 다행히 아이들은 내가 어디를 가도 잘 따라다녀요. 큰아이는 회계사가 꿈입니다. 중국 고향으로 갈지 한국에 살지는 아이들에게 선택권이 있어요. 고향에 친척들도 있고, 땅도 있고 하니 식구들과 고향에 가고 싶기는 하죠. 그러나 아내와 아이들 의견도 중요하니 한국에 있으면서 자유롭게 왔다 갔다 하는 것이 좋지 않을까 싶어요. 연길에는 누나도 계시고 사촌들도 살고 있어요.

현장에 바꾸어야 할 개선점이 있다면?

아침에 조회를 쓸데없이 한 시간씩 줄을 세워서 하는데, 왜 그러는지 모르겠어요. 조회에서 매일 같은 말을 반복해요. 필요하면 관리자들 모아서 하면 될 것을. 그 시간이 아깝죠, 한숨이라도 더 자고 나가도 되는데. 아침 시간에 30분만 천천히 출근해도 엄청 차이가 나죠. 관리자들, 특히 소장 중에 대놓고 사람 무시하는 소장이 있어요. 한국 사람이든, 동포가 되든 반말부터 하고, 다른 사람은 사람도 아니고, 그 소장에게 우리 팀장이 여러 번 깨졌어요. 사무실 갔다 오면 눈물도 맺히고 하더라고요. 그런 소장은 다시 교육해야 해요. 말도 안 되는 소리 하는 그런 소장에게 당하고 살 이유가 없죠.

끝으로 하고 싶은 이야기가 있나요?

차등이 없었으면 해요. 조선족 동포니, 한국 사람이니, 차별하지 않고 지냈으면 좋겠어요. 눈에 보이지 않는 차별도 많아요. 평택에 삼성이 하는 건설 현장은 국적을 따져요. 비자가 있어도 아예 못 들어가죠. 좋은 회사, 대기업에서는 우리를 쓰려고 하지 않아요. 실제로는 곳곳에 차별이 존재한다는 말이죠. 차별이 없어졌으면 해요. ⬤

4장

현장 비리의 천태만상

일할수록 일당이 줄어드는 포괄임금제

어린이날은 흔히 말하는 달력 빨간 날, 휴일이다. 공기관도 쉬고 은행도 쉬지만, 건설 현장은 쉬지 않는다. 법정 휴일이나 대체 휴일이 오면 이웃집 가족은 놀이공원으로 캠프장으로 놀러 가는데, 건설 노동자들은 꼼짝없이 출근해서 일한다. 공휴일 아니라 공휴일 할아버지가 와도 평일에는 절대 쉬지 않는 것이 공사판 철칙이다. 오직 일요일 하루만 쉰다.

30년 동안 평일에 쉬어 본 적 없는 숙련공

원청이나 협력업체 관리자들은 순환 근무로 휴일에 번갈아 쉬지만, 일선 노동자들은 순환 근무도 없이 전원 출근이 당연한 일이다. 경력 30년 이상 된 숙련공인데 평일에 쉬어 본 적이 없다고 말한다. 오히려 쉬면 큰일 나는 줄 알고, 휴일 출근을 당연하게 받아들인다. 주 52시간제 시행 이전에는 일요일도 출근했으니, 일요일 하루 쉬는 것도 건설 현장이 많이 좋아졌다고 생각한다. 주중에 어린이날, 제헌절이 끼어도 나오는 먼 세상일이다. 건설 자본은 사람을 기계처럼 쉬지 않고 부려 먹었고, 건설 노동자는 당장 한 푼이라도 더 벌고자 무한리필 노동에 기꺼이 몸을 내던져왔다.

현장이 바빠서 휴일에도 일해야 하는 경우가 있다. 오랜 관행이 몸에 배어서 휴일 출근을 당연하게 여길 수도 있다. 그런데 휴일에 일하면 휴일 수당을 주는 것이 최소한의 도리 아닌가? 대부분 직장에서는 휴일 수당을 지급한다. 보통 1.5배다. 유급 휴일에 출근하면 유급이니까 1공수(하루치 노동일), 일을 했으니 수당까지 붙어서 1.5공수, 합해서 평일 급여의 2.5배를 받아야 한다. 근로기준법에도 나와 있는 1.5배 수당을 건설 자본이 꿀꺽 삼켜온 것이다. 법에 명시되어 있는 수당마저도 빼앗아 가는 노동 착취가 당연하게, 공공연히 이루어지는 곳이 건설 현장이다.

일당에 미래의 수당을 포함하는 포괄임금제

일한 만큼의 대가를 주지 않고 착복하는 관행은 차고도 넘친다. 단가를 후려치고, 중간에서 노임을 떼어먹고, 간식비 명목으로, 장갑값이라며 떼어가는 등 수없이 많으나 그중에 으뜸은 '포괄임금제'이다. '하루 일당' 하면 하루 노동일을 한 대가로 지급하는 임금이라고 생각하는 것이 상식이다. 그런데 포괄임금제는 정반대다. 하루 일당에 미래에 발생할 수당을 포함한다. 하루 일당에 연장, 야간근로수당, 휴일 수당, 주휴수당, 연차수당 등 각종 수당이 이미 들어갔다고 간주하는 셈법이다.

포괄임금제에 따르면, 한 주 만근을 해서 발생하는 주휴수당을 주지 않아도 된다. 이미 일당에 반영되어 있으니까. 법정 휴일에 발생하는 휴일수당을 안 주고 떼먹어도 불법이 아니게 된다. '임금제'라는 말을 붙여서 마치 정당한 제도인 듯, 사회적 합의가 있는 제도인 듯 그럴듯하게 꾸민다. 노임 갈취 범죄를 합법으로 둔갑시켜준다. 꼬박꼬박 쉬지 않고 성실하게 근무해서 수당이 발생해도 처음 정한 일당만 주기 때문에 실제 '하루 일당'은 줄어드는 황당한 일이 발생한다. 포괄임금제의 본 모습은 '출근비례 임금 하락제'이다.

하루 일당 20만 원인 건설 노동자가 3일 출근하면 3공수를 받는다. 여기에는 주휴수당이나 월차수당이 발생하지 않는다. 처음 받기로 한 일당대로 60만 원이 나온다. 5일 출근하면 5공수를 받는다. 한 주 만근으로 주휴수당이 발생해서 6공수가 되지만, 포괄임금제는 5공수 급여에 주휴수당이 포함된 것으로 간주한다. 수당이 포함되어도 받는 노임은 변함이 없다. 여기서 하루 일당을 계산하면 20만 원 × 5공수 (급여금액) / 6공수 = 16.6만 원으로 4만 원이나 깎인다. 25일 출근하면 25공수를 받는다. 4개의 주휴수당과 1개의 월차수당 모두 5개의 수당이 발생하여 30공수로 계산하면 20만 원 × 25공수 (급여금액) / 30공수 = 16.6만 원으로 역시 일당이 적어진다. 1년 단위로 연차수당, 연장 근로나 휴일수당까지 계산하면 일당은 더 적어진다.

출근을 많이 할수록 성실하게 일할수록 일당이 삭감되는 제도, 평생 건설 일을 했다면 평생 흘린 피땀의 상당 부분을 강탈당하는 제도다. 일한 만큼의 대가가 아니라 뭉텅 떼가고 죽지 않고 살아갈 만큼만 주는 제도다.

이런 제도 아래서 노동자는 일을 할수록 건설 자본의 배를 불리는 자동인 출기가 되는 셈이다.

출근을 많이 할수록 일당이 삭감!

근로기준법에 주휴제(제 55조), 연차 유급 휴가(제 60조)를 규정한 이유는 많이 일하면 피로가 쌓이니 쉬는 시간을 정기적, 의무적으로 주라는 것이고, 쉴 때도 비용이 들어가니 그만큼 급여를 더 주라는 취지다. 재충전 비용을 임금으로 지급하여 노동력을 유지해야 노동자도 기업도 지속 가능하다는 취지다. 그런데 포괄임금제는 이런 근로기준법 취지를 무력화할 뿐 아니라 오히려 역행하고 있다. 추가로 줘도 시원찮을 판에 오히려 빼앗아 간다. 그것도 합법을 가장해서 자동으로 빼앗아 간다.

여기서 궁금해진다. 이런 포괄임금제는 근로기준법 몇 조, 몇 항에 나와 있을까? 근로기준법 어디에도 없다. 그렇다면 포괄임금제는 도대체 뭐지? 법적 근거도 없는데 어떻게 이런 제도가 현장에서 버젓이 시행될까? 정답은 대한민국 노동부다. 노동부가 행정지침으로 포괄임금제를 인정하고 포괄임금제 시행을 공적으로 받쳐주고 있다. 노동부 근로개선정책과가 2011년 8월 8일 발표한 '건설 일용근로자 포괄임금 업무처리 지침'이 논란의 주범인데, 2016년 대법원에서 무효판결이 나왔으나 노동부는 지침을 철회하지 않고 버티고 있다.

노동부라는 이름은 허울뿐이고, 실제는 자본을 위해서 일하는 기업부이다. 대한민국 노동정책의 역사는 끊임없이 저임금 노동자를 양산하고,

저임금 노동자를 마음껏 부려 먹을 수 있도록 착취와 수탈을 합법화, 제도화한 역사다. 대한민국 노동정책의 역사에 '노동자'는 없다. 최근에 시행하는 중대재해처벌법에서 그나마 노동자를 죽음으로 내모는 자본에 대한 수사를 처음으로 규정하고 있다. 얼마나 진심일지는 두고 볼 일이다.

망할 놈의 포괄임금

다행인 것은 포괄임금제의 폐해를 현장 노동자들이 잘 알고 있다는 사실이다. 몇 년 전 8월 15일 광복절에 출근했는데, 전기나 인테리어 등 다른 업체들은 달력 빨간 날이라고 4시 이전에 모두 퇴근하고 설비만 꼬박 5시까지 일을 했다. 일 마치고 씻는데 다른 직종 노동자들은 일찍 가고, 설비만 화장실 앞에 모여 있으니 젊은 친구가 한마디 내뱉는다.

"이게 다 망할 놈의 포괄임금제 때문이야!"

조합팀으로 들어간 덕은동 현장에서는 단체협약을 맺어서 법정 공휴일을 준수했다. 법정 공휴일에 우리가 일하면 2.5공수가 되는데, 그게 아까워 출근하지 말라고 하였다. 쉬어도 조합팀은 1공수를 받는데, 일반팀은 쉬면 0공수, 출근해서 일해야 겨우 1공수를 달아줬다. 어린이날에 일반팀 사람들은 전원 출근해서 5시까지 일하고, 전기, 철근 등 다른 직종은 3시에 퇴근했다고 한다. 토요일도 4시 퇴근인데 하물며 공휴일에 5시까지 붙잡아 두었으니 일반팀 노동자의 불만이 이만저만이 아니었다. 다음날 출근해서 만난 일반팀 동료가 화가 나서 소리를 지른다.

"어린이날 나와서 일하는데 노임을 더 주지는 못할망정 한두 시간이라도 일찍 보내줘야지, 정상 근무가 말이 돼? 에이 사무실 놈들!"

단가 후려치기의 주범, 불법 다단계 하도급

현장에서 일하다 보면 가끔 "사장님" 하고 부르는 소리를 듣는다. 똑같은 작업복 입고, 먼지 뒤집어쓰며 일하는데도 사장으로 통하는 사람들은 누구일까? 흔히 '오야지' 또는 '십장'이라 불리는 건설 현장의 소사장들이다. 보통 사장님이라 부르는데, 요즘에는 눈치가 보이는지 이마저도 털어내고 보통의 팀장처럼 보이려고 그냥 팀장이라 부른다. 건설 현장에는 이런 사장님이 우글우글하다. 보온팀이나 덕트팀은 대부분 소사장이 운영한다. 배관에도 '대마'라고 부르는 물량떼기하는 팀은 모두 소사장이다.

대마, 소사장 물량떼기팀

소사장에게 일정 영역의 물량과 공사 금액을 책정해서 넘겨주면, 소사장이 알아서 사람 관리, 공정관리를 한다. 3층에서 22층까지 20개 층의 소방 공사를 떼어 주면, 소사장이 적정 인원을 데려와서 한 개 층씩 작업을 치고 올라간다. 도면에 따라 횡주관을 걸고, 횡주관에서 나오는 가지관을 걸고, 가지관에서 나오는 스프링클러 헤드를 달고, 가대와 내진 가대, 수격방지기와 배수 밸브를 설치한다. 층마다 구조가 같기에 한 번 작업하고 나면 파이프와 행거 높이가 정해지고, 시공방식도 가장 쉽고 빠른 방식을 찾아낸다. 몇 개 층을 작업하면 손에 익고, 팀원들 역할 분담도 이루어져서 속도가 확 붙는다. 그러면 건물 층이 올라가는 속도대로 따라잡아 작업이 가능한 가장 꼭대기 층(보통은 상판 3~4개 층 아래, 거푸집을 뜯어내고 동바리를 해체한 층)에서 늘 작업하게 된다. 마지막 층까지 배관하면 이 대마팀은 바로 현장을 떠난다. 기본공사 이외에 뒤치다꺼리할 필요도 없고, 나머지 어려운 구간의 공사를 받을 이유도 없다. 오히려 손해가 날 수도 있기에 규격화된 공사만 빨리 끝내고는 뒤처리는 직영으로 넘긴다.

공사를 빨리 끝낼수록, 인원을 적게 쓸수록 이익이 많이 남는다. 필요한 자재와 부속을 알아서 주문하고, 가장 빠르고 적절한 시공방식을 채택하고, 다른 직종과 시공 협의를 하고, 필요한 인원을 적재적소에 배치한다. 이러면 업체 소장이나 공사 과장은 신경 쓸 일이 거의 없어진다. 알아서 빨리 일해주고 사람 관리도 다 한다. 게다가 이익도 엄청나게 남는다. 원청에서 받을 때 공사 금액이 3억 원이었다면 대마팀에는 많아야 2억 원에 넘긴다. 앉아서 1억 원을 남기는 대박 장사다. 설비업체 소장과 대마 소사장이 번갈아 가며 푸짐한 회식도 하고, 출퇴근이 어려운 사람들은 숙소도 잡아준다. 방값에, 아침, 저녁 밥값에 들어가는 비용이 많은 듯해도 훨씬 많은 이익을 남기기 때문에 대마팀은 도랑 치고 가재 잡고, 서로가 얽혀

먹이 사슬처럼 존재한다.

발주금액의 33%로 공사하는 다단계 하도급의 실태

업체는 공사를 헐값에 넘겨 대박을 챙기는데, 헐값에 받은 대마 사장은 어떻게 공사 이익을 남길까? 비결은 공사 기간을 최대한 당기는 것이다. 짧은 기간에 집중적으로 노동력을 투입해서 공기를 단축하면, 인건비가 적게 들어가 헐값 공사여도 이익을 남기는 방식이다. 결국 인건비 따먹기를 한다는 말이다. 원청 건설사가 발주처로부터 발주금액의 76%로 공사를 따내고, 이를 설비업체 선정할 때 다시 76%에 계약하면 처음 발주금액의 57%가 된다. 설비업체가 큰 대마팀을 거쳐 작은 대마팀까지 두 단계 불법 하도급을 하면, 마지막에 공사를 받는 소사장은 발주금액의 33%로 공사를 해야 한다.

발주금액의 30%로 후려쳐도 이익을 남기려면 대마팀 소속 노동자들을 극한으로 몰아붙여 공사 기간을 줄여야 한다. 조출과 잔업을 밥 먹듯 하고, 공사 기간이 빠듯하면 휴식 시간도 없애고, 심지어 기공들은 뛰어다니기도 한다. 건설 현장에서 뛰어다니는 것은 사고 위험 때문에 금지이지만 대마팀은 아랑곳하지 않는다. 잠깐 쉴 때 대마팀 사람들의 멍한 표정과 초점 흐려진 눈을 종종 목격하게 된다. 거칠고 억센 손바닥으로 송골송골 맺혀있는 굵은 땀방울을 훔치며 진하게 담배 한 모금을 빨아댄다. 진이 다 빠지도록 일을 하고, 제 몸을 갉아 먹으며 노동을 해서 겨우 풀칠하는 것이다.

물량떼기를 멋있게 포장하면 '성과급'인데, 가내 공장에서는 '도급제'라 불렀다. 2018년 인천 송도에서 일할 때 대마팀이었는데, 팀장과 기공들의 일하는 속도가 초고속이었다. 소사장은 양중이라 표현하는 자재 나르기에 집중한다. 팀장은 그 자재로 쉬지 않고, 아주 빠르고 이악스럽게 배관을 뽑아낸다. 같이 일하던 기공들이 혀를 내두를 정도였다. 이 속도에 기공들과 조공들이 맞춰야 하니 그야말로 전쟁터였다. 늘 온몸이 땀투성이에 작업복을 매일 빨아야 했다. 대신 한 달에 한 번 하는 회식은 정말 푸짐하게, 원 없이 고기를 먹었다.

　그런데 배관 설비의 대마팀과는 비교도 안 되는 물량떼기를 창원 아파트 현장 '시스템 가구'에서 접했다. 부부 침실과 붙어 있는 옷방에 시스템 옷장과 수납장이 들어가는데, 한 세대 설치에 1만 2천 원으로 계약한 팀에서 일하게 되었다. 숙련된 기술자인 팀장이 하루 평균 15세대를 해서 일당 18만 원을 받는 셈이다. 시스템 옷장이 조립식이고 나사 박는 일도 전동드릴로 하기에 금방 하겠다 싶어 달려들었는데, 웬걸 이게 함정이었다. 시스템 옷장에 가로로 들어가는 나무판이 열 장인데 전체를 들어 옮기는 것은 무겁지만, 하나씩 조립할 때는 가벼워서 한 손으로 쉽게 들 수 있다. 당연히 한 손으로 잡아 세로로 길게 세워둔 금속 막대에 턱 걸쳐서 전동드릴로 나사를 박으면 끝이다. 처음에는 작업속도가 나름 빨랐는데 3일이 지나니 손목이 시큰한 것이 통증이 오기 시작했다. 한 번 통증이 오면 일을 쉬고 손목을 쓰지 않아야 풀린다. 그러나 일을 쉴 수 없기에 아무리 살살 하면서 조심해도 통증은 곱절로 늘어난다.

건설 현장의 착취 구조에 죽어 나가는 노동자

팀장과 아들, 조카가 같이 일했는데 나이 든 팀장이든 젊은 아들이든 손목, 팔꿈치, 어깨까지 파스로 도배를 했다. 일할수록 통증이 심해서 오늘 15세대를 하면, 내일은 절대 15세대를 할 수 없었다. 게다가 중간중간 자재를 날라야 하고, 조립을 빠르게 할 수 있도록 각종 선처리 작업도 해야 했다. 평균 15세대를 하려면 세대 작업을 하는 날은 17~19세대를 해야 계산이 맞는다. 쉬는 시간 없고, 점심밥 먹고 늘 자던 쪽잠도 없고, 퇴근은 8시 이후 캄캄해진 후에 했다. 우리 팀 4명 모두가 개인용 전등을 들고 다녔다. 이렇게 장시간 노동을 해도 통증 때문에 물량을 낼 수가 없다.

나는 평균 11세대를 했으니, 일당으로는 13만 원 정도였다. 이마저도 방값, 아침, 저녁 밥값을 제하고 나면 배관 조공보다도 훨씬 적은 일당을 받았다. 장시간 노동, 저임금에 직업병 혹사까지, 이것은 사람이 할 짓이 못 되었다. 시스템 가구 일을 하고 나서는 절대 대마팀 일은 하지 않는다. 건설 현장의 착취 구조는 생각보다 끔찍하게 노동자들의 체력과 생명을 앗아가고 있었다.

원청 건설사는 직접 시공할 수 없다. 온갖 비리와 부실 공사로 워낙 사고가 많이 터져서 공정별 협력업체에 하도급을 주고, 원청은 공정 관리와 시공 감독만 하도록 법제화하였다. 그러나 협력업체가 다시 하도급을 주는 것은 불법이다. 소규모 업체, 등록되지 않는 업체가 공사를 하면 품질도 저하되고, 안전사고가 날 가능성이 크기 때문에 금지한 것이다. 그런데 대마팀 오야지들은 업체가 아니기에 하도급이 아닌 것처럼, 즉 협력업체에 모두 고용되어 있는 형태만 갖추면 법망을 피해갈 수 있다. 오히려 현장에서 오랜 경력과 인맥으로 기반이 탄탄하고 일 잘한다는 신뢰만 있으면 일은 끊기지 않고, 대박 장사를 평생 할 수 있으니 세금 안 내도 되는 중소기업이 되는 셈이다. 한 군데 현장 일 마치면 집 산다는 말을 자주 들었다. 돈을 제법 모아 동네에서 집 장사 하는 경우도 종종 있다. 3~5층짜리 빌라 하나 지으면 최소 5천만 원이 떨어지고, 1년에 열 채에서 스무 채 짓는다고 하니 순이익이 최소 5억 원에서 10억 원이 된다.

현장에는 이렇게 다단계 하도급, 불법 하도급이 구조화되어 있다. 불법 하도급으로 물량떼기를 내려야 적은 공사 금액으로 빨리 일을 해치울 수 있다. 돈은 돈대로 챙기고, 공정관리, 사람 관리에도 편하니 마다할 이유가 없다. 그 대가로 최일선, 가장 밑바닥에서 일하는 건설 노동자들은 오늘도 죽어 나간다.

불법 하도급 폐해의 대표 사례, 학동 철거 붕괴 사고

불법 하도급 폐해의 전형적 사례가 광주시 학동 철거 붕괴 사고이다. 시행사는 현대산업개발 – 시공사는 한솔 – 실제 철거 작업은 불법 하청을 받은 백솔이라는 회사가 맡았다. 그런데 공사비가 가관이다. 현대는 철거 비용을 평당 28만 원으로 계약하고, 한솔로 넘기면서 10만 원, 35.7%로 낮춰서 폭리를 취한다. 강도나 다름없는 계약을 1군 건설사 현대가 버젓이 행한다. 한솔은 절반도 안 되는 금액으로 수주해서 다시 대폭 깎아서 백솔로 넘긴다. 4만 원, 40%로 낮춘다. 한 번의 합법 하청과 또 한 번의 불법 하청으로 28만 원 공사비가 4만 원, 14%로 대거 깎였다. 갈취금액이 무려 86%에 달한다. 불법 하도급으로 단가를 후려친 결과는 부실시공, 저임금 착취, 안전 불감을 타고 넘어 결국 무고한 시민들의 희생이라는 참사로 이어졌다. 발주처와 1군 건설사 현대산업개발이 9명의 사망과 8명의 부상을 낳은 인명 살상의 주범이고, 범죄에 사용한 흉기가 불법 하도급이라는 제도다.

벼룩 등골 빼먹는 똥떼기

포괄임금제로 떼먹고, 불법 하도급으로 노동 강도를 최대한 높여 짜내고도 모자라 노골적으로 빼앗아 가는 수법이 또 있으니, 바로 똥떼기이다. 원청 건설사에 책정된 노임이 20만 원인데, 10만 원 받고도 감지덕지하며 일할 노동자들을 모아온다. 1인당 10만 원을 남길 수 있으니 10명을 데리고 나니면 하루 100만 원, 20명을 네리고 나니면 200만 원이 떨어진나. 한 달 20일 출근으로 계산해도 2천만 원에서 4천만 원이 매달 들어온다. 어지간한 중소기업 사장보다 많은 수입이 공사가 끝날 때까지 보장된다.

불법 취업을 부추기는 건설 현장

그럼 10만 원 받고도 감지덕지할 노동자는 누구인가? 첫째가 건설 취업 비자가 없는 이주노동자다. 관광 비자나 산업연수생 비자로 건설 현장

취업은 불법이다. 불법이어서 이들을 고용하지 못하는 것이 아니라 오히려 불법이기 때문에 이들을 더 선호한다. '불법'이 미다스의 손처럼 황금을 긁어모으는 갈퀴가 된다. 불법 신분이기에 어떤 일을 시켜도 싫은 내색을 못하고, 20만 원 줬다가 10만 원을 빼앗는 근로기준법 위반에, 저임금 착취를 해도 항의하지 못한다. 군말과 항의는커녕 오히려 고마워한다. 한국 노동시장 진입이 불가능한 신분인데도 하루 10만 원이나 벌게 해주고, 이 돈이면 고향 가족에게는 엄청 큰돈이라서 고된 노동과 낯선 환경에도 꿋꿋하게 버틴다.

토목 중에서도 알폼 거푸집은 한국 노동자는 거의 하지 않는다. 무겁기 때문이다. 그 자리를 조선족 동포, 베트남, 필리핀, 우즈베키스탄 노동자들이 들어와서 해낸다. 그중에는 덩치가 좋은 친구들도 있지만, 왜소한 노동자들이 적지 않다. 그들이 알폼(알루미늄 거푸집)을 올려치기로 위층으로 들어 올리는 작업을 할 때 몇 번 도와준 적이 있다. 겨우 초등학생 정도의 몸집인 베트남 노동자가 내가 다가가니 처음에는 약간 놀란 표정으로, 친해진 후에는 도와줘서 고맙다는 눈빛으로 반긴다. 작은 몸집으로도 알폼을 잡아 힘껏 위로 쳐올려 준다. 보통 힘든 일이 아닌데도 얼굴은 웃는다. 그 피곤한 미소가 지금도 생각난다. 가끔 체격이 좋은 베트남 친구에게 일할 만하냐고 물어보면 "아파요. 허리 많이 아파요." 한다. 어찌 힘들고 고달프지 않으랴! 한국인 노동자, 그중에서도 밑바닥 일용직 노동자가 하던 힘들고 위험한 일을 외국인 노동자가 떠맡고 있다. 가장 밑바닥을 떠받치는 노동자의 국적만 달라졌을 뿐 이 착취 구조는 견고하게 건설 기업의 탐욕을 채워주고 있다.

똥떼기의 둘째는 대마팀

똥떼기의 둘째는 대마팀이다. 보통 대마팀이 들어오면 평균 단가로 일당을 쳐준다. 팀원 전원이 같은 일당으로 급여를 받은 후에 팀장=소사장이 정한 진짜 일당으로 다시 계산하여 분배하는 방식이다.

평균 단가 18만 원에 초보 2명, 조공 2명, 준기공 2명, 기공 2명, 특기공 2명, 팀장 1명으로 구성된 팀이라고 가정하자. 초보 13개, 조공 14개, 준기공 16개, 기공 18개, 특기공 20개로 일당을 정해서 한 달 25일 출근했을 때 계산이다. 초보는 13개니까 18만 원을 받아 5만 원씩 뗀다. 초보는 5만 원 × 25일 = 125만 원, 조공은 4만 원 × 25일 = 100만 원, 준기공은 2만 원 × 25일 = 50만 원을 팀장에게 토해낸다. 기공은 평균 단가와 자기 일당이 같으니 그대로이고 특기공에게 2만 원 × 25일 = 50만 원을 팀장이 얹어준다. 결과는 초보와 조공에게 떼어 낸 450만 원이 매달 팀장 수입으로 착착 들어온다. 이 돈에서 커피, 간식비, 회식비로 100만 원을 쓴다 해도 350만 원이 남는다.

대마팀 오야지에게는 대마 계약으로 남기는 이윤 이외에 쏠쏠한 활동비가 매달 보장된다. 소장 처지에서는 대마팀 오야지를 길들이는 좋은 미끼가 된다. 이 돈을 대마팀 운영비로 쓰든지 오야지 개인 주머니로 들어가든지, 똥떼기 돈을 받아먹기 시작하면 거미줄에 걸린 먹잇감처럼 건설 현장의 비리 사슬에 묶이게 된다. 최일선에서 실제 중노동을 하는 건설 노동자의 피를 빨아 먹이 사슬 상층으로 상납하는 공범이 되는 것이다.

"1년 계약직인데, 이것도 여러 단계가 있어요. 불법 다단계죠"

안녕하세요? 오래 일했다고 들었는데, 콜센터 일이 몇 년째인가요?

24살부터 했으니 한 21년 되었네요. 처음 할 때는 헤드셋 없이 전화 수화기 들고 전화번호부 보면서 전화 걸고, 전화한 번호는 연필로 지우고 완전 옛날 방식, 지금 말하는 콜센터 개념이 아니라 그야말로 원시 시절이었죠. 그때부터 시작한 분들이 많지는 않으니까 꽤 오래 하긴 한 거죠.

처음 일하게 된 계기가 있었나요?

대학 졸업을 안 하고 놀았죠. 전문대 졸업한 친구와 우연히 어떤 구인 광고를 보고서 그게 TM 회사인 줄도 모르고 같이 갔어요. 그냥 돈 좀 벌려고. 회사에 들어가 보니 자리마다 전화기가 있는 거예요. 야! 좋은 회사다. 전화하는 회사인 줄 모르고 속은 거죠. 젊은 사장님도 좋았고. 멋모르고 그냥 빠져들었죠. 일주일 만에 1등을 했어요. 너무 신기했어요. 처음에는 여러 사람 있는 데서 전화를 못하겠는 거예요. 사장님에게 창고에서 하겠다고 하니까 방을 만들어줬어요. 그런데 첫날부터 영업이 걸렸죠. 인터넷 교육 방송을 판매하는 인강의 초기 버전 같은 건데, 전화하는 일이 영업의 1차예요, 고객이 승낙하면 영업사원을 보내는 거죠. 엄마와 아이 둘 다 설득해야 하는데, 아이들과 친해지려고 '스타크래프트'니 '길드'니 하는 게임 용어 배워서 같이 맞장구치면서 이야기도 하고, 엄마들은 어떻게 접근할까? 연구도 하고, 아무튼 열심히 했어요. 영업 건수를 올리면 '어머 내 말이 먹힌 거야?' 하는 생각에 재밌고 신나고 그랬어요.

적성에 맞는 직업을 잘 찾았네요. 그때 대우도 좋았나요?

그때가 2002년 월드컵 직후였거든요. 기본급이 60만 원인데, 이건 실적에 상관없이 줘야 하는 급여거든요. 그런데 한 달에 3건을 못하면 아예 기본급을 안 주는 거예요. 차비도 안 주고, 한 푼도 안 줘요. 회사에서는 '그래도 밥은 주잖아' 하면서 일 시키는데, 다른 동생들이 나에게 하소연을 했어요. 울고불고하길래 내가 나섰죠. 젊은 사장에게 따져 물었어요.

"기본급의 의미가 뭡니까?"

"야! 너는 돈 받았잖아. 네가 왜 그래."

반골 기질이 있다는 걸 그때 알았어요. 동생들 돈 다 받아줬어요. 사장이 AB형에 양띠 여자하고는 말도 않겠다고 할 정도였어요. 사장도 AB형에 양띠에요. 그렇게 싸우기도 했지만, 당시 사장하고는 친했어요.

타고난 반골기질이네요. 그간 일하면서 즐거웠다고 할까, 특히 기억에 남는 일이 있나요?

우선 이 일이 정말 잘 맞았어요. 보험 일도 해보고 싶었고, 대출 영업도 해봤는데 나는 대면 영업은 안 되더라고요. 그래서 일찍 포기했어요. 전화로 하는 영업은 이상하게 잘 되고 재미있었어요. 여의도에서 일할 때, 어떤 고객이 내가 불친절하다고 민원을 넣었어요. 그러면서 나를 제주도로 오라는 거에요. 어떻게 해요, 잘못하면 문제가 커질 수도 있으니 실장하고 둘이서 제주도로 갔죠. 공항에서 만났는데, 글쎄 두 다리가 없는 휠체어 타시는 장애인이 나온 거예요. 그런데 나하고 눈을 못 마주치는 거 있죠. 정말로 제주도까지 올 줄은 몰랐다. 그때 화가 나서 그랬는데 오히려 미안하다면서 자기 차로 투어 시켜 주고, 회 사주고 했어요. 감동이었죠. 진상 고객이 사실은 진상이 아닐 수 있다는 걸 알았어요.

전화하다가 소리 끄는 뮤트 버튼을 누르면 동료들이 바로 다 알아요. '아 진상 고객 걸렸구나.' 먼저 한숨부터 쉬고 진정해야 해요. 슬픈 이야기인데 고객 전화를 받으면서 욕을 먹어도 표정에 변함이 없어요. 오랜 직원일수록 더해요. 고객이 화가 나 있으니 바로 응대하지 않고 일단 들어야 하는데, 그러면 왜 대답 안 하냐고 반말로 또 욕을 해요. 고객이 진상 떨어도 우리에게 돈을 벌게 해주지 않냐고. 이렇게 우리끼리 자조하기도 하고, 슬픈 이야기죠.

나중에 클레임 제기하는 게 제일 무섭죠. 차라리 전화로 화를 내는 게 더 나아요. 고객 입에서 '선생님' 표현이 나오면 바로 긴장해요. 우아하게 공손하게 이야기하는 게 더 무서워요. 전화하면서도 벌써 불안해지고. 또 우리 직원들 두려운 질문이 "상담원분 이름이 어떻게 돼요?"에요. 과실이 없어도 민원 걸릴까 봐 주눅이 들죠. 고객을 상대하는 게 쉬운 건 아니에요. 긴장도 되고. 그래서 콜센터 한 곳에서 나오면, '이제는 그만둬야지.' '지겨워, 다시는 콜센터 근무는 안 할 거야.' 하는데도, 배운 게 도둑질이라고 결국 다시 콜센터로 가죠. 그래서 여기까지 온 거고.

일상적 작업 관리를 관리자가 한다는데 관리자들은 어때요?

관리자들이 자기도 사원, 월급쟁이인데도 직원 위에 군림해요. 사람들 좌지우지하고, 동료들 이간질하고. 좋은 관리자는 없어요. 개인적으로 괜찮은 사람이 있기는 한데 관리자로서는 결국 다 같아요.

관리자는 과잉 충성형이 기본이죠. 과잉 충성을 본인만 하면 되는데, 왜 우리까지 충성을 시켜? 예를 들어서 건강검진 차가 올 때 회사에서는 8시 30분까지 오라 하는데, 실장이 나서서 8시까지 오라는 거예요. 그렇게 안 해도 되는데. 멀리 사는 직원들은 일찍 오려면 고생해야 하는데, 자기는 결점이 없고, 자기 팀은 단결도 잘 되고 모범이라는 걸 보여주려고, 직원들까지 들볶아요. 혼자만 하면 되는데.

반대로 방임형도 있어요. 평상시에 아무 말도 안 해요. 가르쳐주거나 뭔가 요령을 알려주지도 않다가 직원들이 뭐 하나 과실이 나오면 "넌 그것도 모르냐, 신입 때 교육받고도 그렇게 하냐."라면서 직원만 나무라죠. 언제 한 번 알려준 적도 없으면서.

직원들도 문제는 있어요. 신입이 들어오면 텃새가 엄청나요. 오래된 장기근속자일수록 냉정하고 텃새가 엄청나죠. 그냥 헐뜯어버리는데 잘하면 잘해서 싫고, 못하면 못한다고 욕하고. 한 번은 화장실에 앉아 있는데 화장실 앞에서 내 욕하고 있잖아요. 나는 못 참는 성격이라 바로 치고 나가버렸죠. 그런 사람하고는 친하게 지내고 싶은 생각도 없어요. 직원들도 이러니 신입들이 어디 기댈 곳이 없죠. 몇 달 만에, 특히 3개월 정도에 그만두는 경우가 제일 많아요. 큰 콜센터도 1년이 최고 오래 있는 경우인데 퇴직금 받으려고 참고 견디는 거죠. 장기근속자 몇 명이 십장 같은 악역을 해요.

일하는 분들 건강은 어때요, 직업병 같은 게 있습니까?

방광염, 치질 많아요. 오래 앉아서 일해야 하니까. 동료 한 명은 치질 수술 때문에 연차 요청했는데, 회사에서 '평일에 왜 휴가 쓰냐고?', '주말에 수술하면 안 되냐?'면서 휴가 안 줘서 결국 퇴사했어요. 또 고객과 악랄한 관리자에게 상처받는 일이 많아서, 감정 노동자이니까, 정신적인 질환을 얻게 되는 경우가 많아요. 감정 노동자의 직업병이죠. 그런데 대부분이 본인 탓으로 돌리고 치료조차 받지 못하고 있어요.

자리를 뜰 때 보고해야 한다면서요?

화장실 갈 때 보고 해야죠. 갈 때 단체방에 화장실 모양 이모티콘을 올리고, 들어와서는 도착했다고 발바닥 모양의 이모티콘을 업무 메신저 창에 올리죠. 다른 콜센터도 마찬가지죠. '출하, 착화'라고 올리는데, 출화는 화장실로 출발했다, 착화는 화장실에 갔다가 자리에 도착했다는 뜻이에요. '이석 시간'이라 해서, 한마디로 엉덩이를 뗄 수 있는 시간이 정해져 있어요. 오전 1회 10분, 오후 2회에 걸쳐 10분씩, 그 이상은 자리를 뜨면 안 돼요. 화장실 때문에 직원들이 물을 많이 안 먹어요. 말을 많이 하니까 입이 마르잖아요, 그래도 물을 잘 안 먹게 돼요. 정 입이 마르면 물을 입에 댔다가 넘기지는 않고 축이기만 하고 참죠. 그러다 퇴근하고 집에 가면 1.5리터짜리 생수를 벌컥벌컥 다 마셔버려요.

정수기에 물 뜨러 일어설 때도 보고해야 하고, 사실 관리자 컴퓨터에는 다 뜨기 때문에 보고할 필요가 없어요. 5분 이상 전화하지 않으면 바로 빨간불 들어오고, 다 아는데도 우리를 통제하려고 보고하라고 시키는 거죠.

저는 '화장실은 기본권이다. 왜 너희들에게 보고하고 허락받고 가냐?' 너희들 화장실 갈 때 우리에게 보고하지 않는 것처럼, 우리도 보고할 필요 없다고 생각해요. 그런데 이런 거 건의하면 회사에 불만이 많아서 그런 거라고 치부해 버리죠. 이건 꼭 바꾸고 싶어요.

일하다 생긴 에피소드나 다른 직업에 없는 특이한 일도 있나요?

유명한 사람들을 만나죠. 우리는 고객 정보가 나와요. 고객사에서 넘겨주죠. 예를 들어, 유명 여배우 이름에 전화번호, 주소도 같이 나와요. 전화 걸어서 실제 그 사람 목소리가 나오면, 처음에는 굉장히 신기했어요. 눈앞에서 만나는 것처럼. 중견 남자 탤런트도 만나고, 여배우도 만났는데, 그 사람들도 다 천차만별이에요. 그중에 유명 그룹사운드 기타리스트도 있는데, 그 사람은 진짜 성인군자예요. '말 많이 하는 직업이라 힘들지 않냐' '잠깐 한 5분간 말하지 말고 쉬어라.' 하고, 가입해 달라니까 바로 가입도 해줬어요. 고객과 비대면으로 만나 일을 한다는 게 매력적이에요. 저한테는 딱 맞아요. 고객 중에는 화를 냈다가도 다시 연락해서 아까 화내서 미안하다, 내가 안 좋은 일이 있어서 화풀이한 거다, 미안하다고 하시는 분도 있고요.

이 일을 하다 보면 통화하면서 첫인사 후 본인이 맞냐고 여쭈면, 자녀분이 받아서 아버지 혹은 어머니가 이미 돌아가셨다고 해요. 어떤 경우는 지금 상중(喪中)이라고 말씀하시거든요. 그래서 이제 해지해야 하는데, 방법을 물어요. 이럴 땐 마음이 정말 아픕니다. 가족을 잃은 슬픔이 고스란히 전달되는 것 같아요. 또 세월호 참사와 같은 국가적 재난이 생겼을 때, 관리자들은 아침 조회에서 무미건조하게 외쳐댑니다. "세월호 침몰한 것 아시죠? 단원고가 있는 안산 지역에 이슈가 발생했으니 경기도 안산, 시흥은 당분간 TM 금지입니다."
이슈라는 말도 거슬리고, 민원 유발을 막자는 지침만 전달하는 모습이 너무 비인간적으로 느껴졌어요.

콜센터는 대부분 비정규직인가요?

보통 1년 계약직인데 이것도 여러 단계가 있어요. 예를 들어 팔도카드 일을 한다, 그러면 콜센터는 그 카드 회사가 아닌 아웃소싱 업체, '팔도

카드 콜센터'예요. 그런데 콜센터에서 일하는 직원들은 '팔도카드 콜센터' 소속이 아니라 콜센터에 인력을 보내는 파견사 소속이에요. 직원들 소속 회사가 다르고 수십 개가 넘어요. 각자 파견한 인력회사가 다른 거죠. 이 회사들이 하는 일이 면접 볼 때 시간, 장소 안내하고 근로계약서 쓰는 것만 하고 끝이에요. 해주는 게 없어요. 실제 일을 지시하고 관리하는 것은 모두 '팔도카드 콜센터'에서 하죠. 이런 게 불법 다단계죠. 실적 못 올리고, 일 못하거나 해서 중간에 잘리면 파견사로 복귀한다고 표현해요. 복귀는 우아한 표현이고 해고당하는 거죠. 다행히 일을 좀 해서 1년이 되면 다시 1년을 재계약해요. 파견사 1년 계약직을 2번 하는 거죠. 그래서 2년이 되면 콜센터 계약직이 돼요. 이것도 1년마다 재계약을 해요. 1년씩 두 번, 2년이 지나서 계속 쓸 만하다 하면 그제야 무기계약직으로 전환되죠. 회사에서는 이걸 정직원이라고 간주하죠. 인력회사 계약직 2년, 콜센터 계약직 2년, 그리고 나서야 콜센터 무기계약직이 되지만 이것도 언제든 잘려요.

신분이 바뀔 때마다 급여라든가, 처우라든가 변화가 있습니까?
없죠. 실적대로 받는 게 전부예요. 나도 몰랐는데 나중에 알고 보니 내가 주임이라는 거예요. 파견사 소속에서 콜센터 계약직이 될 때 주임 직급을 달아준 것 같은데, 만 원인가 직급 수당 나오는데 실제 처우나 근무조건은 다 그대로예요. 10년 경력자나 막 들어온 사람이나 기본급 차이도 없고, 전과 똑같이 실적대로 받아요. 공공기관이나 공기업에도 고객센터, 콜센터 있잖아요. 그분들 정규직이 아니고 콜 직원은 모두 비정규직, 계약직으로 해놓죠. 언제든 자를 수 있고, 회사에서는 책임 안 져도 되고. 2008년인가 카드사의 아웃소싱 업체에서 일할 때, 급여 명세가 잘못 왔어요. 늘 실수령액만 표시했는데 공제 전 총금액 명세서가 온 거예요. 그래서 우리 급여가 얼마 깎이는지 알게 되었죠. 4대 보험 같은 공제 말고 30만 원 이상을 떼더라고. 다 중간에 콜센터가 먹는 돈이죠. 콜센터 노동조건이 다 비슷해요. 거기서 거기죠. 관리자들은 냉정하고, 직원들 통제하려고 하고. 점심에 김밥 주고는 쉬지 않고 바로 일 시키고. 토요일에도 일 시키고, 퇴근 시간 넘겨서 연장하기도 하고, 실적 채우라는 강요가 심해요.

코로나 유행 초기에, 콜센타 집단감염 나온 이후에 변화가 있었나요?
특별히 다르지는 않았어요. 늘 좁은 공간에서 모여 일했으니까 서로에게 각자 조심하자고 하고, 마스크 2개씩 썼죠. 크게 불안하거나 달라지지는 않았어요. 참, 회식은 없어졌다. 모든 회식이 중단됐어요. 지금까지. 밥도 무조건 도시락, 자기 자리에서만 먹어야 하고, 외부 식당 가면 안 돼요.

콜센터가 이렇게 바뀌었으면 좋겠다 하는 개선점이 있다면?
관리자 채용할 때 인성 테스트를 한다는데, 사원들에게도 평가할 기회를 주어야 해요. 우리가 인간다운 관리자를 선택하고 싶은 거죠. 관리자 인성이 제일 문제거든. 정말 쓰레기 같은 사람들 많아요. 상호 평가, 다면 평가를 하면 그나마 인간다운 직장이 되지 않을까? 관리자들도 눈치 좀 봐야 해요. 솔직히 힘든 일이죠. 항상 긴장되고, 고객 상대해야 하고, 몇 분 안에 고객을 내 말로 끌어야 하는 일이 쉬운 게 아니죠. 이미 가입이 다 됐는데 막판에 딴소리하시면 땀이 삐질삐질 나고, 여기에 관리자까지 나대면 정말 힘들어요. 관리자 대부분이 상담원 출신인데도 올챙이 시절 생각 못해요. 관리자 문제만 해결되면 더 바랄 게 없겠어요.

끝으로 하고 싶은 말은?

동료들에게 하고 싶은 말 있어요. 주인의식을 가졌으면 좋겠다, 우리는 그들의 부속품이 아니다, 정당하게 노동 제공하고 임금 받는 건데 관리자들 눈치 볼 필요 없다, 좀 더 당당해졌으면 좋겠다는 것이에요. 그런데 혼자서는 힘들잖아요. 뭉쳤으면 좋겠어요. 언제가 다른 콜센터 노동조합 조합원들이 같은 옷 입고 행사하는 걸 봤는데 너무 부러웠어요. 부러우면서도 내가 이방인 같은 느낌도 들고. 아무튼 당당했으면 해요.

5장

안전의 두 얼굴

사고 예방은 뒷전

군대보다 산업현장, 건설 현장에서 더 많은 사람이 죽어 나간다. 군대보다 처절한 전쟁터가 현장이다. 실제 전투하듯 건물을 올리고, 공장을 돌려서 사람이 무수히 죽고 다치는 곳이 현장이다. 군대에서도, 현장에서도 더는 죽지 않아야 한다. 죽지 않도록 제도와 관행을 만들어야 한다. 이제는 전쟁을 멈출 때가 되었다.

2022년 1월 11일, 중대재해처벌법 시행을 며칠 앞두고 현대산업개발이 건설하는 광주 화정동 아파트가 붕괴하는 대형 사고가 일어났다. 중대재해처벌법 1호가 되지 않으려고 시행일에 아예 현장 문을 닫는 셧아웃 방침을 모든 현장에 내리는 등 건설사들의 긴장이 최고조인 시점에 벌어진 참사여서 일반 국민에게는 물론, 건설업계에도 커다란 파문을 주었다. 건설 현장에서 사고로 노동자가 사망하면 원청 건설사 대표가 실형 처벌을 받는 믿을 수 없는 현실이 눈앞에 다가왔다. 현장은 팽팽한 긴장감에 분주하게 움직이기 시작했다. 죽고 다치는 노동자 걱정 때문이 아니다. 현장 소장보다 훨씬 높은 건설사 사장이나 대표이사가 감옥에 가게 될 상황이 되자 산재 사고는 어떻게든 막아야 할 두려움의 대상이 되었다.

연도	산재 사고 사망자(명)	산재 전체 사망자(명)	군대 사망자(명)
2003	1311	2,701	150
2004	1298	2,586	135
2005	1187	2,282	124
2006	1117	2,238	128
2007	1136	2,159	121
2008	1172	2,146	134
2009	1136	1,916	113
2010	1114	1,931	129
2011	1129	1,860	143
2012	1134	1,864	111
2013	1090	1,929	117
2014	992	1,850	101
2015	955	1,810	93
2016	969	1,777	81
2017	964	1,957	75
2018	971	2,142	86
2019	855	2,020	86
2020	882	2,062	55
2021	828	2,080	103

표 2. 연도별 산재 사망자, 군대 사망자 통계표. 한국산업안전보건공단-산재사망 통계, 고용노동부-산업재해 현황분석, 국방부-국방통계연보 참고하여 작성.

원청 건설사가 '작업중지권' 언급한 건 처음

다음날 아침에 만난 안전요원은 알폼(알루미늄 거푸집) 작업하는 곳, 외국 노동자들이 콘크리트 치는 곳은 아예 가지 않겠다고 한다. 알폼 작업은 주로 상판에서 하고, 상판은 안전요원이 상주할 정도로 안전 감시가 집중되는 곳인데도, 죽을 자리라고 안가겠다 한다. 안전교육도 원청 건설사와 설비업체 본사 사장이 직접 와서 두 번을 연거푸 했다. 중대재해처벌법을 소개하며 절대로 다쳐서는 안 된다고 신신당부한다. 원청 안전과장이 작업중지권을 설명하면서 여러분에게 중지 권한이 있으니 위험하다 싶으면 언제든 작업을 중지할 수 있다고, 권한을 행사하라고 권유할 정도이니,

• 현대산업건설이 짓고 있던 광주 화정동 아파트가 붕괴했다.
• 레미콘 타설 이후 거푸집을 떠받치는 동바리 숲.

놀랄 일이다. 원청 건설사가 '작업중지권'이라는 말을 꺼내는 것도 처음이고, 노동자에게 그 권한이 있으니 사용하라는 권유는 더더욱 천지개벽할 일이다.

사고 이후에 상판 올라가는 속도가 달라졌다. 보통 일주일, 길어야 10일 정도 걸렸던 공사 기간이 기본 14일을 지킨다. 당연히 현장 전체의 작업 속도가 늦춰지고 분위기도 한결 여유로워졌다. 설비 소장 태도 역시 바뀌었다. 우리가 현장에 합류한 초기의 자랑거리는 공사 기간을 단축하는 수완이었다. 그 덕에 지금까지 소장질하고 있노라고 자랑이 대단했는데, 사

• 광주 화정동 아파트 붕괴 후 설비업체 본사 사장이 직접 안전 교육을 하고 있다.

• 작업중지권 홍보 포스터.

고가 발생한 이후에는 공사 기간 단축 이야기는 아예 꺼내지도 않았다. 만만하게 부려 먹을 수 있는 팀들을 뒤로 불러내서 작업속도 올리라고 닦달하는 듯한데 조회 같은 공개 자리에서는 입도 뻥긋 못했다.

불티를 막는 '버미 글라스(유리섬유)'를 마음껏 가져가 쓰라고 현장 곳곳에 비치하고, 고소 작업대에 신호수가 있어야 한다며, 하지 않던 신호수 교육을 하고, 형식적이던 안전 점검을 실효적으로 하고, 화기 감시자가 갖춰야 할 화기 감시 장비를 전면 보강했다. 안전 담당 원청 관리자가 현장을 한 번 돌고, 설비 담당 관리자가 와서 파이프, 밸브 등 배관 설비를 살펴보고, 안전 감시원은 오전-오후 현장을 순회하면서 안전시설을 보완하고, 우리에게는 안전 작업을 거듭 부탁했다. 자그마한 꼬투리라도 잡아서 지적하고 퇴출하겠다며 으름장을 놓던 그 전과는 상당히 달라진 모습이었다.

안전관리, 노동자 통제 수단으로 작용

사고를 예방하고 노동자의 생명과 건강을 소중히 여겨서가 아니고 본인들의 안위를 걱정하며 부산을 떠는 모습에 씁쓸한 생각을 떨칠 수가 없었다. 그동안 현장에서의 안전은 노동자를 통제하고 옥죄는 수단으로 작용해 왔다. 원청 건설사가 안전업체와 계약하여 안전업체 소속의 안전 감시원을 현장에 푼다. 이들 역시 하청 업체 직원 또는 계약직인데 안전에 위반되는 시설, 장비, 작업을 찾아내고 보완하는 것이 아니라 노동자들을 집중해서 감시한다. 마치 군대에서 유격대 조교가 유격장에 입소한 훈련병들 다루듯 한다고 보면 된다.

안경을 쓴 노동자는 보안경을 쓰지 않아도 불티가 눈에 들어가지 않는다. 그런데도 보안경 쓰지 않았다고 벌점을 주고 다음에는 퇴출이라고 협박한다. 고속절단기를 사용할 때 안경을 벗고 보안경을 쓰라고 하는데, 시력이 약한 노동자의 경우 훨씬 큰 위험에 노출된다. 문제가 있다고 건의 또는 항의하면 팀원 전체를 작업 중단, 교육장으로 집합시켜 교육을 명목으로 괴롭힌다. GS 현장이었다.

사다리는 건설 현장에서 사용 금지이다. 부득이 사용할 때는 2인 1조 작업, 사다리 최상부 작업 금지, 아웃트리거(넘어짐 방지대) 설치 등 필요한 안전 조치를 해야 한다. 여기까지는 맞다. 실제 사다리 작업에서 사고가 나지 않기 위한 최소한의 조치들이다. 그런데 이 규정을 그대로 말비계(작업용 발판)로 가져와서 한 명은 발판 위에서 작업하고, 또 한 명은 발판을 붙잡고 있으라 한다. 손이 떨어지면 경고 또는 발판 압수 조치를 한다. 1m 높이의 발판에서도 떨어지면 크게 다칠 수 있다. 그러나 사다리처럼 밑에서 잡고 있을 필요는 없는데도 이걸 지키라고 악을 쓰고 곳곳에서 시비가 붙는다. 일은 일대로 안 되고, 안전에 문제가 없는데도 원청과 안전 담당은 고집을 부린다. 일하는 반장과 안전 감시원 사이에서 크게 싸움이 나고, 멱살잡이가 여러 차례 벌어진 후에야 이 규정을 없앴다. 롯데 현장이었다.

무리한 공기 단축, 야근·휴일 근무 남발이 문제

피트 층은 평소에 드나드는 층이 아니므로 출입문이 바닥에서 1m 정도 올라와 있는 경우가 많다. 배관 파이프가 집중되어 있는 피트 층에 설비 노동자들이 오가야 하고, 각종 자재, 부속도 날라야 해서 임시계단을 만들어 달라고 해도 해주지 않는다. 틀비계 발판을 비스듬히 세워 계단 대용으로 쓰면, 이건 허가된 시설물이 아니라고 사용 불가 딱지를 붙인다. 그 순간부터 피트 층에 들어가기가 무척 힘들어지니 울며 겨자 먹기로 임시계단을 우리가 만들었다. 삼성 현장이었다.

안전 감시원은 사진 찍고, 호루라기 불고, 작업 중단시키고, 퇴출할 뿐이지 실제 안전 장비나 시설물 설치는 하지 않는다. 건설 현장에서 사고와 가장 직결되는 무리한 공기 단축, 야근·휴일 근무 남발, 불량 레미콘 타설, 산업재해 은폐 같은 고질적 병폐는 아예 손을 대지 않는다. 건설 자본이 안전 비용을 투입하고, 체계를 갖추겠다고 안전업체, 안전 감시원을 내세우지만, 실상은 현장을 강하게 통제하는 데 몰두한다. 그러면서 책임은 외부 안전업체에 떠넘기려고 하니 건설 자본의 탐욕 앞에 모두가 피해자인 셈이다.

이윤 창출이 우선

건설 현장에서 안전은 곧 비용이다. 노동자의 안전을 지키는 방법은 아주 간단하다. 두 가지만 하면 된다. 첫째는 천천히 일하는 것이고, 둘째는 돈을 들이면 된다. 건설사가 이윤을 줄이고 돈을 써서 안전을 강화하면 되는데, 자본의 속성상 이윤을 포기하지 못하니 안전을 희생하는 것이다. 이윤을 위해서라면 노동자가 죽어도 어쩔 수 없다는 기업의 끝없는 탐욕과 미필적 살인 행위를 범죄가 아닌 당연한 기업활동으로 방치한 한국사회의 반노동 문화와 법 제도가 결국 산재 왕국을 불러온 주범이다.

안전 비용을 업체가 꿀꺽

건설 현장에 노동자 한 명이 들어오면 반드시 안전 장비를 지급해야 한다. 안전화, 안전모, 보안경, 안전벨트, 각반, 장갑은 기본이고 물웅덩이에서 작업할 때는 안전장화, 겨울 한파에는 핫팩, 코로나 정국에는 마스크가 필수 안전 장비가 된다. 당연히 모두 비용이 든다. 이 비용을 줄이기 위해 안전화를 몇 달간 지급하지 않는 업체가 부지기수다. 며칠 만에 떠나는 노동자도 있으니, 오래 일할 사람에게만 지급하는 것이 당연하지 않냐고 주장한다. 며칠 만에 떠나는 노동자라도 안전교육을 받았으니 당연히 지급되는 안전 비용은 업체가 꿀꺽 삼킨다.

업체 주장대로 기술 좋고, 오래 일하는 노동자에게는 안전화를 제대로 지급하고 대우도 제대로 할까? 천만의 말씀이다. 싸구려 안전화를 지급한다. 일용직이라도 1년을 넘겨 일하면 퇴직금을 줘야 하는데, 이 급여가 아까워 아무리 기술이 좋아도 대부분 업체가 11개월쯤에 해고한다. 궂은일, 힘든 일은 노동자가 다 하는데 필요할 때는 "일 좀 더 해달라." "추석 이후까지 같이 하자." "기계실 다 끝내고, 회식 한번 합시다." 하면서 붙잡아 놓다가도, 급한 일 넘어가고 비용이 들겠다 싶으면 가차 없이 해고한다. 값싼 일당도 감사해하며 군소리 없이 일할 사람 많은데 군이 퇴직금까지 줄 필요 없다는 것이 건설업계의 당연한 관행이다. 한 푼이 아까워 안전화를 지급하지 않고, 두 푼이 아까워 1년이 되기 전에 해고하는 사람들이다. 그러니 건설 현장에서 안전은 뒷전 중에도 제일 뒤로 밀린다.

건설 현장은 곳곳이 구멍투성이다. 다 지어진 건물에는 어디를 봐도 구멍이 없어 보이지만, 건물 위아래를 관통하는 구멍이 생각보다 많다. 가장 큰 것이 계단실과 엘리베이터 홀이다. 배관 파이프, 전기 케이블도 건물 전체에 관통해야 하기에, EPS로 표시된 전기실이나 PS로 표시된 피트 공간에는 크고 작은 구멍들이 줄줄이 뚫려 있다. 이런 구멍에 빠지는 사고를 막기 위해 각종 안전장치를 해야 한다. 당연히 비용이 든다. 자재비는 물론 안전장치를 설치하고 관리하는 사람에게 드는 인건비까지 모두 비용이다. 건물이 올라가면 3개 층마다 '낙방'이라 부르는 파란색 낙하 방지 그물을 설치한다. 건물이 올라가는 동안 외벽이 만들어지기 전에는 추락을 막기 위해 건물 끝부분을 빙 둘러싸는 안전 난간대를 설치한다. 건물을 짓는 과정에 이런 안전 시설물이 무수히 들어가고 그에 상응하는 비용이 들어간다.

공기 단축에 목숨 거는 이유

이 비용이 적지는 않지만 진짜 큰 비용은 눈에 보이지 않는 곳에 있다. 바로 작업 속도다. 속도가 빠르면 공사 기간이 단축되고 속도가 늦으면 공사 기간이 늘어난다. 한 달을 단축하면 한 달간 인건비와 관리비가 거꾸로 이윤이 된다. 평균 노임 20만 원에 천 명이 투입되는 현장이면 20만 원 × 1,000명 × 25일 = 50억 원이 덤으로 들어온다. 반대로 공기가 한 달 늘어나면 인건비만 50억 원에 관리비에 지연 보상금까지 물어내야 한다.

그래서 모든 건설사가 공기 단축에 목숨을 걸고 달려든다. 작업 속도를 높이기 위해 일을 몰아붙인다. 상판을 며칠 만에 올려버리고, 아래층 동바리(거푸집 받침대)를 하루라도 일찍 철거하고, 호이스트(건설용 엘리베이터)가 설치되기도 전에 상판 바로 아래층에서 작업하라고 한다. 겨울철에는 콘크리트가 얼기 때문에 방동제도 듬뿍 넣지만, 콘크리트 타설을 하면 그 주위에 천막을 치고 열풍기를 빵빵하게 틀어댄다. 얼지 말고 빨리

- 겨울철엔 레미콘이 얼지 않도록 열풍기를 틀어준다.
- 현장에 눈이 내리고 기온이 떨어져도 화재 위험 때문에 난방기는 사용 금지다.

굳으라고 천막도 꼼꼼하게 치고 열풍기도 석유통 쌓아가며 후끈후끈하게 틀어준다. 겨울철, 엄동설한에 콘크리트에는 열풍기를 대줘도, 일하는 건설 노동자에게 열풍기나 온풍기 제공하는 것을 본 적이 없다. 고작해야 핫팩, 손난로에 그친다.

배관의 경우 파이프를 걸기 전에 벽체가 서면 벽체를 뚫어가면서 일을 해야 해서 작업이 몹시 힘들어진다. 이 약점을 이용해서 현장 소장 지시로 경량 칸막이든 벽돌이든 벽체를 쌓기 시작하면, 배관 쪽은 무조건 잔업,

철야를 해서라도 파이프를 걸어놔야 한다. 일에 쫓기고, 땀범벅이 되어 물량을 치고 가다 보면 사고는 필연이다. 건설 현장에서 안전을 어기고, 위험한 작업을 강행하고, 사람들의 목숨과 건강을 위협하는 장본인은 바로 건설업체이다.

2010년 신촌 세브란스병원 공사에서 벽체와 천장 시공이 워낙 빨리 들어와 천장판을 친 상태에서 수압을 보다가 물이 새는 곳이 나왔다. 급하게 용접사를 투입했는데 천장판 몇 장을 뜯고 기어 올라가 용접하다 불똥이 아래로 튀어 불이 붙었다. 화기 감시자도 없이 혼자 사다리 타고 올라가 용접하다 보니, 불은 바닥에서 벽체로 옮겨 번지고 있는데도 전혀 모르고 있었다. 지나가던 내가 타는 냄새를 맡고 달려가 불을 끄지 않았더라면 큰 사고로 이어졌을 것이다. 지금 생각해도 아찔해진다. 사고로 기록되지 않는 이런 위험한 순간이 비일비재로 일어난다. 그래도 현장은 바뀌지 않는다. 노동자의 위험은 당연하고, 사고는 일어나게 마련이니 굳이 사고를 막으려고 할 필요가 없다고 생각한다. 몇 명 다쳐도 벌어들이는 이윤이 훨씬 많기에 바꿔야 할 이유가 없다. 오히려 더 밀어붙인다. 말로만 안전이지 실제는 몰아간다. 몰아가면 사고는 필연이지만, 사고가 나도 공사 기간을 단축하는 업체, 단축하는 소장들이 인정을 받는다. 노동자가 죽거나 다치는 일은 고려 사항, 참고 사항도 안된다.

나는 아직 큰 사고를 겪지는 않았다. 그러나 작은 사고는 직접 당하기도 하고, 무수히 보아왔다. 작은 사고로도 현장 시멘트 바닥은 피로 물든다. 2016년 서대문 경희궁 자이아파트 현장이었다. 인테리어 베테랑 기공 같기도 하고, 업자 같기도 한데 혼자서 상당히 많은 자재를 고속절단기로 잘라서 한 곳에 쌓아두었다. 다음날 사람들 부르기 전에 일할 채비를 갖추는 모양이었다. 일이 급한지 쉬지 않고 빠른 속도로 부지런히 자르고 나르고 쌓고, 또 자르고 나르고를 반복했다. 절단기 스위치를 끄고 아직도 절단날이 돌아가는 상태에서 자재를 꺼내려고 손을 넣었다가 그대로 날에 갈려버렸다. 장갑을 꼈으나 피가 뚝뚝 떨어지는데, 잠시 난감해 하다가 손으로 쓱 문지르고는 계속 자재를 옮겼다. 손이 날에 갈릴 때, 끼익! 하는 소리는 지금 생각해도 소름이 돋는다.

"이상규 씨, 일도 제대로 못 하니 그만두세요!"

2011년이었다. 감기 증세로 몸이 안 좋은 상태에서 파이프를 나르다가 바닥 철사에 걸려 균형을 잃었다. 파이프를 잡은 채로 넘어져 손가락을 찧었는데 순간 따끔하다가 시간이 지나자 시커멓게 부어올랐다. 같이 일하던 팀장은 못마땅한 듯 눈살을 찌푸렸다. 사무실로 가서 사고 났다고 하니 에어 파스를 뿌려주고는 일하라고 한다. 오른손 손가락 두 개가 퉁퉁 부은 채로 퇴근 때까지 일했다. 이틀이 지나도 가라앉지 않자 주변 동료들이 걱정하며 병원에 가보라 하여 X레이를 찍어보니 분쇄골절이라는 결과가 나왔다. 두 개 손가락의 마지막 마디가 으깨어진 것이다. 움직이지 않는 것 외에 별다른 치료법이 없다며 손가락 깁스를 해주고 소염진통제를 처방했다. 사무실에서는 공상 처리해줄 테니 병원비는 걱정하지 말고, 출근부만 찍고 일은 하지 말라 한다.

그 기간에 다른 업체에서도 손을 베인 사람, 발을 다친 사람이 있었는데, 이들은 손이나 발에 붕대를 감고, 깁스를 한 채로 출근을 했다. 5명이나 사망 사고가 나서 어지간한 사고는 눈길도 끌지 못했지만, 작은 사고는 끊이지 않았다. 다른 사람들은 창고나 탈의실에서 쉬었다. 그런데 팀장은 나에게 쉬엄쉬엄 일하자며 용접한 가대에 녹을 방지하는 페인트인 '방청단'을 칠하라 했다.

처음에는 이게 쉬워 보였다. 그런데 막상 해보니 그렇지 않았다. 가대한쪽 면을 칠한 후에 다른 면을 칠하려면 뒤집어야 하는데 한 손으로는 무거워서 들 수가 없으니 다친 손도 써야 했고, 손가락 부위는 힘을 줄 수 없어 손목 힘을 이용했다. 이틀 만에 손목에 무리가 오고 통증이 시작됐다. 아픈 손목에 힘을 쓸 수 없자 팔뚝과 팔꿈치에 부하가 걸리고, 통증도 따라서 심해졌다. 이를 악물고 이렇게 한 달을 버텼다. 손가락 손목 팔뚝 어깨까지 양팔 모든 부위가 저리고 삐걱거려 더는 팔을 쓸 수 없을 지경까지 악화됐다. 병원 물리치료도 골절된 손가락보다는 손목과 어깨에 해달라고 요청할 정도였다.

해고 통보에 작업복 윗옷을 벗었더니…

그때 사무실 호출이 왔다. 공사 차장이 "이상규 씨 손가락 다쳐서 일도 제대로 못하고, 현장에 보는 눈도 있으니 그만두세요."라며 해고 통보한다. 어이가 없어 잠시 할말을 잃고 멍하니 있었다. 병원비도 몇 번을 청구한 끝에 겨우 받아냈는데 결국 본색을 드러냈다. 쇠와 부딪혀도 끄떡없는, 어떤 일을 시켜도 해낼 수 있는 튼튼한 노가다가 필요하지, 다치고 아프고 어설픈 노가다는 잡비용에 불과하다는 속마음을 여과 없이 드러냈다. 아무 말 없이 작업복 윗옷을 벗었다. 손가락이 부러지고도 출근해서 일하다가 어깨까지 물리치료를 받아야 하는 상황을 보여주려고 한 행동인데, 사무실 전체가 깜짝 놀라며 나를 말리기 시작했다. 흔히 말하는 깽판을 부리려고 웃통을 벗는 것으로 오해하고는 다들 긴장한 것이다. 생각지도 못하게 상황은 순식간에 종료됐다.

"아니 왜 이러세요. 당장 그만두라는 건 아니고, 병원 더 다니세요, 병원비는 다 지급할게요."

자본의 얼굴을 봤다. 필요할 때는 이거 해달라, 저거 해달라, 친절한 얼굴로 위해 주는 척 부려 먹다가 쓰고 나면 가차 없이 버리는 1회용품 신세를 뼈저리게 맛보았다. 노가다의 생명과 건강, 이런 것은 구호에 불과할 뿐 원래부터 없었다. 그런 줄은 알았지만 느낄 때마다 마치 확인 사살을 당하듯 아프고 서글펐다. 여의도 IFC몰 현장이었다.

이상규가 만난 현장 노동자 **8**
37년 차 형틀 노동자 윤상수 씨(68)

"대한민국 자체가 노동자의 피와 땀으로 쌓은 나라"

경력이 얼마나 되시죠? 꽤 오래일 것 같은데요?

1986년부터 현장 일을 했으니 이제 37년 됩니다. 아들이 초등학교 들어가기 전에 시작했으니까. 그전에 청과물 시장 위탁상도 하고, 양복점에도 있었고, 문방구 하다가 형틀 일을 하게 되었죠.

형틀 일하기 전에도 여러 경험이 있었네요?

삼익건설 잠깐 있었는데, 사촌 형이 돈 벌려면 장사해야지 해서 청과물 위탁상을 했어. 새벽에 물건 들어오면 경매해서 도매상에게 팔고, 아침 먹고 나서 10시부터 수금하고, 무조건 현금 장사라서 돈이 두둑했다고. 그런데 저녁 늦게까지 일하고 새벽에 다시 일어나고 이게 너무 힘들고 피곤한 거야. 그래서 수금 받은 돈 세다가 던져버리고 명동 양복점에 영업 담당으로 갔지. 기업인들 정치인들이 주 고객이어서 동교동에도 많이 갔어요. DJ에게 양복 상의 단추를 투 버튼으로 할까요, 쓰리 버튼으로 할까요 하고 물어보니, 민주주의 원칙으로 가족들 의견을 들어보겠다고 하고는 투 버튼으로 결정한 기억도 나고. 그러다가 서부역에 양복점을 차렸는데, 여기저기 외상 깔리고 결국 망하고 문방구를 했지.

현장 일 시작하게 된 이야기를 들어볼까요?

문방구 뒷집 사람이 형틀 반장이었는데 하루는 같이 가자는 거야. 일당이 4만 원이더라고. 그때 문방구 해서 하루 10만 원 팔아도 2~3만 원이나 남을까? 문방구보다 벌이가 좋은 거지. 그래서 현장에 계속 다니게 된 거야. 맨 처음에 18층 올라가는 건물에 12층 발코니 해체작업인데, 다른 사람들은 12층 난간에 앉아서 담배 피울 정도로 높은 곳에서 무서워하지도 않고 잘하더라고. 나는 처음이잖아. 발이 후들거리고, 내려만 봐도 어질어질했으니까. 반장이 나를 보더니 나오라고 해서 엉금엉금 기어 나왔어.

일하면서 좋았던 경험 있으면 말씀해주시죠?

어디 좋았던 일이 있나? 힘든 일이 더 많지. 벌이가 괜찮던 기간이 몇 년밖에 안 돼. 2003년인가 알폼(알루미늄 거푸집)이 처음 들어왔을 때 평당 6만 원을 받았는데, 이게 원청도 처음이고 하청도 처음 하는 거라 정확한 단가 책정이 안 되는 거야. 우리도 일하는 데 시간 많이 걸리고.

지금 알폼은 가벼운데, 처음 알폼은 두꺼운 고급 합판을 써서 엄청 무거웠어, 혼자서 못 들어. 일당이 9만 원인데 물량을 뽑지 못하니까 일당이 안 나오는 거야. 큰일이다 싶었는데 그 옆동 할 때는 좀 더 빨라지고, 요령이 붙어서 나중에는 식은 죽 먹기로 했지. 그래서 처음으로 많이 남겼어. 거기서 8천만 원 정도 했으니까. 덕소 현장에서 3천만 원, 30년 이상 현장에 있으면서 그렇게 두 번밖에 없었어.

평당 6만 원 하던 공사 금액이 그 후에 2만 8천 원으로 떨어지고, 이 단가가 20년간 변하지 않고 온 거야. 잘 벌 때는 일 마치면 팀원들 1인당 20에서 30만 원씩 보너스도 줬는데, 20명이면 6백만 원이잖아. 그렇게 써야 사람이 남는 거야. 아무리 어려워도 팀원들 급여는 먼저 챙겨줬어. 혼자만 먹으려고 하면 안 돼. 영등포구청 근처 오피스텔 할 때는 3천 8백만 원 부도도 맞아보고. 장갑이 200원, 250원 할 때인데 3년 공사하면서 장갑값만 천만 원씩 들어갔어.

30년 이상 경험했으니 숱한 일을 겪었겠죠?

전에는 안전화도 없이 그냥 운동화 신었어. 하루에 거의 한 명씩 못에 찔렸지. 대못이 발바닥에 박혀서 피 철철 나고, 그래도 그 무슨 주사지? 파상풍 주사 맞는 게 전부였지. 주사 맞고 바로 또 일하는 거야. 한번은 도리(일직선으로 뻗은 모양) 보다가 떨어졌는데, 하필 떨어진 데가 철근이 삐죽 튀어나와서 갈비 2대가 나갔어. 병원 갔는데 뭐 치료할 게 있나, 15일 지나니까 안 아파, 바로 일했지 뭐, 그때는 그렇게 했다니까. 허벅지 바깥쪽에 다쳐서 30바늘 꿰매기도 하고, 흉터가 남아 있었는데 지금은 사라졌더라고.

그럼 안전화 지급은 언제부터였나요?

1990년대 후반인가 SK건설에서 일할 때 처음 받았지. 그리고 장안동 삼성 현장에서도 줬어. 처음에는 원청이 안전화를 줬고, 단종업체는 2000년 넘어서야 주기 시작했지. 안전벨트도 없어서 우리가 군대용 벨트 있잖아, 그거 사다가 허리에 차고 못주머니 달고 그렇게 일했다고. 지금도 관리자는 메이커 있는 안전벨트 차고, 우리는 아무거나 주잖아. 퇴직공제금도 20명 일 나가면 한두 명이나 줄까, 그것도 토지공사 같은 관급공사 현장만 줬지.

현장에서 여전히 바뀌지 않는 관행은 뭐가 있을까요?

호칭 문제, 욕설 많이 하는 거. 노동조합 한다고 점잖아지기는 했는데, 그래도 현장 가면 똑같아. 전에는 기술을 가르쳐주지 않았어. 계단 거푸집 짜는 걸 배우기 위해서 새벽 4시에 와서 거푸집 자재를 다 올려놓으니까 그걸 보고서 그제야 오야지가 가르쳐주더라고. 반생이(굵은 철사) 묶는 거, 아무것도 아닌 기술인데 처음에는 그게 안 되는 거야. 철사를 한 묶음 집에 가져와서 몇십 번을 연습하니까 좀 되더라고.

도면은 주지도 않았고. 1년 동안 점심에 잠잔 적이 없어. 반장에게 도면 달라고 해서 낮잠 시간에 벽을 재고 다니면서 혼자 도면 공부를 했지. 기둥과 기둥 사이 치수가 나오면 대부분 맞는데, 간혹 편심(가운데가 아닌 한쪽으로 치우친 중심) 쓰는 기둥이 나오면 치수가 1/2씩 나오질 않아서 얼마나 헤맸는지, 펜싱을 몰라서. 나는 지금도 10년, 20년 된 경력자가 생산성이 안 나온다고 하면, 믿질 않아. 그럴 수가 없는 거야. 기술 교육부터, 기초부터 제대로 배워야지.

기억에 남는 사람이 있나요?

기술이 좋다고 할까, 어려운 공사인데 발상이 참 좋았어. 높이가 8m 넘는데 그 위에 어떻게 거푸집을 짜? 그때는 고소 작업대도 없고, 비계도 1단은 해도 2단 이상 올라가면 품이 비싸니까 안 하는 거야. 그 사람이 철근을 가로세로 겹치게 짜고, 그 위에 굵은 각목을 놓고 거푸집을 엎어서 얹으면 발판이 되는 거야. 그걸 1m마다 마치 사다리 놓듯이 해서 8m 높이까지 올려서 거푸집을 짰지. 그 사람 대단했어.

거푸집 해체할 때도 높은 곳은 사람들이 안 올라가려고 해. 틀비계 3단을 짜도 높이가 모자라서 600mm 단열재까지 올려서 그 위에서 거푸집을 뜯어내는데 위에는 휘청휘청하는 거야. 혼자 올라가 작업하다가 합판이 내리쳐서 이마에 열두 바늘 꿰맨 적도 있고. 콘크리트 타설하고 물만 빠지면 2~3일 만에 올라가서 아직 표면도 마르지 않았는데 먹선을 놓았을 정도로 무모하게 일했지.

그래도 콘크리트 무너지는 법은 없었어. 광주 화정동 사고는 명확한 거야. 콘크리트에 물을 많이 타든, 철근을 조금만 넣든 무너질 수는 있는데 그게 한 층이지, 어떻게 계속 무너져내려. 전체가 부실 공사야. 다 빼먹고. 동바리(거푸집 받침대)만 잘 세워도 되는데, 동바리 그거 얼마한다고 그걸 아껴.

건설 노동자로서 자부심을 느낄 때는 언제인가요? 60세가 넘도록 현장 일하며 숱한 일 겪으셨고, 말년에는 노동조합 하면서 느끼는 바도 많을 텐데요, 인생 소회도 말씀해주세요?

자부심은 뭐 대부분 비슷하지요. 자기가 일했던 현장, 그 건물 다 세우고 나서 지나갈 때마다 저거 내가 지은 거 맞나 싶고, 감회가 새롭지. 60살까지는 앞만 보고 달려온 것 같아. 뒤돌아볼 기회가 없었고. 지나보니 인생 살면서 한 번쯤 돌아보기도 해야 한다는 생각이 들어. 전에 오야지 할 때는 아내와 여행도 가고 했는데, 조합 간부 이후 6년간 어디간 적 한번 없었고, 코로나 이후 TV 본 적도 없어요. 항상 현장에서도 가장 늦게 퇴근했지. 사무실에서도 마찬가지고. 힘든 생활 하면서도 현장을 바꿔야 한다는 일념으로 달려온 것 같아.

뿌듯한 것은 종로 거리를 걸어도 거기 수많은 건물을 노동자의 땀으로 올렸고. 개발도상국에서 이만큼 경제 발전 한 것도 독일 가서 고생한 간호사, 광부와 우리 같은 현장 노동자 아니었으면 불가능한 일이지. 대한민국 자체가 노동자의 피와 땀으로 쌓은 나라요.

그래도 인생 잘 살았다는 생각이야. 조합 만나서 이 나이에 친구에게 술 한잔 살 수 있고, 애경사 다 챙기고, 조합이 있어서 가능했지. 젊어서 고생은 사서도 한다고 하는데, 조합이야말로 고생해서라도 할 만한 일이지. 7년 전 일당 12만 원이 지금은 두 배가 되었으니, 우리 권리 보호막은 조합밖에 없다고 봐. 덕분에 노후 걱정도 덜고.

끝으로 하고 싶은 말이 있다면?

우리가 꼰대 소리 듣는 시대가 되었어. 뒤처지지 않으려면 공부도 해야 하고, 인터넷도 할 줄 알아야 하고. 공부야 죽을 때까지 하는 거지. 2030 청년에게 관심이 많은 편이야. 지금 조합에 거의 2천 명 가까이 청년 조합원이 있어요. 연봉으로 치면 건설 일이 중소기업 정도는 된다고. 좋은 일자리에 청년들이 많이 올 수 있게 해야 해.

후배들이 잘하리라 믿고 있어요. 1세대 물러나고 2세대가 받쳐야지. 간부 한 명 만드는 것이 사실 더 어렵잖아. 일자리만 있으면 조합원 늘리는 거야 금방 되는데, 간부는 쉽게 만들어지지 않아요. 교육을 한참 강화해야 해. 잘 안 되는 팀은 팀장들이 분발해야 하는데, 하루 8시간 일하는 동안 늘 팀원들 눈에 띄는 곳에서 같이 해야 해. 바쁠 때는 어려운 작업은 같이해 주고. 간부들부터 더 배우고 솔선수범이 필요한데, 올바른 방향으로 잘 가리라 믿어요. ☻

아프고 다치는 노동자

건설 현장에는 무수히 많은 군상이 오간다. 군인 출신, 공무원 출신도 있고, 사업하다 실패해서 오는 경우, 뭣질 끝내주는 요리사 출신도 있다. 그중에 운동선수 출신들이 특히 일을 잘한다. 운동으로 다져진 몸이라 힘도 세고 몸 감각도 월등하게 좋다. 씨름했던 형님은 허벅지 굵기가 내 허리 둘레만했다. 3m 되는 150mm 강관 반 본을 어깨에 멘 채 계단을 오르며 몇 개씩 옮기기도 했다. 그러던 형님이 무릎을 다쳤다. 사고가 아니라고 업체는 산업재해 인정을 거부했다. 공상 처리해서 병원비를 줄 듯하다가 이마저도 질질 끌었다.

권투를 했던 형님은 내가 만난 가장 뛰어난 배관공 중 한 명이다. 용접도 잘하고, 힘도 장사인데 삼성 래미안 아파트 현장 지하 작업 중에 결국 일이 났다. 바이패스(우회) 배관을 2m 정도의 가대 위에 올리고 내려오는 중에 인대가 뚝 끊어졌다. 사고가 아니어도 현장에서 일하다 생긴 직업병인데

도무지 업체에서는 산업재해로 쳐주지 않는다. 무쇠 같던 형님들도 나이가 들고, 오랜 기간 중노동으로 몸을 혹사해서 하나둘 다치고 현장을 떠나는 모습을 보아왔다.

근력운동에서 중노동, 골병 노동으로

건설 자본은 건설 노동자의 몸에 빨대를 꽂아 피와 땀을 쪽쪽 빨아 마시며 건물을 올리고, 살을 찌운다.

작은 파이프는 사람이 들 수 있다. 그래서 작은 파이프 작업을 할 때는

강관을 옮기기 위해 제작한 체인블럭 대차.

여름은 물론 겨울에도 땀이 난다. 반면에 큰 파이프는 장비로 옮겨야 해서 상대적으로 몸을 덜 쓰기에 땀을 별로 흘리지 않는다. 200mm 강관으로 빗물 배관작업을 하려면 체인블록을 장착한 대차를 만들어 파이프를 체인으로 들어 올린 채 옮겨야 한다. 배관할 장소까지 끌고 와서 천장에 올리는 작업은 먼저 고소 작업대 2대를 대고 이 위에 파이프를 얹는다. 이때는 수동기계인 체인블록이나 자동기계인 윈치를 쓴다. 그렇게 얹힌 파이프를 싣고, 고소 작업대 2대에 3명과 2명 모두 5명이 나눠 탄 뒤 같은 속도로 올린다. 이제 천장에 미리 설치한 3m 간격의 가대에 파이프를 올릴 차례다. 고소 작업대 위에서 5명이 200mm 강관을 어깨에 메고 온 힘을 다해 밀면, 한 번에 20~30cm 정도 옮길 수 있다. 이 작업을 수십 번 반복해서 파이프 하나를 얹는다. 고소 작업대 좁은 공간에서 파이프를 밀어내려면 파이프를 잡은 손은 물론, 어깨, 허리, 발꿈치까지 몸 전체 힘을 다 동원해야 한다.

이 작업을 반복해서 하루에 파이프 3개를 올리고 수평-수직-아귀를 맞춰 1차 용접하고 U밴드로 고정하면 괜찮게 물량을 낸 셈인데 천장에서 파이프를 밀고 당기는 횟수가 100회는 족히 넘는다. 기계 장비를 주로 이용해서 땀이 나지 않지만 내 몸의 잔 근육까지 총동원한 결과는 잠시 후 나타난다. 퇴근하는 길에 전철 자리에 앉으면 즉시 곯아떨어진다. 몸은 정직하다. 피로감을 느끼거나 근육통이 없는데도 그냥 곯아떨어진다. 한두 주 이렇게 일하면 근육이 붙고 몸이 단단해진다. 센 근력운동을 한 당연한 보상이다. 한두 달 이렇게 일하면 피로가 쌓이고 쌓인다. 센 근력운동을 계속하면 결국 중노동이 된다. 몇 년을 이렇게 일하면 여기저기 안 아픈 곳이 없다. 센 근력운동을 무한 반복하는데 몸이 배겨날 수가 있나! 현장 노동이 처음에는 근력 좋아지는 운동이고, 계속하면 괴로운 중노동, 평생 하면 골병 노동이 된다.

골병 들어 은퇴하는 형님들

이렇게 평생을 일한 형님들은 골병이 들어 은퇴한다. 열정을 바쳐 평생 일한 건설 역군의 비정한 현실이다. 상처뿐인 영광? 웃기는 얘기다. 여기에 무슨 영광이 있나! 명예도 이름도 없이 온몸에 새겨진 무수한 상처와 아픔만이 남는다. 평생을 내몰리고 쫓기듯 살아낸 시간 뒤에 이런 쓸쓸함이 기다리고 있을 줄 누군들 알았을까?

삼성역 인터콘티넨탈 호텔 공사를 할 때, 50공수(50일 치 노동일)를 받은 철근 팀장이 화제였다. 한 달에 50일 일한 것이니 일요일 빼고 25일을 곱빼기로, 즉 매일 야근해야 나오는 공수다. 그때 단가 20만 원으로 계산해도 천만 원인 셈인데 실수령액이 8백만 원이라는 소문이 돌았다. 현장 사람들은 자기 급여의 두세 배 되는 돈이니 다들 부러워했다. 꿈같은 단가, 상상도 못 할 공수였다. 그런데 오래 일한 형님들 생각은 좀 달랐다. '저렇게 잔업, 철야를 밥 먹듯 하면 당장 돈 들어오고 기분은 좋아도 오래지 않아 골병들어 병원비가 더 나간다.' '후회할 짓'이라고 못마땅해 했다.

시간이 지나고 수많은 현장 사람들을 겪어 보니 형님들 말이 맞았다. 현실은 에누리가 없었다. 경력이 오래된 베테랑일수록 기술과 숙련도는 늘지만 그만큼 아프고 다친 곳이 많았다. 허리가 아프든지, 어깨가 결리든지, 무릎이 뻐근하든지 만성 통증을 한두 개씩 달고 산다. 의학적으로는 맞지 않지만, 쉬면 오히려 통증이 더해지고, 일 나오면 통증이 없어진다고 하면서 형님들은 열심히 일을 나온다. 나와서 쉬엄쉬엄하더라도 일해야 몸이 편안해진다고 한다. 좋게 이야기하면 성실한 모습이고, 냉정하게 이야기하면 일 중독이다. 평생 중노동을 해와서 몸에 인이 박인 것이다. 늘 쑤시고 결리는 몸에 중노동을 더해 통증을 잠시 누르는 것이다. 건설 현장 형님들이 더는 아프지 않았으면 좋겠고, 아우들이 같은 아픔을 겪지 않았으면 한다.

같이 일하는 동료들이 늘 웃으면 좋겠다.

222

안전 점검은 쇼타임

안전 점검 나오는 날이면 현장은 비상이 걸린다. 며칠 전부터 분주해진다. 우선 정리 정돈이 잘 되어야 한다. 업체마다 흩어진 자재를 한곳에 모아 최대한 보기 좋게, 가지런히 쌓아둔다. 파이프는 파이프끼리, 종이상자로 들어오는 부속은 성냥갑 쌓듯이, 행거처럼 마대로 들어오는 부속은 마대 채로 정리한다. 모든 자재는 바닥 위에 그냥 두지 않는다. 비가 오면 꼼짝없이 젖어서 상자는 터지고, 쇠붙이는 심하게 녹이 슨다. 팔레트나 각목을 깔고 그 위에 자재를 두면 비가 와도 젖지 않고, 옮길 때도 지게차나 핸드카(Jack, 현장에서는 '쟈키'라 부른다)로 손쉽게 떠서 작업할 수 있다.

현장마다, 원청 건설사마다 자재 정리에 강조하는 방식이 있다. '갑바(파란색 천막)로 자재를 덮어라.' '임시 울타리를 쳐서 구획을 나눠 정리하라' '라바콘(고무재질 고깔)을 사용하라.' '자재 종류와 업체, 담당자 이름과 전화번호를 쓴 자재 실명제 팻말을 붙여라.' 등 요구가 있으면 그대로 해줘야 한다. 정리 정돈이 잘 되어 있으면 보기에 좋을 뿐 아니라 통로와 작업 구간이 널찍하게 확보되기 때문에 안전에도 매우 유용하다.

정리 정돈, 청소는 안전의 기본

청소도 잘 되어야 한다. 청소는 평상시 조회할 때도 현장 소장들의 일장 훈시에 올라오는 단골 메뉴다.

"작업하고 나서 깨끗하게 치우세요. 일했던 흔적을 남기지 말란 얘기입니다. 파이프 토막, 자재 상자, 용접봉 조각 등 여기저기 굴러다니게 하지말고 바로바로 청소해서 1층 암롤박스(건설 폐기물 담는 트럭용 컨테이너)에 갖다 놓으세요. 또 사진 찍히면 그냥 안 돼요, 퇴출이야!"

청소를 심하게 하는 현장은 진공 청소차로 바닥 먼지를 쓸어 담는다. 용역업체에서 사람들을 불러와서 층별로 청소도 하는데, 젖은 톱밥을 뿌려 먼지 나지 않게 바닥을 샅샅이 쓸어댄다. 기계장비나 사람을 써서 청소하면 바닥이 먼지 하나 없이 윤기가 돌 정도로 반질반질해진다. 바닥이 깨끗하면 함부로 쓰레기를 버리지 않는다. 자재도 아무렇게나 방치하지 않아서 작업 환경이 상당히 쾌적해지고 걸려 넘어질 일이 없으니 안전에도 좋은 조건이 된다. 당연히 좋기는 한데 매일 이렇게 청소할 수는 없고, 안전 점검 나오는 때라도 깨끗하게 치워야 현장이 그나마 정리된다.

정리 정돈이나 청소는 기본이고, 작업할 때 지켜야 할 안전 수칙도 강조한다. 설비 공정에서는 안전 수칙 중에 첫째가 화재 예방이다.

건설 현장에 불이 나면 그야말로 홀라당 다 타버린다. 그래서 건설 중에도 화재 진압 시설을 갖춘다. 보통 하얀색 반투명 파이프인 엑셀 파이프로 가설 소방배관을 해서 층마다 간이 소화전을 두고, 소화기와 확성기 등을 비치한다. 그래도 스프링클러 같은 자동 시설이 없어서 취약할 수밖에 없고, 건설 중인 현장은 대개 어둡고 미로처럼 복잡해서 더 문제다. 계단이나 램프가 완성되지 않은 지하의 경우에는 탈출로가 한두 곳밖에 없는데, 이곳이 불길에 막히면 떼죽음이라는 끔찍한 상황이 발생한다.

화재의 주범인 용접 최소화

화재와 사망 사건이 나면 기업의 사회적 입지가 나빠지고 재정적으로도 막대한 손실을 보기 때문에 건설업체는 화재 예방에 엄청난 신경을 쓴다. 화재의 주범이 용접 작업이라 가능하면 용접 작업을 하지 않으려고 한다. 부득이 용접 작업을 해야 하면 안전 수칙, 화재 예방에 총력을 기울인다. 화기 감시자, 신호봉, 소화기, 방화수는 기본이고 주변을 불티 방지막으로 완전히 밀봉한다. 용접하면 불티가 폭죽처럼 사방으로 터진다. 쇳물이 튀어 바닥에 닿는 몇 초 사이에 식기 시작해서 쇠방울이 된다. 뻘건 쇠방울이 또르르 굴러가다 먼지층에 멈추어 안착한다. 바로 불이 나는 것이 아니라 주변 먼지를 타고 들어가 일정 면적의 먼지층이 발갛게 불씨가 된다. 이 불씨 근처에 종이나 스티로폼 같은 가연성 물질이 있으면 순식간에 불이 일어난다. 바로 불이 붙으면 눈에 보이기 때문에 금방 끌 수 있는데, 먼지 속에 파묻혀 있다가 현장 사람들이 다 퇴근하고 몇 시간 지나 불이

나면 속수무책으로 대형 화재가 되는 것이다.

대법원 앞 서초동 복합건물 신축 공사에서는 천장에 붙이는 단열재도 화재 위험이 있다고 하여 내화 뿜칠로 대체했다. 뿜칠은 H빔 같은 철 구조물이 화재 열로 녹아내리는 현상을 지연시키는 흡착제인데, 뿌리고 나면 겉모습은 시멘트 반죽을 붙여 놓은 것처럼 보인다. 보통 50mm 이하 두께로 입히는데 단열재를 대체해야 해서 200mm나 되는 엄청난 두께로 입혔다.

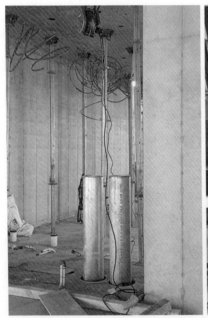 

• 자동체인 윈치로 강관을 내려뜨려 입상 배관한다.
• 대법원 앞 롯데마트의 노출형 천장. 보온재에 싸인 강관을 윈치와 체인블럭으로 올려 배관했다.

추락과 낙하물, 끼임 사고

　건설 현장에서 가장 많이 일어나는 사고 중 하나가 추락사고와 낙하물에 의한 사고다. 그래서 높은 곳에서 하는 고소 작업, 낭떠러지에서 하는 단부 작업에는 안전 수칙, 안전 점검이 강화된다. 레미콘을 고층으로 쏘아 올리는 펌프카 작업, 타워크레인 작업, 스카이 차량 작업을 할 때는 조회에서 모든 노동자에게 미리 알리고, 작업 구간에 안전띠와 라바콘을 치고 신호수를 두어 작업 구간에 사람이 들어가지 않게 조치한다. 그러고도 원청에서 안전 담당자와 건축 담당자가 나오고, 해당 업체 소장이나 과장이 자리를 지켜서 작업을 지휘, 감독한다.

　꼭대기에서 건물 층을 올리는 상판 작업과 건물 외벽을 담당하는 커튼월(통 유리벽) 작업은 늘 낭떠러지 작업이다. 안전띠를 기둥이나 H빔에 둘러매서 생명줄을 설치하고, 여기에 안전벨트 고리를 걸고 작업을 해야 한다. 보기만 해도 아찔한 작업인데 숙련공들은 콧노래를 흥얼거리며 빔과 빔 사이를 풀쩍풀쩍 뛰어다닌다. 여기에는 안전 감시원이 상주하고, 안전 담당자와 건축 담당자가 수시로 순찰하며 점검에 점검을 반복한다.

　배관에서는 낭떠러지 작업은 별로 없고 대개가 고소 작업이다. 고소 작업대를 사용할 때는 과상승 방지봉을 올리고, 협착 방지대가 제대로 작동하는지 점검한다. 그런데 이런 위험 방지 장치보다 중요한 것이 작업 자세다. 고소 작업대를 운전할 때는 절대 서두르거나 일을 많이 하려고 과욕을 부려서는 안 된다. 가끔이지만, 천장 가까이 작업대를 올려서 일하고는 내려가려고 운전대를 잡았는데 거꾸로 작동시키는 경우가 있다. 고소 작업대가 더 위로 올라가면서 이미 배관해 놓은 파이프를 쳐올리기도 하고, 전기 판이나 덕트 통을 찌그러트리고 전기선을 끊어버리기도 한다. 시설물은 다시 복구하면 되는데 상승 상태에서 더 상승하면서 머리나 목이 천장에 세게 부딪히거나 끼인다. 찬찬히 작업할 때는 부딪히는 순간 운전대를 놓아서 장비를 정지시키지만, 정신없이 일하는 중에 상승하다 보면 부딪치고 끼이는 데도 운전대를 놓지 못해서 더 올라가게 된다. 결국 안타까운 인명사고가 일어난다.

안전 점검은 한 편의 쇼, 요식 행위

문제는 안전 점검에서 이 모든 사항을 살펴볼 수 있을까? 당연히 불가능하다. 눈에 보이는 안전시설은 가능하겠지만 작업 방식은 어떻게 점검할 것인가? 건설 현장 대형 사고의 주범인 공법 변경, 자재 빼먹기, 공사 기간 단축, 감리 부실은 도대체 접근이나 할까? 아니 접근하려는 노력과 시도조차 못하는 것은 아닐까? 이런 본질적, 핵심적 문제를 차치하더라도 안전 점검에는 여러 허점이 있다. 정말 중요한 안전 점검이 뜨는 날에는 모든 위험 작업과 위험 장비는 동작 그만이다! 고소 작업대도 중단, 용접 작업 당연히 중단, 핸드 그라인더 사용도 안 된다. 심하면 작업하지 말고 청소와 정리 정돈만 하라고도 한다. 안전 점검이 끝날 때까지는 작업하지 않아도 되니까 출근한 현장 노동자들은 땡잡는 날이 된다. 대신 안전 점검은 한 편의 쇼, 요식 행위로 끝난다. 위험 요소를 찾아내어 조치하고, 사고를 예방하는 기능은 시작부터 먹통이 되는 것이다.

- 피트실 고소 작업. 전기통신 트레이를 타고 올라갔다.
- 파이프를 줄에 묶어 내려서 입상 배관 중. 층별로 사람을 배치한다.

구청 점검, 소방청 점검, 노동부 점검, 원청 건설사 점검 등 여러 안전 점검이 있는데, 외부 기관이나 고위직이 올수록 점검은 형식화된다. 특히 원청 사장이나 사업단장같이 현장 직원들의 인사권을 쥐고 있는 고위직 이 오면 며칠 전부터 현장은 북새통이 된다. 직원들 고과 점수와 승진이 달려있어서 특히 잘 보여야 한다. 고위 인사들이 현장에 들어올 때 현장 직원들이 다들 나와서 도열한다거나, 호이스트(건설용 엘리베이터)를 잡 아둔다거나, 우리에게는 작업복 입고 돌아다니지 말라고 한다거나, 별별 풍경이 다 벌어진다. 안전 점검은 온데간데없고 직원들 잔치로 끝난다.

진짜 위험 은폐하는 안전 점검

안전 점검의 가장 큰 문제는 진짜 위험 요소를 은폐한다는 점에 있다. 광주 화정동 아파트 현장 사고처럼 부실 공사와 범죄 행위가 만연해도 안전 점검을 했다는 이유로 서류상, 형식상 면죄부를 준다. 요란을 떨고 무언가 하는 듯이 보이지만 실제로는 큰 사고를 방치하고 화를 키우는 불씨가 될 수도 있다.

안전 점검? 웃기는 소리다. 눈 가리고 아웅을 넘어 건설 현장의 구조적 비리를 덮는 화려한 포장지에 지나지 않을 수도 있다. 안전 점검! 이제는 노동자에게 넘겨라. 죽는 당사자, 다치는 당사자가 살 곳과 죽을 곳을 가장 잘 안다. 이제는 우리 노동자에게 작업중지권과 안전 관리권을 넘기거나, 아니면 노동자가 안전 점검에 참여해야 한다.

산재 처리는 하늘의 별 따기

건설 일용직 노동자는 급여에서 갑근세와 주민세를 떼고 4대 보험은 의무 가입이라 해당 보험료도 원천 징수한다. 실업수당을 주는 고용보험, 병원 치료 받을 때 건강보험, 사고나 직업병에 대비하는 산업재해보험, 노후를 보장하는 국민연금에, 최근에는 장기요양보험도 원천 징수한다. 건강보험은 코로나 대유행 당시에 그 진가가 발휘되었다. 코로나 검사에서 예방접종, 격리, 치료까지 본인 부담금이 많지 않았기에 서민들, 취약계층에게도 큰 도움이 되었다. 전 국민을 대상으로 누구에게나 차등 없이 적용하였다.

사고가 나도 산재가 아니란다

그런데 고용보험이나 산재보험으로 오면 이야기가 전혀 달라진다.

오래전이기는 하나 실업수당을 신청하고 받는 과정이 무척 힘들었다. 절차가 복잡하고 승인이 까다로워서 수당을 받으면서도 '생활에 도움이 되네.' '고용보험이 고맙네.' 이런 생각이 잘 들지 않았다. 실업수당 신청하러 가면 사무실 직원들 모두가 고생은 하겠지만, 나를 바라보는 눈초리는 따가웠다. 실업수당을 주려는 태도가 아니라 가능하면 주지 않으려는 태도였다. 실직하면 당연히 나오는 실업수당이 아니다. 강제퇴직의 경우에만, 여기에 더해서 새 직장을 구하는 구직 노력을 입증해야만 겨우 나오는 '구직수당'이다. 실직자로서는 '바늘구멍 수당'이라고 해도 지나치지 않다.

그런데 산재보험으로 오면 그 바늘구멍조차도 없다. 현장에서 사고가 났는데, 일하다 다쳤는데도 산업재해가 아니란다. 어지간한 사고는 산업재해로 인정하지 않는다. 다쳤을 때 사용하라고 만든 산재보험인데도 현장에서는 그림의 떡이다. 2010년 설비 일을 하고 나서 동료 중에 사고가 났을 때 산재로 처리한 경우를 단 한 건도 못 보았다. 사망이나 중증 사고가 아니면 산재 처리는 하늘의 별 따기다.

사고가 나면 다친 노동자 걱정에 앞서 먼저 눈살을 찌푸린다. 사무실의 불편한 심기를 마주해야 한다. 가까운 병원으로 빨리 가자거나, 치료를 충분히 잘해야 한다거나, 당연히 산재로 처리하자는 말에 앞서 내뱉는 첫마디가 다친 노동자 탓이다. 사고 당한 노동자가 오히려 죄인이 되는 분위기가 만들어진다.

"아니, 그 친구 일 못하는 사람이야?"

"어쩌다가 사고가 났대? 조심하지 않고."

"그 사람 덤벙대더라고. 사고 날 줄 알았어."

동료들마저 이런 말을 하고, 따가운 시선이 날아오면 다친 노동자는 주눅 들고 오염된다.

"당장 현장 일에 지장 생길 텐데, 나 때문에 일이 복잡하게 됐네."

"아, 좀 더 조심할 걸."

"천천히 해도 되는 것을 서두르다 일만 키웠네."

주변 시선을 의식해 마치 본인이 잘못한 듯 자신을 탓하고 괴롭힌다.

최악의 현장에서 내가 겪은 사고의 경험

작은 사고는 개인의 실수일 수 있지만, 큰 사고는 개인의 작업 방식, 숙련도, 몸 상태, 실수 여부와 아무런 연관이 없다. 작은 사고조차도 노동자 개인의 문제보다는 작업장 분위기에 따라 좌우된다. 2022년 난지도 옆 덕은동 현장에서도 그랬다. 지하수와 쓰레기 침출수가 늘 고여 있어서 장화를 신어야 하고, 뿌연 물안개가 온몸을 휘감고 악취가 심해서 퇴근 무렵이면 몸 여기저기가 가렵고, 약간의 마비증세까지 나타나던 지하 3층 작업장이었다. 퇴근 전에 옷 갈아입으며 물티슈로 피부를 닦으면 빨갛게 진흙 색깔이 묻어나는 내가 겪은 최악의 현장이었다.

바닥에 고인 물이 개울처럼 찰랑거려서 장화를 신어도 파이프를 어깨에 메고 걸을 수 없었다. 결국 소방 파이프 가지관을 고소 작업대에 올리고 실어 날라서 천장에 걸었다. 원래 5~7m 되는 강관을 고소 작업대로 옮기는 일 자체가 위험 작업, 금지 작업이다. 회전이나 정지할 때 파이프가 휙

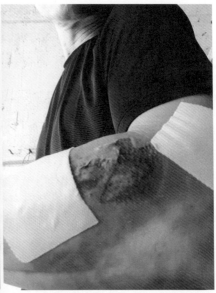

• 지하수와 침출수로 바닥이 흥건하다.
• 2022년 건설 장비에 집혀서 팔꿈치 살이 벗겨진 필자.

돌기 때문에 주변 사람이 다치거나 시설물이 손상되기 쉽고, 운전하는 작업자도 파이프에 치여 고소 작업대 사이에 끼일 가능성이 크다. 그래서 상당히 조심조심 운전하고, 작업도 늘 신중하게 했다. 바닥 콘크리트 칠 때도 물이 들어왔는지 바닥이 울퉁불퉁 엉망이라 운전이 어려웠다. H빔을 매끈하게 자르지 않아서 툭 튀어나온 빔 자리에 고소 작업대 바퀴가 걸리면, 고소 작업대와 함께 몸도 붕 떴다가 떨어지기 일쑤였다.

그날은 아침부터 소장이 지하 3층을 둘러보고는 작업 물량이 너무 안 나온다고 한소리 하고 갔다. 최악의 조건이고, 사실은 지하수와 악취 제거를 하기 전에 들어가면 안 되는 현장이라 작업 물량과 속도를 따지는 것 자체가 말도 안 되는 소리였다. 그런데 소장에게 한 방 먹고 나니 팀 전체 분위기는 완전히 바닥으로 가라앉았다.

쓴 입맛을 다시며 지하 3층으로 내려가, 고소 작업대에 가지관 2개를 올리고 운전대를 잡아 출발했다. 얼마 못 가 갑자기 작업대가 출렁거리고 뒤에 있던 동료가 소리를 질렀다. 순간 운전대를 멈추고 무슨 일인가 주변을 살폈다. 아무 일 없어서 다시 출발하려는데 운전대를 잡은 팔이 움직이지 않았다. 출렁일 때 작업대가 밀리면서 팔꿈치 살 한 움큼을 집어버렸다. 통증도 못 느꼈는데 아무리 빼려 해도 단단하게 끼여버려서 빠지질 않았다. 살점 떨어질 각오를 하고 한 손으로 작업대를 밀치면서 팔을 빼니 그제야 집힌 살이 빠지면서 통증이 오기 시작했다. 처음에는 작업대에 집힌 부위에 약간 긁힌 자국이 난 정도였다. 그런데 잠시 지나자 뻘겋고 까맣게 살이 부어오르고 팔 전체가 얼얼하니 통증이 몰려왔다.

사고는 이렇게 난다. 물량과 속도를 내라는 압박, 바닥이 울퉁불퉁한데 물이 차서 보이지도 않는 현장 조건, 즉 위험 요소를 방치한 채 작업을 강행한 것이 사고의 원인이지 개별 노동자의 실수나 잘못이 아니다.

이윤을 위해서라면 안전 장치도 떼어내는 기업 행태

구의역 김 군, 태안 화력발전소 김용균, SPC 빵 공장 여성 노동자 사망 사고에서 드러난 공통점은 '2인 1조 작업' 위반이다. 왜 기본적인 안전 수칙을 어겼을까? 둘이서 할 작업을 왜 혼자만 투입했을까? 인건비를 줄이기 위해서, 즉 기업의 이윤을 늘리기 위해서다. 원인은 기업 실소유주와 경영자에게 있다. 발전소 컨베이어벨트와 빵 공장 반죽기에 자동정지나 끼임 방지 같은 안전장치가 왜 없었을까? 안전장치가 잘 되어 있으면 약간의 위험 요소에도 기계가 멈추기 마련이다. 자꾸 멈추면 작업 흐름에 방해가 되고 작업 속도는 현저히 늦어진다. 속도와 물량을 내기 위해, 즉 이윤을 늘리기 위해 있는 안전장치도 떼어낸다. 누가? 기업의 소유주와 경영자가 하는 짓이 늘 이래왔다. 누군가의 죽음, 누군가의 손과 발은 그들의 고려대상이 아니다. 그들의 목표는 오직 돈이다.

이윤만 좇는 기업의 행태가 사고의 진짜 원인인데도, 그들이 노동자를 다치고 죽게 하는데도 오히려 다친 노동자 탓을 한다. 부주의해서 사고가 나고, 숙련되지 않아서 사고가 났다고 몰아간다. 왜? 산업재해로 인정하지 않기 위해서다. 노동자에게 덮어씌우고 기업의 잘못을 은폐하기 위해서다.

산업재해 발생은 건설사에 여러 가지 불이익으로 작용한다. 산재가 많아지면 자동차 보험처럼 보험료율이 올라가서 기업이 더 많은 산재보험료를 내야 한다. 당장 비용이 올라간다. 산재가 많아지면 건설사 '시공능력 평가'에서 점수가 깎인다. 실적 금액을 3~5% 감액하는데, 경쟁이 치열해지고 점수 차이가 크지 않으면, 작은 차이로 큰 공사 수주가 실패로 돌아갈 수 있어서 신경을 쓰지 않을 수 없다.

국토부가 주관하여 부실시공을 막고, 산업안전을 지키기 위해 마련한 '벌점 제도'에서는 사고가 나면 최대 벌점인 3점을 주게 되어 있다. 벌점이

236

많으면 공공 공사는 물론 아파트 단지 신축 같은 큰 공사에 제한을 둔다. 그래서 건설사로서는 산업재해에 알레르기 반응을 보이게 된다. 시공능력 평가나 벌점 제도의 취지는 품질 규격이나 안전 수칙에 맞게 공사하라는 것이다. 하지만 현실에서는 산업재해를 예방하고 줄이려는 노력이 아니라 점수가 깎이지 않게 산업재해를 은폐하는 방향으로 역작용한다.

산업재해 은폐하는 이유 - 벌점 제도

산재 처리 대신 치료비와 치료 기간 급여와 어느 정도의 보상금까지 얹어주면 당장 하루라도 일해야 하는 노동자로서는 목돈을 쥐는 것이니 쉽게 유혹에 넘어간다. 그리고 기업은 산재 처리보다 훨씬 이익이 되니 도랑 치고 가재 잡고, 누이 좋고 매부 좋고, 서로 이익이라고 생각한다. 삼성 현장에서 안전감시단을 했던 직원은 산재 실태에 대해 담담하게 이야기한다. 사망 사고가 나도 돈이면 다 해결된다고. 산재 유족급여로 받을 수 있는 최대 금액이 1억 원이라고 하면, 삼성은 1억 5천이나 2억 원을 제시한다. 그러면 유족들은 대부분 보상 합의에 동의하고 산재 신청을 하지 않는다고 한다.

나는 국회의원 시절에 산업재해를 은폐하려는 부작용 문제를 해결하기 위해 가벼운 사고로 인한 산재 건수는 빼자고 주장해왔다. 다행히 2019년부터 '입찰 참가 자격 사전심사(PQ)' 평가항목 중에 감점 요인이 되는 산업재해 발생률 계산을 '모든 재해'에서 '사망 사고'로 변경했다. 기존에 '환산재해율'을 '사망만인율'로 바꾸어 일반 재해는 모두 제외하는 방식이다.

PQ 심사처럼 '벌점 제도'나 '시공능력 평가'에서도 가벼운 사고, 일반 재해는 모두 제외해서 산업재해를 은폐하려는 제도적 배경을 없애야 한다.

산업재해를 대하는 현장의 태도와 문화도 완전히 바뀌어야 한다. 현장 문화가 바뀌려면 한두 명의 노력, 개인적 활동으로는 불가하다. 집단적인 힘이 작동하고 이것을 제도화하여 정착시켜야 한다. 중대재해처벌법 시행 이후에 원청 건설사가 '작업중지권'을 이야기할 정도로 커다란 변화가 있었지만 아직은 말뿐이다. 실제 재해를 줄이거나 산재 처리를 마음껏 할 수 있을 정도에는 전혀 못 미치고 있다.

유일한 희망은 노동조합

유일한 희망은 노동조합이다. 1997년 괌에서 대한항공 여객기 추락 사고가 난 후, 1999년에 대한항공 조종사 노동조합이 만들어지고 나서 대한민국 국적기에서 사람이 죽는 사고는 한 건도 일어나지 않았다고 한다. 비행기 조종사에게 무리한 운항을 강요하는 자본의 횡포가 없어졌기 때문이다.

노동조합은 노동자의 이해관계를 위해서 투쟁하지만, 그 결과는 국민 전체의 생명과 재산 보호로 이어지게 되어 있다. 그래서 노동조합의 권한은 헌법에도 명문으로 규정되어 있다. 헌법 제33조는 흔히 노동 삼권이라 부르는 '자주적인 단결권, 단체교섭권 및 단체행동권'을 명시하고 있다. 교직원노동조합이 만들어지고 나서 교육 현장의 촌지가 사라졌다. 공무원노동조합이 만들어지고 나니 일선 공무원 비리가 대폭 사라졌다. 노동조합 활동은 단순히 노동권 보호와 강화로만 귀결되지 않고, 사회 전체의 개혁, 국민의 삶의 질 향상에 이바지하게 된다.

건설 현장의 변화도 건설노조 없이는 불가능하다. 당장은 건설노조를 확대해야 한다. 조합원 수가 많아지고, 대부분의 건설 현장에서 조합팀이 중심이 되어 공사를 진행할 정도가 되어야 한다. 노동조합 가입률이 30% 정도 되면 제도개혁을 추진할 힘이 생긴다. 산업재해 관련 업무를 근로복지공단에서 하고 있는데 그 권한을 노동조합으로 이관해야 한다. 산업재해 판정, 현장 관리 감독을 노동조합이 해야 한다. 작업중지권이 노동자의 권한이듯 산업재해에 관련한 권한 역시 노동자의 대표 조직인 노동조합이 행사해야 비로소 현장이 바뀔 수 있다. 이관을 바로 할 수 없다면, 우선 업무상질병판정위원회 구성에 노동자 추천 권한을 주고, 현장 안전관리 감독 권한을 노동조합이 행사할 수 있어야 한다.

중대재해처벌법 제정과 시행은 오랜 기간 노동계의 숙원이었기에 그나마 반갑고 다행이기는 하다. 현행 처벌법은 사각지대가 많고 실효성이 부족하여 개선이 필요하다. 그런데 기업 특히 대기업들은 처벌 수위를 대폭 낮춰야 한다고 비명을 지르며 로비에 혈안이 되어 있다. 중대재해처벌법 1호 기소 기업인 두성산업은 위헌법률심판제청까지 하여 아예 법 자체의 무력화를 시도할 정도이다. 처벌 수위를 높이고, 처벌 범위도 넓혀야 한다고 생각한다. 중대재해처벌법에서 안전 담당자를 넘어 사고가 난 기업의 경영책임자나 공공기관의 대표를 처벌 대상으로 지목한 것은 사고 예방에 실질적 힘을 발휘할 수 있다. 그런데 건설 현장에서 사고의 주범인 '부족한 공사 기간'과 '최소한의 공사비'를 결정하는 1차 주체는 발주자이다.

발주자의 안전 책무 조항을 추가하고, 처벌 범위를 발주자까지 넓혀야 사고 예방을 실질화할 수 있다.

'손실액 비례 형량제' 도입 검토해야

처벌 수위에서도 솜방망이 처벌을 막고 형평성을 이루려면 '손실액 비례 형량제'를 도입해야 한다. 가령 1,000만 원어치 물건을 훔친 사람이 절도죄로 1년 징역형을 받는 것을 양형 기준으로 하면, 절도든 뇌물이든 주가조작이든 10억 원을 해먹은 자에게는 100년 징역형을 기준으로 해서 형량을 가감하자는 것이다. 산업현장에서 사망 사고가 나서 산재 급여로 2억 원이 나가면 기업 책임자에게 20년 형을 기준으로 양형해야 최소한의 형평성에 맞다.

사람 목숨값보다 기업의 이윤을 우선하는 광란의 탐욕을 조금이라도 멈추게 하는 안전장치다. '유전무죄 무전유죄'의 폐습을 없애는 첫걸음이 될 수 있다. 재판거래 사법 농단에서 보았듯 법조 엘리트의 기득권 카르텔, 그 추악한 밀거래가 이어져 '유검무죄, 무검유죄'로 퇴화하는 법조 괴물을 날뛰게 할 수는 없다. 돈과 권력이 있으면, 사람을 죽이거나 죽도록 방치해도 솜방망이 처벌에 그치는 부조리와 폐해를 이제는 끝내야 한다. 노동자의 피와 땀으로 쌓은 나라, 노동자가 땀 흘린 만큼 인정받는 사회가 되길 바란다.

6장

배관공 이상규의 썰전

신림동 도림천의 물난리 막으려면

신림역과 신대방역 주변에 서민들이 많이 거주한다. 임대료가 낮아서이다. 그중에도 반지하 방은 특히 싸다. 왜? 침수를 당해 봤기 때문이다. 2010년, 2011년 연속으로 도림천이 범람해서 주변 일대 지하, 반지하 방을 모두 덮친 적이 있다. 침수의 가장 큰 고통은 영화 '기생충'에서 보듯 넘치는 물이 똥물이라는 점이다. 침수된 지하 방을 모두 뜯어내지 않고는 들어가 살 수가 없다. 그 방은 누가 들어오든 감사하고 싸게 내놓을 수밖에 없다. 내키지는 않지만 우선 싸니까 울며 겨자 먹기로 들어가야 하는 사람들은 청년, 취준생, 일용 노동자를 비롯한 서민들이다.

아스팔트로 뒤덮인 서울대가 도림천 범람의 주범

도림천은 왜 범람할까? 크게 보면 무분별한 도시개발, 기후 위기가

242

원인이지만, 서울에서도 강남역과 도림천이 주로 침수되는 것은 지형적 요인이 있어서이다. 서울대가 거대하게 자리를 잡고 관악산을 훼손하고 있는 것이 도림천 범람의 첫째 이유다. 비가 오면 서울대는 모든 빗물을 도림천으로 쓸어낸다. 아스팔트와 시멘트로 관악산을 덮어서 빗물을 저장하는 산의 기능을 완벽하게 차단해 버렸다. 서울대는 10년 연속 서울에서 가장 많은 에너지를 소비하는 건물이자 가장 많은 빗물을 쏟아내는 주범이기도 하다. 30대 시절 신도림동에 살 때, 큰비가 아니어도 신도림역 건너편 한국타이어 공장 옆 저지대 집은 늘 침수되었다. 비 올 때 가보니, 한국타이어 공장에 떨어지는 빗물이 한곳으로 모이는데 그 양이 어마어마했다. 하수구로 바로 빠져나가지 못한 빗물이 강처럼 불어나고, 엄청난 빗물이 주변 저지대 집들로 역류하여 무릎까지 물이 차올랐다. 도시를 이루는 기본 구조, 거대한 시멘트와 아스팔트가 자연의 힘을 빌려 인간에게 역습을 가하는 현장을 목격했다.

다음으로는 병목 현상이다. 서울대에서 쏟아지는 빗물이 관악산 계곡을 타고 내려오는 빗물과 서울대 정문 옆 도림천 시작점에서 합류한다. 그 물이 흘러오다 삼성산과 신림 6동으로 쏟아져 내리는 빗물과 삼성시장 앞에서 합류한다. 그 물이 도림천을 따라 신림역, 신림 사거리를 지나 봉천동 복개천에서 내려오는 빗물과 당곡 사거리에서 합류한다. 그 물이 신대방역으로 가는 중에 난곡 꼭대기에서 내려오는 빗물과 또 합류한다. 그래서 합류하는 지점인 삼성시장 입구, 신림역 인근, 난곡 사거리, 신대방역 주변에서는 물난리가 난다. 도림천이 범람하지 않아도 한곳으로 쏠려 어마어마하게 불어난 빗물과 그에 따르는 수압을 견디지 못해 저지대 주택과 상가의 하수도는 역류하고, 도로에 설치된 맨홀 뚜껑이 뻥뻥 솟구친다.

도림천은 평상시에는 거의 물이 없는 건천이다. 도림천 양옆으로 길을 내 주민들이 산책도 하고 운동도 할 수 있게 했고, 수변공원을 만들면서 건천을 인공하천으로 개조했다. 신대방역 빗물펌프장에서 물을 퍼 올려 삼성시장 입구부터 도림천 물이 흐르는 것처럼 꾸며 놓았다. 평상시에는 얕게 흐르던 도림천은 비가 오면 완전히 두 얼굴을 드러낸다. 비가 조금만 와도 도림천은 금세 불어난다. 양옆 산책길이 물에 잠기고 경고등과 사이렌이 울리면 통행이 금지된다. 저녁부터 비가 많이 오면, 다음날 새벽 출근할 때 도림천은 영락없이 절반 이상 높이로 흙탕물이 넘실대며 거세게 흘러간다. 관악산, 삼성산, 난곡으로 떨어지는 빗물이 땅속으로 스며들지 못하고 그대로 도림천으로 쏠려 나와 엄청난 빗물이 모인 결과다.

범람을 막기 위한 빗물 저류조 공사

도림천 범람을 막기 위해 추진한 방법이 '빗물 저류조'였다. 서울대에서 쏟아져 내려오는 엄청난 빗물을 잠시 잡아주는 커다란 물통을 만들자는 제안이다. 10만 톤 정도를 저장하는 대규모 토목공사라서 관악구청 예산으로는 안 되고, 서울시가 지원해야 가능한 사업이었는데 2011년 장마 이후 1년이 다 되도록 저류조를 어디에 어떤 방식으로 만들지 결정하지 못하고 있었다. 2012년 4월 총선에서 당선되고, 아직 임기가 시작하기 전인데 침수 피해가 심했던 신사동(신림 4동) 주민센터에서 주민설명회가 열린다고 연락이 와서 가보았다. 현장은 가관이었다. 두세 달 후면 장마철인데 공사 시작은커녕 사업안이 확정되지도 않았으니 또 침수 공포를 겪어야 하냐면서 주민들 원성이 하늘을 찔렀다. 구청 직원이 설명하다 주민들 항의에 위축되어 말도 못 하고 아주 딱한 처지에 몰렸다. 들어보니 관악구보다는 예산 주체인 서울시와 서울대학교의 의지와 협력이 문제였다. 나는 설명회 막바지에 나가서 느낀 그대로의 우려와 반드시 해결해야겠다는 의지를 담아서 이야기했다.

"아직 임기가 시작되지 않았지만 국회의원 배지 던질 각오로 반드시 저류조 공사를 추진해서 올해 침수 피해가 없도록 하겠습니다. 서울시도 관악구도 너무 한심하고 한가합니다. 이런 급하고 중대한 재해방지 대책을 놓고 다른 기관 탓만 하고 있으니 주민들에게 욕을 먹는 게 당연합니다. 제가 나서겠습니다."

바로 박원순 서울시장에게 연락해서 밤 10시가 넘어 신림동에서 만났다. 이 문제 해결하지 못하고 올해 또 침수 피해를 보면 관악구청은 물론 서울시도 무사하지 못할 것이다. 더는 주민들을 재난의 고통에 시달리게 할 수는 없다. 특단의 조치가 필요하다. 방법을 만들어보자고 강하게 피력했다. 다행히 박원순 시장은 이렇게 급박한 일인 줄 몰랐다며 발 벗고 나서겠다고 약속했다. 일주일 정도 지나서 박원순 시장이 관련 공무원들과 함께 신림동 현장 방문을 나왔다. 당시 서울시의 저류조 설치 계획은 서울대 자연대에서 정문까지 이르는 학내 도로 옆 관악산 계곡에 3m 높이의 강화 울타리를 올려서 만들자는 것이었다. 저류조 예정지인 관악산 계곡은 물론 서울대 뒤쪽 공대 인근 작은 댐들을 다 둘러보면서 저류조 장소로 어디가 좋을지 살펴보았다. 저류조 용량이 될 만한 장소는 관악산 계곡이 유일했는데, 강화 울타리 설치에 대해 서울대는 말도 안 되는 방법이라며 일축했다. 만 톤의 물도 수압이 엄청나서 울타리가 만에 하나 깨지기라도 하면 오히려 커다란 인명 피해가 날 수 있다며 거세게 반대했다.

서울대 시설 담당 책임자를 만나야 했다. 약속을 잡고 서울대로 찾아갔는데 시설 담당자가 안내한 장소는 서울대 총장실이었다. 총장실에는 총장은 물론 대학본부 교수들이 나와 있었다. 총장은 나에게 이번에 신림동에서 당선된 이상규라는 사람을 꼭 보고 싶었다며 의외의 인사를 건넸다. 내가 가지고 간 저류조 계획안은 펼쳐보지도 않고, 담당자에게 무조건 협조해 주라는 한마디로 흔쾌하게 정리가 됐다. 나보다 한참 연배가 높은 총장이 마음을 열어주어서 나도 고마운 마음으로 대했다. 총장은 나에게 여러 가지 조언과 응원을 아끼지 않았다.

비가 조금만 많이 와도 뻥! 터지는 맨홀 사고

그러는 사이에 5월이 가고 있었다. 당장 공사에 착수해도 두 달 만에 저류조를 완성하는 것은 불가능했다. 서울대 협조를 받아냈지만 관악산 계곡에 저류조를 설치하는 안은 현실성이 없었다. 어디에 어떻게 저류조를 설치할 것인가? 답을 찾은 사람은 박원순 시장이었다. 당시에 서울대 정문 건너편과 관악산 입구 쪽에서 강남 순환도로 공사를 하고 있었는데, 서울대 건너편 산자락에 터널 공사가 상당히 진척되어 있었다. 이 터널을 여름 장마철을 대비해서 임시 저류조로 쓰고, 정식 공사는 그 후 진행하자는 안이었다. 처음에는 터널 공사를 하는 건설사 측에서 완강히 반대하고, 공사 금액도 터무니없이 불려 타당성이 없다고 폐기된 안이었다. 박원순 시장이 다시 확인해보니, 도림천 빗물을 터널로 끌어올리는 배수로와 펌프를 설치하고 터널 입구를 막을 문만 설치하면 가능한 공사였다. 비용도 별로 들지 않고, 시간도 걸리지 않는 공사였다. 임시 저류조를 만들어 2012년 장마철을 무사히 넘기고, 이후에 정식 공사를 해서 서울대 정문 앞 지하에 4만 톤, 서울대 뒤쪽 노천극장과 공대 폭포에 2만 5천 톤 용량의 저류조를 설치했다. 관악구청도 침수 예방을 위한 각종 사업을 빠르게 진척시켰다. 도림천 정비사업으로 하천 양옆을 확장해서 빗물을 더 저장할 수 있도록 하였다. 도림천 주변의 하수관 교체 공사를 꾸준히 하고, 매년 봄 청소작업을 실시하였다. 빗물 역류를 막기 위해 신림역에서 신대방역에 걸쳐 펌프장 세 곳을 새로 만들었다. 그 후 도림천은 범람하지 않았다.

그러다가 10년 만에, 2022년 여름 물난리에 신림동 지하 방이 침수되면서 한 가족이 모두 사망하는 안타까운 사고가 발생했다. 지하 방 바로 앞에 있는 맨홀 뚜껑이 터지면서 빗물이 순식간에 흘러넘쳐 지하 주차장은 물론 방까지 모두 침수되었다고 한다. 도림천이 범람하지 않더라도 맨홀이 터지거나, 하수가 역류하는 일은 계속 일어났다. 관악 구청과 동사무소는 이 일을 빤히 알고 있을 터인데, 그간 도림천이 범람하지 않았다고 너무 방심하고 있었던 것은 아닐까? 합류 지점인 삼성시장 입구, 신림역과 당곡 사거리 사이, 신대방역 인근은 모두 침수 되거나 하수가 역류했다. 8월 8일 폭우가 쏟아진 다음 날 이미 각종 가재도구와 토사가 도로 밖으로 쓸려 나왔다. 수마가 할퀴고 간 상처가 신림동 곳곳에 시뻘건 토사로 남았다.

하수관 역류를 막을 실질 대책이 필요

역류를 막으려면 하수관을 더 큰 배수관으로 교체해야 한다. 내가 알기로는 2011년 범람 이후에 여러 차례 교체 공사를 해서 지름이 1.5m나 되는 큰 하수관을 설치했다. 이것으로도 막지 못했으니 도림천, 봉천천으로 들어오는 모든 하수관 설계를 다시 하고, 전면적인 하수관 공사를 해야 한다. 특히 저지대 공공 하수관을 최대한 낮게 매립하고, 가정 하수관을 공공 하수관의 윗부분에 연결해서 공공 하수관의 수압이 가정 하수관으로 전이되지 않도록 해야 한다.

서울시는 이번 물난리 이후에 대심도 방수로를 해결책으로 제시했다. 보라매공원에서 한강 샛강으로 바로 연결하는 3km 구간에 지름 8.5m의 대형 지하수로를 뚫겠다는 계획을 세우고 연구 용역 예산부터 배정했다. 폭우가 쏟아져도 한강으로 바로 빼내는 빗물 고속도로를 만들어서 비 피해를 막자는 발상이 그럴듯해 보이지만 여러 가지 검토할 사항이 많아 신중해야 한다. 우선 천문학적 공사비가 들어갈 것이다. 계획안에서는 3천억 원이지만 실제 공사비는 4천억 원 가까이 올라갈 가능성이 크다.

가장 최근에 관악구에서 이루어진 토목 사업이 신림선 경전철 개통사업이었다. 수요 예측에서는 주민들 출퇴근, 서울대 관계자 출퇴근, 휴일에는 등산객 이용까지 해서 충분히 흑자라고 판단했다. 그런데 막상 개통

- 신림동 침수된 지하 방.
- 신림동 침수 피해 지역 쓰레기 더미.

- 지하 방 바로 앞에 맨홀이 있다.
- 신림동 침수 피해 지역.

해보니 이용하는 승객수가 예측의 절반 이하여서 경영에 빨간불이 커졌다. 현행대로라면 서울시가 연간 120억 원 이상의 재정지원을 해야 해서, 막대한 주민 혈세가 줄줄 새는 적자 딜레마가 반복될 상황이다. 현실과 동떨어진 부풀린 수요 예측과 이에 근거한 토목공사는 예산 낭비와 정책 실패로 귀결된다.

대심도 방수로는 신중해야

2022년 여름 폭우로 서울 전체의 피해액이 900억 원인데, 도림천 한 곳의 공사비만 3천억 원, 강남역과 광화문의 대심도 방수로까지 하면 1조 원에 가까운 주민 혈세를 퍼붓는 재정계획이 과연 합리적인지 묻지 않을 수 없다. 서울시는 이번 사태를 겪고 나서 방재성능목표를 기존 시간당 95mm 강수에서 100~110mm 강수로 올려 잡았다. 그러나 기후 위기가 불러온 국지성 집중호우는 2021년 3건에서 2022년 91건으로 폭발적 증가 양상을 띠고 있어 언제든 서울시의 방재성능목표를 넘어설 수 있다. 게다가 대심도 방수로를 통해 몇십 톤의 빗물이 바로 한강으로 빠지는 게 아니라 며칠 가두어 두었다가 한강 쪽 출구에서 펌핑하는 방식이다. 빗물 고속도로가 아니라 결국 용량이 큰 '빗물 저류조'인 것이다.

시간당 60~80mm 정도의 집중호우라도 한 시간 이상 내리면 빗물 양이 많아져 방수로가 넘친다. 넘치게 되면 마치 둑이 터지듯 대형재난으로 이어질 수도 있다. 각종 토목공사와 에너지 과다 소비로 자연을 훼손하여 그 결과 자연의 역습을 당하고 있는데, 다시 토목공사와 에너지 과다투입으로 해결하겠다고 덤비고 있다. 당장은 해결책이 될 듯해도 오히려 재앙을 키우는 수렁이 될 수 있다. 인간의 오만함과 어리석음이다.

도시계획의 근간을 바꿔야 한다. 도시 생태계를 구축하여 자연 친화적 도시, 자연과 공생하고 도시 숲이 살아 있는 서울로 바꿔야 한다. 관악산, 북한산, 도봉산이 산으로 기능할 수 있게 복원하고, 산자락이 서울의 각 지천으로 연결되어야 한다. 당장은 침수에 대비한 경보 기능, 신속한 대피, 안전교육과 훈련이 체계화될 필요가 있다.

반지하 방에 대한 대책도 필요하다. 장기적으로는 반지하 방을 없애야 하는데, 그 전에 충분한 지원책과 재난보험 도입 등 제도적 보완도 따라야 한다. 자본의 논리, 문명의 논리가 아니라 생태적 전환, 사람과 자연이 함께 살아가는 발상의 전환이 필요하다.

기공의 눈으로 보는 문재인과 윤석열

　대개 기공은 가르쳐주는 내용을 잘 알아듣고 따라오는 조공을 선호한다. 업체에서는 기술이 뛰어난 기공을 원한다. 그러면서도 업체에서 요구하는 일정을 다 소화할 수 있는, 예를 들어 휴일 출근을 하라고 하면 휴일도 마다하지 않고 나와서 일해주는 기공을 원한다.

　그러나 현장 밥을 먹어 본 팀장은 좀 다르다. 팀을 운영하고 이끌어야 하기에 기술보다 중요한 것이 '관계'와 '호흡'이다. 기술이 좋고 일은 잘하는데 동료를 무시하는 기공은 잠깐이면 몰라도 오랫동안 같이 할 수는 없다. 일 잘하는 기공은 어디에나 있고 언제든지 구할 수 있는데, 구태여 팀 분위기를 해치는 사람을 붙잡을 이유가 없다. 팀장에게는 잘 보이고 고분고분한데 동료들과는 불화가 잦은 기공 역시 마찬가지다. 팀을 운영하려면 동료를 배려할 줄 알고, 어려운 일에 팔 걷어붙이고 나서는 사람이 필요하다. 조공에서 기공이 되려면 '기술'과 '능력'을 쌓아야 하지만, 기공으로 살아가려면 '동료애'와 '인간미'를 갖춰야 한다.

약속 지키지 못한 문재인

건설 현장에서 노동 일하며 바라본 문재인 정권의 정책 중 가장 인상에 남는 것은 '노동이 존중받는 사회'였다. 대통령이 되어서 인천공항을 찾아가 공공부문부터 비정규직을 없애겠다는 선언을 듣고 '정말로!' 하는 기대감에 가슴이 설레기도 했다. 그러나 끝내 노동이 존중받지도 못했고, 비정규직을 없애지도 않았다. 2018년 12월, 태안 화력발전에서 끔찍한 사고를 당했던 청년 김용균의 어머니께서 그토록 부르짖었으나 문재인 정권은 어머니의 절규이자 동료들의 희망이던, 무엇보다도 정권 스스로 약속했던 노동자 정규직 전환을 이행하지 않았다.

자연인 문재인에게 인간미가 있을 수 있다. 그러나 대통령 문재인은 가장 취약한 시민 중 하나인 비정규직 노동자를 애정하지도 주인으로 섬기지도 않았다. 본인이 했던 약속을 지키려는 결단도, 대통령의 권한을 제대로 행사하려는 용기도 없었다. 비정규직을 정규직화하려면 착한 마음만으로는 안 된다. 이를 극렬히 반대하는 기득권 세력과 자본을 제압하거나 아니면 협의해서 일정한 양보를 받아내거나 해야 한다. 대통령이라는 권한을 갖고도 촛불로 탄생한 대통령인데도 자본의 벽을 넘지 못했다. 이는 능력의 문제도 있지만, 비정규직 노동자나 사회적 약자에 대한 진정성의 결핍이자 고통의 현실을 외면한 젠틀맨의 자기만족이다. 국정농단 세력을 탄핵하고 문재인 정권이 들어섰는데, 건설 현장과 건설 노동자의 처지에는 아무런 변화가 없었다.

그릇이 안 되는 윤석열

윤석열 정권에는 여러 평가가, 아니 극단적 평가가 팽팽하게 맞서고 있다. 아직 임기 초반이니 총평을 하기에는 이르다. 그러나 곳곳에서 아우성이 들리고, 살기 어려워졌다는 한탄이 쏟아지고, 사건 사고와 참사가 연이어진다. 팀을 이루어 현장 일을 하고 팀을 이끌어가야 하는 기공의 눈으로 보자면, 대통령 윤석열은 다음 현장에 같이 데리고 갈 그릇이 안 된다. 자신을 대통령으로 만들어 준 정당, 그 정당의 대표를 당선 이후에 토사구팽처럼 내쳤다. 피 마르는 접전이었으나 대선을 대한민국 최대의 정치축제로, 격정의 드라마로 만든 상대 후보를 죽이려고 시퍼런 칼날을 겨누고 있다. 천하의 권력을 쥐었으니 다 안고 가도 될 것을, 다 없애려고 한다. 다 없어지면 누가 남을까? 충성심 있는 인물로만 주변을 채우려는 욕심이 과하여 정치적 경쟁자나 비판자는 물론 자기를 도와줄 사람마저 의심과 증오로 대하고 있으니 국민의 불안과 분노, 저항이 끓어오르고 있다. 무신불립(無信不立)이라 했으니 백성의 믿음이 없어지면 정권도 설 수 없다.

대학에 들어가 학생운동 할 때 선후배들이 모여 하던 이야기가 있다. 능력은 뛰어난데 충성심이 없는 인물과 능력은 좀 부족하나 충성심이 있는 인물 중에 누구를 쓸 것인가? 학창 시절에는 답을 내지 못했다. 어렴풋하게 '그래도 능력 있는 사람을 써야 하는 것이 아닐까?' 하는 정도였다. 그러다가 청년운동을 거쳐 서비스연맹에서 노동운동을 하던 시기였다.

한 번은 세종문화회관 뒤에서 부당해고 규탄 집회를 하느라 조합 깃발을 세우고 앰프와 마이크를 시험하고 있는데, 노무현 정권 인수위에 들어간 옛 동료가 지나가다가 나를 봤다. 인사를 하면서 집회 준비하는 내 모습을 보고는 안 됐다는 투로 한마디 던진다.

아직도 데모야?

"아직도 데모야? 세상이 바뀌어도 한참 바뀌었는데."

세상이 바뀌어 노무현 정권이 들어서고, 이제 데모는 하지 않아도 되는 시대가 되었다고 하는 그 말에 동의할 수가 없었다. 서비스연맹이 담당하던 호텔, 백화점, 골프장, 관광업에서 각종 부당노동행위가 횡행하고 집단해고도 비일비재로 일어나고 있었다. 나는 부당하고 억울한 곳에서 변함없이 싸우고 있는데, 어느새 변화를 좇아가지 못하고 세상 물정 모르는 사람이 되어버렸다.

서비스연맹에서도 특수고용직인 캐디 노조, 골프장 노조를 담당하고 있어서 해고 싸움이 쉽지 않았다. 집회를 짜고, 해고를 철회하기 위한 법적 대응을 하고, 사측과 교섭을 하고, 민주노총 지역본부나 산업별 연맹차원의 지원 투쟁을 끌어내서 겨우 복직을 받아내도 나중에 법원에서 '캐디는 노동자가 아니다.'라는 판결 하나로 노동조합이 공중 분해되었다. 판결은 전국의 골프장 사장들에게 빠르게 전파되고, 그 후에는 골프장 사장들이 기세등등하여 노골적으로 노조 탄압에 나섰기에 골프장 노조 투쟁은 갈수록 격화되었다. 전국에서 캐디 노동자 해고가 잇따르고, 연맹에는 상담과 노조 결성과 지원을 요청하는 연락이 끊이지 않았다. 나는 휴일도 없이 전국을 다니며 온 신경을 여기에 집중하고 있었다. 능력 있는 인물과 충성심 있는 인물을 가릴 형편이 아니었다. 함께 농성 천막을 지키고, 집회에서 같이 소리를 지르고, 구사대의 무자비한 공격을 막아줄 그 한 명이 절실했다. 비가 오면 같이 비를 맞고, 물대포를 쏘면 같이 물대포를 맞을 사람이 절실했다.

초록은 동색인 기득권 카르텔

서비스연맹에서 노동운동을 하다 민주노동당 서울시당에서 처음 당활동을 시작했는데, 첫 직책이 '비정규직 담당 노동 부위원장'이었다. 그런데 당에 와보니 사람 관계가 노동운동 시절과 전혀 달랐다. 당내 누구와 친하냐, 어느 세력에 속해 있느냐에 따라 견제 대상인지 연대 대상인지가 결정되었다. 처신이 중요하고, 누구를 어디에 기용하느냐가 초미의 관심사였다. 사람을 발굴, 기용, 배치하는 문제가 나에게도 현실이 되었다. 능력을 우선할 것인가? 충성심을 우선할 것인가? 그런데 친구들 사이에는 이미 한참 전에 답을 내린 철 지난 문제였다. 충성심 없는데 능력 있는 인물은 뒤통수를 치거나 조직을 말아먹을 사람이라는 것이다. 능력이 출중할수록 위험한 인물이라는 것이다. 그 인물을 완전히 내 사람으로 만들수 없다면 절대 중용해서는 안 된다는 것이다.

기계적 결론이었다. 이해는 되나 가슴이 뜨거워지는 답은 아니었다. 이관점에서 보면 대통령 문재인이 서울중앙지검장 윤석열을 검찰총장으로 임명한 인사는 실수나 무능의 범주가 아니라 치명적 오류가 된다. 사자성어로 한다면 자업자득이고 '정권 빼앗겼다고 누구 탓을 하랴!'로 되는데, 이 결론이 내 마음에는 그다지 와닿지 않는다. 문재인과 윤석열, 민주당과 국민의힘 양 진영의 시각에서는 뺐고 빼앗겼다고 할 수 있겠으나, 노동 일하는 사람에게는 오십보백보이다. 김영삼 정권의 문민정부로 시작해서 김대중, 노무현, 문재인 당선으로 정권교체도 있었으나, 이 기간은 한국 사회에서 비정규직 노동자가 양산되고 양극화와 자산 불평등이 더 심각해진 시기이다. 사회적 약자, 비정규직, 일용직 노동자에게 그들 모두는 '초록은 동색'이었고, 서로 싸우면서 서로의 권력을 지탱해주는 기득권 카르텔일 뿐이다.

농업 시대에 '농자천하지대본'이 절대적 가치였던 것처럼 산업화 이후 시대에는 노동이 세상의 모든 것을 만드는 근간이다. 그래서 먹고사는 문제, 민생이 중요하다고 하는 것이다. 이를 업신여기고 노동을 존중하지 않는 이는 정치할 근본이 안 되어 있는 사람이다. 그러나 현실은 노동을 존중하지 않는 자들이 정치인의 다수를 이루고 있다.

그러니 국회의원들이 항상 욕을 먹는다. 정치 이야기가 나오면 안줏거리로 정치인들을 씹어댄다. 서민의 삶과 동떨어져 있기 때문이다. 삶의 현장, 노동의 현장과 멀리 떨어져 있기 때문이다. 진짜 기공은 동료를 중시한다. 진정한 리더는 자기를 던져서 전체를 살린다. 무릇 한 나라의 지도자라면 민(民)을 하늘로 여기는 '이민위천(以民爲天)', 사람이 곧 하늘이라고 하는 '인내천(人乃天)'을 행해야 한다.

배관공 이상규의 노동 여정

　나에게 커다란 영향을 준 책 중의 하나가《전태일 평전》이다. 대학 2학년 때 1학년 후배들과《전태일 평전》을 읽고 나서 마석 모란공원 전태일 열사의 묘소를 참배했다가 잠복 중이던 형사들에게 연행된 적이 있다. 당시 마석 모란공원은 허허벌판 언덕배기에 산소가 듬성듬성 있는 정도였다. 상돌이나 석등 같은 석물은 아예 없었다. 전태일 열사의 불꽃 같은 삶과 죽음, 휘몰아치던 격정과 달리 눈에 들어온 열사의 묘소는 너무 조용하고 쓸쓸했다. 우리는 과일이며 전이며 음식은 준비하지 못하고, 그저 소주 한 잔과 담배 한 대를 올렸다.

　'감히 따라 할 수 없는 삶, 그 정신만은 잊지 말자!'

　'평화시장의 어린 동심 곁으로 돌아가자던 그 언약을 잊지 말자!'

　보잘것없는 참배였으나 20살 청춘들은 뜨거웠다. 숙연한 마음으로 나오는데 느닷없이 건장한 체구의 사복형사들이 나타나 전원 연행되었다.

별거 아닌 독서 모임도 무시무시한 조직사건으로 조작되는 시절이었다. 2학년 선배로서 후배들도 챙겨야 하고 긴장해야 하는데 그 상황이 너무 어이가 없었다. 데모한 것도, 데모를 모의한 것도 아니고, 묘소를 참배하는 의례조차도 죄가 된다고? 우리 모두 가방이며 주머니며 탈탈 털렸다. 아무 혐의가 없는데도 바로 내보내지 않았다. 묘소 참배도 죄가 되던 시절이었다.

전태일 묘소 참배도 죄가 되던 시절

1988년 군대 전역을 하고는 문래동 펌프공장에 다녔다. 나는 주로 펌프 몸체를 단단히 조일 나사 구멍 내는 일을 하였다. 먼저 드릴로 구멍을 내고, 구멍 안쪽에 나사선을 내는 탭 작업을 하였다. 한참 구멍을 뚫고 나면 드릴 날이 무디어져서 갈아야 한다. 아침에 드릴이 뻑뻑해서 날을 가는데 뒤에서 쿵 하는 소리가 들리더니 종아리 뒤쪽을 묵직한 물체가 강타했다. 옆에 쌓아둔 프렌지가 넘어졌나 싶었는데 프렌지 더미는 그대로 잘 있고, 펌프 몸체가 뒹굴고 있었다. 기계를 깎는 선반을 쳐다보니 걸려있던 몸체는 없어지고 선반만 공회전하고 있었다. 고속 회전을 하던 몸체가 빠져서 날아오다가 내 종아리를 친 것이다. 펌프 몸체가 조금만 가벼웠어도 직선으로 날라와 내 등이나 머리를 강타했을 것이다.

상황을 인지하고 나서야 식은땀이 흐르고 온몸에 힘이 쭉 빠졌다. 종아리는 아스팔트에 갈린 듯 처음에는 퍼렇다가 차츰 새까맣게 변색되어 갔다. 공장장이 와서는 탈의실로 데려가 잠시 쉬라고 한다. 병원도 안 데려가고 잠깐 놀란 가슴을 진정하고는 다시 일을 시작했다.

"전쟁 같은 밤일을 마치고 난…"

영등포나 성수동 마찌꼬바에서 부천 프레스 공장에서 매일같이 산재 사고가 일어나 잘린 손가락이 한 자루씩 나온다는 말이 떠돌고, 수은 중독으로 문송면 군이 죽어가던 비정한 시절이었다. 공장 다니던 때가 겨울이었는데 왜 그렇게 추웠는지 모르겠다. 장작을 때는 난로가 하나 있었는데, 그 큰 공장의 겨울 냉기를 막기에는 턱도 없었다. 배도 엄청 고팠다. 점심밥 먹는 식당에 가면 각자 밥공기 이외에 큰 국그릇에 밥을 고봉으로 담아 식탁 가운데에 하나씩 두었는데, 게눈 감추듯 다 먹어 치웠다. 20대, 30대 청춘들이 매일 잔업에 야근까지 했으니 오죽했으랴! 밤새 철야를 하면서 꾸벅 졸다가 드릴 날에 손가락이 찢겨 생긴 상처가 여전히 그 자리에 남아 있다. 밤새 철야를 하고 나서 새벽 퇴근길에 마시던 차가운 소주가 아직도 목젖을 울린다. 그래서인가, "전쟁 같은 밤일을 마치고 난/ 새벽 쓰린 가슴 위로 찬 소주를 붓는다."라는 박노해의 시를 읊조릴 때마다, 안치환의 노래를 부를 때마다 가슴이 사무쳐 온다.

노동운동을 하러 들어간 구로에서 청년회 공간을 빌려 쓰다가 결국 청년운동을 하게 되었는데 회원 다수는 공단 노동자였다. 무척 춥고 바람도 거센 어느 겨울 날, 청년회 동아리 모임을 끝내고 근처 호프집으로 들어갔다. 맥주를 사람 수대로 주문하고 기다리는 동안 먼저 나온 땅콩을 까먹으며 막 이야기를 시작하는데 옆에 앉아 있던 샷시 일을 하는 회원이 우는 게 아닌가! 깜짝 놀라 자초지종을 물어보니 한참을 울다가 그날 일을 말하기 시작했다.

진보 운동한다고 깝치지 말자!

샷시 주문이 공장에서 들어왔고, 공장 지붕 쪽 샷시 창문을 교체하는데 어찌나 춥고 바람이 세던지 눈물이 날 지경이었다고 한다. 손이 얼어 감각이 없을 정도여서, 지붕 창문에서 바라본 공장 안 노동자들의 모습이 그렇게 부러웠다고 한다. 당시 공장 노동이 끔찍하게 힘들고 천시받아도, 그 순간만큼은 사방이 막혀 바람을 막아주는 공장 실내가 그렇게 부러웠다고 한다. '내가 조금만 공부를 더 열심히 해서 고등학교라도 마쳤더라면 이렇게 춥게 일하지는 않을 텐데.'라고 생각하며 눈물을 삼켰다고 한다. 그런데 일 마치고 청년회에 왔다가 호프집 따뜻한 난로 옆에 앉아 있으니 낮에 일도 생각나고, 자신의 신세가 서러워서 눈물이 쏟아졌다고 하였다. 그 말을 듣다가 나도 모르는 눈물이 흘러내렸다. 가슴이 미어졌다. 그리고는 내 삶의 두 번째 맹세를 하였다.

'데모하고, 진보 운동한다고 깝치지 말자!'

내 곁에 있는 동료가, 나와 같은 청년회 회원이 이렇게 힘들게 노동 일을 하고 있었다니! 그것도 모르고 오늘 하루 따뜻한 청년회 사무실에서 열심히 일한 것을 뿌듯해하며 자부심에 취해 있었으니 얼마나 부끄러운 일인가! 구로공단에서 노동운동, 청년운동을 하고, 노동자와 고락을 나누고 있다고 나름 만족하며 지내던 나를, 사실은 어느새 노동에서 멀어져 가고 있는 나를 흔들어 깨운 눈물이었다.

일하지 않는 자여, 먹지도 말라?

'일하지 않는 자여, 먹지도 말라.' 자본가들은 파업 노동자들에게 무노동무임금이라며 이 말을 한다. 일은 파업 노동자들이 하지, 언제 자본가가 일했나? 사장이나 부장, 과장도 하는 일이 있기는 하다. 생산 능률을 올리려 새로운 기술과 자재를 도입하고, 비용을 절감할 수 있는 공법을 연구한다. 비용 절감을 위해서라면 법을 어기거나 노동조합을 파괴하는 작전도 서슴지 않는다. 무엇보다 사업의 방향을 결정하는 일이 중요한데, 이는 기업의 생사에 결정적 영향을 미치기 때문이다. 그래서인지 그들은 기업을 자기 것으로 생각한다. 본인이 기업을 키워서 수많은 직원, 노동자들을 먹여 살린다고 자부심이 대단하다. 그 대단한 자부심으로 직원들에게 폭언, 폭행을 수시로 퍼붓고 노예처럼 부린다. 노동자를 노예로 여기는 대표적 경영철학이 삼성그룹의 '무노조 경영'이다. 노동조합이 결성될 기미만 보여도 전방위 탄압을 가했다. 회유, 협박, 탄압을 못 이겨 극단적 선택을 한 노동자의 시신을 탈취하기도 했다. 삼성은 무노조 경영을 철회했으나 억울하게 죽은 목숨은 다시 오지 못한다. 대신 무노조 경영의 정신은 폭언, 폭행의 찬란한 계보로 이어져 오늘까지 이른다.

• 국민이 모여서 국가가 되는 건데 국민이 미개하니까 국가도 미개한 것
  (2014년, 정몽준 막내아들)

262

- 99%에 달하는 민중은 개·돼지로 보고, 먹고 살게만 해주면 된다. (2016년, 교육부 정책기획관)
- 대한항공 회사 경비를 집 노예로 부렸다. 평창동 사택에서 조경, 빨래, 청소, 강아지 똥치우기 등 시켜 (한진그룹 조양호 부부, 경향신문, 2018. 5. 23.)
- IT 중견기업 위디스크 양진호 대표, 직원 무차별 폭행으로 실형선고 (2018년)
- 에너지 중견기업 회장의 직원 폭행, 임금 0원 지급 논란 (MBC, 2022. 10. 3.)

갑질 경영자가 일으킨 사회적 논란과 구속 수사, 유죄판결에도 불구하고 자본의 횡포는 날로 더해간다. 그리고 못된 행동은 빠르고 널리 퍼진다. 폐습이 건설 현장에도 침투한다. 건설 자본은 관리자들에게 갑질하고, 원청 관리자는 하청 업체를 잡고, 하청 업체는 현장 노동자들을 잡는다. 심지어 같은 노동자인데도 자신 덕택에 조공들이 먹고 산다고 착각에 빠진 기공이 가끔 있다. 자기가 조공을 먹여 살린다는 자부심으로 군림하고 명령하고, 때로 조인트 까도 당연하다고 생각한다.

아무리 기술 좋고, 힘 좋은 기공이라도 강관 원본은 혼자서 들 수 없다. 이 간단한 원리대로 매일 일하면서도 동료의 소중함을 모르면 스스로가 관리자나 사장이 된 듯이 선을 넘는다. 본사 사장이든, 현장 소장이든, 기공이든, 파이프를 들지 않고는 배관 작업을 할 수 없다. 파이프를 메고 다니는 사람이 있어야 비로소 작업이 이루어지고 건물이 올라간다. 실제 일하는 노동자 없이는 어떤 기업도, 어떤 대기업도 유지할 수 없다. 설계도 없이는 건물을 지을 수 없지만, 설계도가 수백, 수천 장이 되어도 건설 노동자 없이 건물은 올라가지 않는다. 건물은 노동자의 피와 땀과 눈물을 먹고 자란다.

하층민에도 속하지 못하는 불가촉천민이 먼지투성이 작업복을 입고 건물을 세운다. 여름에는 물론 겨울에도 작업복 등판에 소금꽃을 얹고서 일한다. 중노동에 시달리다 잠시 쉬면서 멍한 얼굴, 초점 흐린 눈동자로 세상을 응시한다. 그들 눈에는 무엇이 보일까? 희망일까, 좌절일까.

한진중공업 김진숙 지도위원은 골리앗 크레인에서 떨어진 철판에 허리를 잘린 노동자의 눈을 보았다고 한다. 살아 있는 그 눈이 무언가를 말하는 듯했다고 한다. 무엇을 말하고 싶었을까? 삶일까, 죽음일까.

눈물 그렁한 눈동자는 맑고 푸른 하늘을 보고 싶다.

울면서 쓴 현장 일지

2010년에 설비 일을 처음 했으니 벌써 14년 차가 됩니다. 중간에 국회의원 2년 반, 민중당 상임대표 2년을 해서 5년을 빼면, 8년을 건설 현장에서 지냈습니다. 한편으로는 힘든 시간이었지만 동시에 즐겁고 소중했습니다.

건설 현장의 실상을 알려야겠다고 생각하고 일하는 틈틈이 글을 썼습니다. 현장의 비리, 안전관리 실태에 관한 글을 쓸 때는 생명보다 이윤을 앞세우는 자본의 탐욕에 화가 나서 분노가 치솟곤 했습니다. 산업재해로 다치는 동료들, 형님들 이야기를 쓰면서 다쳐서 고통스러워하는 장면이 눈에 선하고, 내 살이 떨어지는 듯해서 내내 울었습니다. 현장 일이 항상 힘들고 위험해도 점심밥 먹으러 갈 때는 마냥 좋습니다. 자유롭게 쉴 수도 있고, 허기진 배를 채우니까요. 퇴근하고 현장 동료들과 술 한잔 걸치는 것도 건설 노동자의 특권이지요. 땀 흘리고 나서 마시는 한잔은 왜 그리도 시원할까요?

글을 쓰고 초고를 주변에 돌렸는데, 반응이 의외였죠. '어렵다.' '딱딱하다.' 가능하면 친절하게 현장 상황을 그림처럼 그리고 싶었는데 결과는 정반대였습니다. 현장 사람들 이야기를 좀 더 풍부하게 알리려고 인터뷰를 추가했는데, 쓰는 용어의 절반 이상이 일본식 건설 용어였지요. 현장에서는 쉽게 쓰는 말이지만 건설 경험이 없는 사람에게는 외국어나 다름없다는 것을 그제야 깨달았습니다. 친절하게 현장 상황을 묘사하려고 자세하게 설명한 용어들이 오히려 난해함을 배가시켰던 겁니다. 이 경우에는 과감한 생략이 친절이었습니다. 의도와 달리 '그들만의 이야기'로 보일 수 있다는 생각에 여백을 늘렸습니다. 그래서 가능한 건설 용어를 대체하고 단순화하였습니다.

어려운 용어만이 문제가 아니었습니다. 글에서 분노가 많이 느껴지고 감정적이라는 겁니다. 현장 일을 겪으며 자연스레 밀려오는 분노, 슬픔이야 객관적 현실이지요. 그러나 이 감정이 그대로 글에 투영되니 거칠면서도 날이 서게 됐습니다. 글을 읽는 사람은 날에 베일까 다가오지 못하고 불편할 수밖에 없습니다. 이것 역시 소통이 아니었죠. 소통과 배려는 내가 그들과 같은 입장이 되어야 비로소 시작되는 것이었습니다. 감정을 빼고 힘을 빼려고 노력했으나 쉬운 일은 아니더군요. 그래도 현장의 애환만은 꾹꾹 담아보려고 쓰고 고치고, 다시 쓰기를 반복했습니다.

인터뷰한 8명 중, 청년 노동자는 한 명, 여성 노동자는 세 명이었고, 그중 한 명은 건설이 아닌 콜센터의 노동자입니다. 불법 다단계가 건설 현장을 넘어 한국 사회 전반에 만연한 구조적 문제라는 것을 드러내고 싶었습니다. 오전 10분, 오후 20분만 자리에서 뜰 수 있고, 이마저도 일

일이 보고해야 한다는 콜센터의 노동조건은 충격이었습니다. 외국의 유명 언론이 발표한 '2022 최고의 국가'에서 한국이 '전 세계 국력 랭킹(Power Rankings)' 부문 6위에 올랐더군요. 그러나 세계 6위 대한민국의 노동 시계는 봉건, 아니 노예 시대입니다.

인터뷰하면서 현장을 보는 눈이 더 확장되었습니다. 힘이 센 사람이 아니라 생활이 절실한 사람이 끝까지 버티는 곳이 현장입니다. 시간이 지나가면 절실한 사람들이 주로 남아 있게 되지요. 글을 쓰면서 절실한 사람들의 생활력, 끈기, 삶에 대한 애정을 다시금 새겼습니다. 절실한 사람들은 어디에나 있었습니다. 여성, 청년, 외국인 가릴 것 없고, 어느 직종에 종사해도 상관이 없습니다. 그들은 모두 노동자입니다. 그리고 살아 있습니다.

이제 책이 나올 3월이 되면 따스한 봄바람이 불어오겠지만 현장은 쉽게 찬 기운이 사라질 것 같지 않습니다. 거센 노동 탄압의 칼날이 이미 노동자의 목을 겨누고 있습니다. 그 칼이 노동자에게 생채기를 내고, 피를 흘리게 할 수는 있으나 거기까지입니다. 곧 칼은 부러질 겁니다. 인류 역사 이래로 대제국은 명멸해도 일하는 사람의 집단적 생명은 한 번도 끊긴 적이 없으니까요.

책 작업을 같이해 주신 분들, 아낌없는 조언으로 도움을 주신 분들, 인터뷰해주신 분들께 감사드립니다.

제가 현장에서 버티며 일할 수 있게 도와준 동료, 선배들께 감사드립니다. 예전에도 지금도 그리고 앞으로도 이상규는 노동자입니다.

배관공이 된 국회의원 이상규의 현장 일지

건설 노동자의 피·땀·눈물

발행일 | 2023년 3월 10일
지은이 | 이상규
디자인 | 플랜디자인
펴낸이 | 최진섭
펴낸곳 | 도서출판 말

출판신고 | 2012년 3월 22일 제2013-000403호
주 소 | 인천광역시 강화군 송해면 전망대로 306번길 54-5
전 화 | 070-7165-7510
전자우편 | dream4star@hanmail.net
ISBN | 979-11-87342-23-6 (00810)

● 값은 뒤표지에 있습니다.
● 잘못된 책은 본사나 구입하신 곳에서 바꾸어 드립니다.